La rose et le corbeau

VIRGINIA HENLEY

La colombe et le faucon	*J'ai lu* 3259/**5**
La fleur et le faucon	*J'ai lu* 3416/**6**
La rose et le corbeau	*J'ai lu* 3522/**5**

Virginia
Henley

La rose et le corbeau

Traduit de l'américain
par Jacques Lombard

Éditions J'ai lu

Titre original :

THE RAVEN AND THE ROSE
Published by arrangement with Dell Publishing, a division
of Bantam Doubleday Dell Publishing Group, Inc., N.Y.

1

Roseanna traversa en courant la grande salle du manoir de Castlemaine.

— Le roi va arriver ! annonça-t-elle, tout essoufflée et les joues en feu.

La nouvelle fut accueillie avec plaisir par sa mère qui étouffa un petit cri de joie. En revanche, son père, Sir Neville Castlemaine, prit un air résigné.

— Il nous a envoyé un messager, précisa la jeune fille. Sa Majesté devrait être ici pour dîner.

Elle releva à deux mains le bas de sa robe et s'élança dans l'escalier.

— Où vas-tu donc, Roseanna ? l'arrêta Lady Joanna d'un ton sec.

— Changer de tenue : je pars à cheval à la rencontre du roi.

— Pas question ! Bien sûr, il y a fort longtemps que nous n'avons vu Sa Majesté. Mais tu n'es plus une enfant, Roseanna, tu as seize ans, bientôt dix-sept. Et je ne veux pas que tu galopes à bride abattue à travers la campagne pour te porter au-devant de notre souverain. Ce ne serait pas convenable.

Roseanna leva le menton d'un air de défi.

— Essayez un peu de m'en empêcher !

— Roseanna, n'oublie pas, Edward est roi d'Angleterre, et toi, une lady — en tout cas, je l'espère... Je t'interdis d'aller à sa rencontre.

— Me l'interdire ? J'aimerais bien voir ça !

— Si tu t'obstines, tu passeras pour une petite peste aux yeux de Sa Majesté.

L'argument fit céder Roseanna. Après avoir décoché un regard furieux à sa mère, elle redescendit l'escalier et sortit de la salle en claquant rageusement la porte.

Demeuré en retrait durant cette scène, Sir Neville se garda de tout commentaire.

— Pour faire bon accueil à Sa Majesté, il faudrait savoir combien de gens l'accompagnent. Je vais m'en informer auprès de son messager, déclara-t-il avant de sortir à son tour.

Joanna suivit du regard son époux. Il ne lui était pas facile de deviner ce qu'il ressentait au juste. Elle hocha la tête. Allons ! Inutile de se perdre en conjectures : il fallait se dépêcher et régler mille détails domestiques avant l'arrivée d'Edward.

Plutôt que de chercher le messager, Sir Neville décida de descendre d'abord jusqu'au jardin. Comme il s'y attendait, il trouva Roseanna debout au bord du bassin. Elle jetait des cailloux dans l'eau d'un geste furibond. Sa longue chevelure noire lui tombait en cascade jusqu'au bas des cuisses. Sa modeste robe de lin jaune dissimulait à peine les rondeurs de sa poitrine épanouie. Et la colère accentuait encore sa beauté.

— Jamais le roi ne pourra te prendre pour une petite peste, ma chérie, la consola avec douceur Sir Neville.

— Mais pourquoi, chaque fois que mère et moi nous adressons la parole, faut-il que nous nous disputions ?

Il sourit en homme avisé.

— Plus jeune, tu obéissais à ta mère, il n'y avait jamais d'orage entre vous. Mais te voici devenue femme à ton tour. Et vous vous comportez un peu comme deux rivales.

Cette explication fit ouvrir à Roseanna de grands yeux. De merveilleux yeux gris pâle aux iris cernés d'un fin liseré violet. Deux lacs profonds où les hommes ne tarderaient pas à se noyer.

— Va tout de même faire du cheval une heure ou deux. Cela te changera les idées. Mais ne reviens pas trop tard. Il faudra que tu aies tout ton temps pour bien te préparer en l'honneur du roi.

Roseanna se jeta au cou de son père et déposa un baiser sur sa joue. Puis, en toute hâte, elle partit en direction des écuries.

Le manoir de Castlemaine était célèbre pour son haras. Sa vie durant, élever des chevaux avait été la passion de Sir Neville. Et il avait su la transmettre à sa fille. Celle-ci, étonnamment douée, était devenue experte dans l'art de sélectionner les étalons. Quand il s'agissait de procéder à certains croisements, son père tenait désormais à avoir son avis. Si les écuries du manoir possédaient quelques-uns des chevaux les plus beaux et les plus chers du royaume d'Angleterre, c'était en grande partie grâce à Roseanna.

Comme cette dernière sellait Zeus, son étalon favori, un homme d'un certain âge aux cheveux grisonnants s'approcha et la salua avec cordialité.

C'était Dobbin, le maître écuyer de Castlemaine. Pour lui donner un coup de main, il décida de sangler la courroie ventrale de la monture. Mais se redressant aussitôt avec un gémissement de douleur, il se mit à se frictionner l'épaule.

— Toujours tes rhumatismes, Dobbin ? s'inquiéta Roseanna. Tu devrais demander à mère qu'elle te prépare une de ses mixtures de plantes médicinales.

— Pas la peine, grommela-t-il. Les emplâtres que j'utilise pour nos bêtes sont autrement efficaces.

Il l'aida à monter en selle.

— Soyez prudente, milady. Vous savez combien Zeus est fougueux.

— Ne t'en fais pas, Dobbin. Il m'obéit au doigt et à l'œil.

Elle piqua des deux et gagna la campagne environnante. Bientôt, la silhouette du manoir s'estompa dans le lointain. L'étalon l'emportait au grand galop, le vent soulevait sa chevelure en une longue torsade noire. La vitesse l'enivrait délicieusement et elle se sentait le cœur plus léger.

Quelle aubaine ! Le roi venait à Castlemaine. Et Edward IV était son parrain. Ce n'était un secret pour personne, il nourrissait à son égard une affection toute particulière. La soirée s'annonçait bien : Sa Majesté avait la réputation d'être bon vivant, on festoierait au manoir jusque tard dans la nuit.

La masse noire de la forêt d'Ettrick se profilait devant elle. Il était temps de rentrer. Roseanna tira sur les rênes et fit exécuter une volte à Zeus. Sur le chemin du retour, son humeur était redevenue parfaitement sereine. L'air était doux comme une caresse. Encore haut dans l'azur, le soleil venait à peine de commencer à décliner ; ses rayons jouaient dans ses cheveux. Un sourire de bonheur apparut sur ses lèvres : le ciel lui-même semblait se réjouir de la venue du roi et lui rendre hommage. Les armoiries d'Edward IV n'étaient-elles pas frappées d'un soleil luisant dans toute sa splendeur ?

Prenant son bain dans un grand baquet de bois, Roseanna fredonnait une joyeuse ritournelle, tandis qu'Alice, sa camériste, la peignait. Alice était une fille encore jeune, aux cheveux châtains et aux yeux bleus. Douce et effacée, elle n'en admirait pas moins le caractère volontaire de sa maîtresse.

Roseanna était disposée à donner entière satisfaction à sa mère. Ce soir, elle jouerait les jeunes filles rangées. Joanna n'aurait aucun reproche à lui faire.

En compagnie d'Alice, elle était en train de choisir une toilette pour le dîner, quand la porte s'ouvrit brusquement sur Kate Kendall. Cette dernière, une robuste femme d'une cinquantaine d'années, sans grâce mais pétulante d'énergie et pleine d'autorité, était la seule servante en qui la châtelaine de Castlemaine avait toute confiance.

Elle portait des vêtements dans ses bras.

— Voici ce que votre mère exige que vous mettiez ce soir, lança-t-elle sur un ton sans réplique.

Il s'agissait d'une magnifique robe blanche qu'accompagnait une haute coiffe au voile délicat.

Sur le point de se retirer, Kate Kendall ajouta :

— Et à table, elle vous prie de tenir votre langue et de ne pas parler d'élevage de chevaux. Que le roi et ses gentilshommes ne vous prennent pas pour un garçon d'écurie !

C'en était trop. Roseanna ne supportait pas qu'on lui dictât sa tenue ou sa conduite.

— Que le diable vous emporte toutes les deux ! éclata-t-elle. Mère aussi a ses occupations. Elle brode, elle confectionne des bijoux qu'elle vend fort cher en vraie femme d'affaires. Et moi, je ne pourrais pas prendre soin du haras ! C'est injuste !

— Votre mère, elle, est une artiste, rétorqua Kate Kendall.

Roseanna leva les yeux au ciel d'un air exaspéré.

— Tu as raison, reconnut-elle pourtant en essayant de se dominer. Et merci tout de même de m'avoir apporté cette robe, Kate.

La vieille servante haussa les épaules, grommela quelques mots et sortit de la chambre. Dès que la porte se fut refermée, la colère de Roseanna rejaillit de plus belle :

— La peste soit sur vous, sales sorcières !

Avec une grimace de dégoût, elle saisit du bout des doigts la robe de fin brocart blanc et l'examina. Puis soudain, elle jeta le vêtement sur son lit.

— Je ne la mettrai pas.

Alice protesta à mi-voix :

— Mais il le faut, milady.

— Il n'en est pas question. Range-la dans la garde-robe, et apporte-moi ma tunique de velours rouge.

A regret, Alice s'exécuta et revint en présentant à sa maîtresse un long vêtement. Roseanna s'y glissa. L'étroite robe moulait exactement les contours juvéniles de son corps. Son cou et ses bras demeuraient entièrement dénudés.

— Vous ne pouvez pas vous montrer ainsi, s'offusqua la prude camériste.

— Pourquoi pas ?

— Vos bras, vos épaules exposés à tous les regards. C'est... c'est très indécent.

— Mère m'ordonne de cesser de me comporter comme une enfant. Parfait ! Ce soir, je m'habille en femme. A présent, cours me chercher mon coffre à bijoux.

Roseanna y choisit huit bracelets d'or. Deux pour chacun de ses poignets et deux pour chacun de ses bras. Elle noua ensuite autour de sa taille une ceinture dorée, qui mettait encore mieux en valeur le relief et le galbe de ses hanches. Ainsi parée, elle ne manquerait pas de faire sensation.

Alice s'approcha pour lui installer sa coiffe.

— Non, je resterai ainsi, déclara Roseanna. Mes cheveux sont si longs et si beaux, pourquoi les cacher ?

Comme dernière touche à sa toilette, elle ceignit son cou d'un collier incrusté de rubis que sa mère avait dessiné pour elle.

— Mère est une artiste, pouffa-t-elle, il faut lui rendre cette justice.

Roseanna exécuta lestement une pirouette devant sa caméristе ébahie.

— Eh bien, comment me trouves-tu ?

Le visage d'Alice avait pâli.

— Euh... j'ai peur... j'ai peur que...

Elle fut incapable de terminer sa phrase. Gentiment, sa maîtresse lui passa un bras autour de l'épaule.

— Allons, Alice, cesse de t'inquiéter. Si l'on doit punir quelqu'un, ce sera moi, pas toi.

— Il faut avouer qu'ainsi vous... vous n'avez guère l'apparence d'une bonne chrétienne.

Un sourire triomphal illumina le visage de la jeune fille.

— C'est que je n'en suis peut-être pas une, lança-t-elle avec malice.

Il y avait foule dans la grande salle du manoir. Mais dès qu'elle en franchit le seuil, Roseanna reconnut le roi à son rire jovial, sa chevelure cuivrée et son immense stature qui lui faisait dominer chacun de la tête et des épaules.

Les chevaliers de son père et les gentilshommes de la cour s'écartèrent pour faire une haie d'honneur à Roseanna. Dans leurs regards s'était allumée la flamme de la plus vive admiration, et ils ne la quittèrent pas des yeux tandis qu'elle s'avançait lentement vers le roi.

— Votre Majesté, murmura-t-elle en s'inclinant à ses pieds.

Après l'avoir aidée à se relever, Edward lui prit la main pour la baiser.

— Petite rose, quel plaisir de constater que tu es en train d'éclore !

Le roi ne pouvait lui adresser plus galant compliment, et le visage de Roseanna s'éclaira d'un sourire radieux. Elle se tourna vers son père qui lui tendait une coupe de vin. Soudain, elle écarquilla les yeux, stupéfaite.

— Jeffrey, mon petit frère ! s'écria-t-elle. Je ne savais pas que tu étais de retour.

— *Sir* Jeffrey, corrigea le roi avec emphase. Car il a été armé chevalier par mon frère George lors de la dernière campagne en Irlande.

Sir Jeffrey baissa la tête avec révérence.

— Sa gracieuse Majesté a eu la bonté de me permettre de voyager avec sa suite, expliqua-t-il à sa sœur.

Jeffrey avait un an de moins que Roseanna. Mais avoir servi sous les ordres du duc de Clarence, le frère du roi, et guerroyé en Irlande l'avait considérablement mûri. A présent, c'était lui qui semblait l'aîné. Il tenait de sa mère ses magnifiques cheveux noirs et possédait le même visage aux traits délicats que son père. Il était donc fort joli garçon. Et, Roseanna n'en doutait pas, il allait voler le cœur de toutes les belles dames de Castlemaine.

— Ramener Jeffrey est le plus beau cadeau que vous pouviez faire à mère, glissa-t-elle au roi.

Celui-ci cligna de l'œil, complice.

— J'ai aussi apporté un cadeau pour toi, ma jolie rose.

— Vraiment ? Et qu'est-ce que c'est ?

— Devine !

— Un cheval ? hasarda-t-elle.

Edward éclata de rire.

— Oui, un pur-sang arabe.

— Oh, que c'est gentil ! Merci infiniment, Votre Majesté.

Sur ces entrefaites, les musiciens pénétrèrent dans la salle et s'installèrent sur une estrade. Violes, flûtes, harpes et tympanons entonnèrent une ballade connue de tous. Ce fut à cet instant que Lady Joanna fit son entrée. Élancée, la poitrine haute et ferme, elle ne paraissait pas ses trente-deux ans. Dans ses cheveux brun sombre qui ondulaient sur ses épaules, scintillait un diadème de pierres précieuses. En l'honneur du roi, sa toilette possédait les couleurs des Yorks, le bleu et le pourpre. Sur un fond de robe bleu pâle, sa tunique de damas broché de fils d'or était du pourpre le plus vif.

Elle rejoignit le petit groupe qui s'était formé

autour d'Edward IV. Au grand soulagement de Roseanna, elle fit semblant de ne pas remarquer la tenue extravagante de sa fille. Les remontrances viendraient plus tard. Pour l'heure, rien ne devait ternir la fête donnée en l'honneur du roi.

Le dîner allait être servi. Roseanna se dirigeait vers la table de maître, quand Jeffrey se porta à ses côtés.

— Ma sœur, dit-il en posant une main sur son épaule, j'aimerais te présenter mon grand ami, Sir Bryan Fitzhugh. Nous avons été armés chevaliers ensemble.

Ce fut comme un éblouissement. Devant elle venait d'apparaître un jeune chevalier. A peu près du même âge qu'elle, il était d'une grande beauté. Troublée, Roseanna baissa les yeux et ses joues s'empourprèrent. A travers ses cils, elle l'aperçut qui mettait la main sur son cœur et s'inclinait avec respect.

— Je suis fort honoré, milady.

Des mots qu'elle devina plus qu'elle ne les entendit, tant son cœur cognait bruyamment dans sa poitrine. Enfin, elle osa lever son regard vers lui. Il portait un fin collier de barbe dorée, ses lèvres bien dessinées lui souriaient. Nimbé dans la lumière d'une torche qui accentuait encore la douceur de ses traits, il ressemblait au prince charmant à l'armure étincelante qui hantait si souvent ses rêves.

Roseanna demeurait silencieuse, les lèvres tremblantes.

— Sir Bryan... parvint-elle enfin à balbutier avant de s'enfuir retrouver la présence rassurante du roi et de son père.

Pendant tout le repas, elle fut étrangement

absente. Ses compagnons de table eurent beau tenter de converser avec elle, elle ne les entendait pas ou les obligeait à répéter plusieurs fois leurs propos et n'y répondait que par de vagues soupirs. Sans cesse, malgré elle, ses regards glissaient vers le gracieux jeune homme assis à côté de son frère. Alors elle s'obligeait à détourner la tête. Comme elle regrettait à présent de ne pas avoir suivi les conseils de sa mère ! Ah, si elle avait porté la délicate robe de brocart blanc et la coiffe qui lui était assortie ! Avec ses bras nus, sa chevelure défaite lui tombant plus bas que les reins, le spectacle qu'elle offrait ne pouvait qu'offenser la pudeur. Et Sir Bryan avait dû en conclure qu'elle n'était qu'une dévergondée.

Les serviteurs préparaient maintenant la salle pour le bal. La panique s'empara soudain de Roseanna. Comment réagirait-elle si Bryan l'invitait à danser ? Ou pire, s'il s'en abstenait ? Elle demeura figée sur place et attendit anxieusement. Quel ne fut pas son soulagement d'apercevoir bientôt le jeune chevalier se retirer, après avoir pris congé de sa mère ! Aussitôt la tension qui l'habitait se dissipa. Son humeur enjouée lui revint. Dès que le bal fut ouvert, elle s'élança d'un pas leste et partit danser aux bras d'un des plus charmants gentilshommes de la suite du roi.

La fête continua à battre son plein longtemps après minuit. Enfin, les torches projetèrent leurs dernières lueurs, et chacun alla se coucher. Une fois dans sa chambre, Roseanna s'empressa de renvoyer sa camériste. Il lui tardait de se retrouver seule pour songer à Sir Bryan. En se glissant dans le lit, le contact des draps froids la fit frissonner. Mais bientôt, ses pensées se dirigèrent à nouveau vers le beau chevalier à la barbe d'or et au doux sourire.

D'autres pensées moins plaisantes s'immiscèrent peu à peu dans sa rêverie. Un sentiment de mauvaise conscience finit par la tenailler : elle voyait sa mère devant elle en train de lui adresser de vifs reproches. C'était vrai, elle s'était conduite en véritable petite peste, elle avait insulté Joanna, lui avait désobéi. Comme sa tenue provocante avait dû l'offenser ! Cependant elle savait que sa mère l'aimait, n'agissait que pour son bien. Pourquoi alors s'ingéniait-elle à la défier sans cesse ?

Roseanna soupira tristement et se retourna dans son lit. Le sommeil ne tarderait pas à venir et emporterait ses soucis...

Au même instant, blottie entre les bras du roi, Lady Joanna contemplait le feu qui crépitait dans la cheminée de sa chambre.

— Notre petite Roseanna est devenue extrêmement séduisante, murmura Edward contre son oreille.

— Elle le sait et en abuse.

— Comment lui en vouloir ? As-tu remarqué de quelle manière les hommes la dévorent des yeux ?

— En plus, elle est têtue et farouchement indépendante, insista Joanna.

Un sourire moqueur apparut sur les lèvres du roi.

— Cela lui vient de son père et de sa mère, pouffa-t-il.

— De toi peut-être, mais pas de moi.

Edward se pencha et lui baisa tendrement la tempe. Ses doigts commencèrent à défaire sa robe.

— Non, pas tout de suite, mon amour. J'ai encore à te parler d'une question importante, Edward.

Comme tu le sais, nous avons, il y a six ans, fiancé Roseanna à Roger de Montford, baron de Ravenspur. Depuis le temps, ce dernier ne s'est toujours pas présenté pour réclamer son dû. Bien sûr, c'est l'un de tes plus proches compagnons, et je continue à le tenir pour un excellent parti. Mais s'il devait s'obstiner à refuser de la conduire devant l'autel, nous serions contraints de nous retourner vers d'autres prétendants.

Le roi parut mal à l'aise. Joanna en profita pour s'échapper de ses bras et se mettre debout. Son regard insistant réclamait une réponse.

— Eh bien, je vais être franc avec toi, commença Edward. C'est uniquement afin d'aider Roger que j'ai décidé de leurs fiançailles. A cette époque, Ravenspur venait de se retrouver veuf pour la seconde fois dans des circonstances tragiques. Le mariage lui faisait désormais horreur. Pourtant son lignage exigeait de lui un héritier, on le harcelait pour qu'il se remarie. Roseanna n'ayant alors que onze ans, la fiancer à Roger m'a paru tout indiqué. Ainsi les problèmes de mon vieux compagnon étaient-ils résolus pour quelques années.

— Ah, les hommes ! pesta Joanna. Quels monstres d'égoïsme vous faites ! Quand cesserez-vous de nous utiliser pour satisfaire vos misérables intérêts ?

Afin de l'amadouer, Edward remplit une coupe de vin blanc d'Espagne qu'il lui tendit.

— Roger vient de rentrer du pays de Galles où il a combattu pour moi. Il séjourne dans mon pavillon de chasse, pas très loin de Castlemaine. Je passerai le voir et lui ferai comprendre qu'il doit enfin se décider à épouser Roseanna ou à rompre ses fiançailles avec elle.

— Il s'est pourtant solennellement engagé ! protesta Joanna.

— S'il devait refuser, je trouverais une meilleure alliance pour ma jolie rose.

Les bras puissants du monarque enlacèrent Joanna.

— Assez perdu de temps ! Au lit, ma belle !

Et, lui ôtant la coupe des mains, il la vida d'un trait.

— Edward ! s'esclaffa la châtelaine, moqueuse. Il n'y a pas plus grand buveur que toi dans tout le royaume d'Angleterre.

— C'est faux : il m'arrive parfois de rouler sous la table avant les autres. Mais pour faire l'amour, c'est toujours moi le roi. Et je vais te le prouver, ma chérie.

2

Malgré ses efforts, Roseanna ne parvenait toujours pas à s'endormir. Elle se leva et enfila une robe de chambre. Elle se sentait tellement coupable envers sa mère : le sommeil ne viendrait pas cette nuit tant qu'elle n'aurait pas obtenu son pardon.

La chambre à coucher de Lady Joanna était située dans l'aile ouest du manoir. Pressant le pas, la jeune fille parcourut la longue enfilade de couloirs glacés qui y conduisait. Sur la pointe des pieds, elle traversa la pièce attenante où ronflait Kate Kendall. Grâce à Dieu, le cerbère avait le sommeil lourd et ne se réveilla pas.

Devant la porte, retenant son souffle, elle hésita quelques secondes puis se glissa dans la chambre de sa mère. Un épouvantable spectacle l'y attendait : enlacé sur le lit, un couple faisait l'amour. Cet homme nu aux cheveux roux et au corps d'athlète était le roi d'Angleterre. Entre ses bras, Joanna riait et poussait des cris d'extase.

Les yeux de Roseanna s'écarquillèrent de stupeur. Se plaquant une main sur la bouche, elle étouffa un hurlement. Puis, horrifiée, elle s'enfuit en courant.

— Roseanna ! rappela en vain sa mère.

Lady Joanna s'extirpa prestement du lit et passa un vêtement.

— Il faut que j'aille lui parler, annonça-t-elle sur un ton alarmé.

— Non. Après ce qu'elle vient de voir, elle te déteste sans doute. Mieux vaut que je m'en charge.

Edward enfila ses chausses, une paire de bottillons, et s'enveloppa dans son manteau pourpre. Il ne lui fut pas bien difficile de trouver la chambre de Roseanna. Par la porte entrebâillée, il entendit des sanglots et la voix d'Alice qui essayait sans succès de calmer sa maîtresse.

— Laisse-nous seuls, ordonna doucement le roi à la caméristе.

Recroquevillée sur son lit, Roseanna pleurait à chaudes larmes. La voix du monarque la fit brusquement se redresser, et elle le dévisagea telle une furie.

— Sortez ! lança-t-elle d'une voix tremblante de rage. Vous avez beau être le roi d'Angleterre, vous n'avez pas le droit de pénétrer dans ma chambre.

Une expression affligée passa furtivement dans le regard d'Edward, mais il garda son autorité sereine :

— J'en ai parfaitement le droit. Non en ma qualité de roi... mais en celle de père.

Roseanna secoua violemment la tête.

— Que racontez-vous là ? Vous êtes l'amant de ma mère, voilà tout !

— C'est vrai, Joanna et moi sommes amants, car nous nous aimons. Et ce depuis que nous avons quatorze ans. Tu es le fruit de nos amours, tu es notre fille, Roseanna.

Le souverain ne pouvait mentir. Aussi inouïe fût-elle, il fallait accepter cette révélation : elle était la bâtarde du roi d'Angleterre. Roseanna sentit son sang se glacer.

— Comment ! Vous avez osé commettre le péché de la chair si jeune, s'exclama-t-elle. Et vous l'avez en plus engrossée ! Quelle honte !

— Nous étions tellement épris l'un de l'autre.

— Pourquoi ne vous êtes-vous pas mariés alors ?

— Je vais t'expliquer. Je n'avais que quatorze ans à cette époque et j'étais simplement comte de March. Henri de Lancastre étant devenu fou, mon père venait d'être nommé régent du royaume. De fait, c'était mon oncle, le comte de Warwick, qui dans l'ombre tirait les ficelles. J'étais alors à son service et lui devais totale obéissance. Quand il s'est opposé à mon mariage avec Joanna, je n'ai pu que m'incliner.

Roseanna fouilla dans sa mémoire.

— Le comte de Warwick ? Celui qu'on a surnommé « le faiseur de rois » ?

— En effet ! Et il mérite son titre : à dix-huit ans, il m'a permis de monter sur le trône.

— Mais si je me souviens bien, Warwick s'est également opposé à votre mariage avec Elizabeth Woodville, objecta Roseanna. Elle n'en est pas moins devenue votre femme et reine d'Angleterre.

— La situation avait évolué : je régnais déjà depuis quatre ans, mon autorité s'était affermie. J'ai néanmoins tenu longtemps mon mariage secret, par crainte de Warwick.

— Vous ? Avoir peur de quelqu'un ? Je ne le crois pas.

Le roi s'esclaffa, amusé. D'un doigt, il souleva le

menton de Roseanna qui, radoucie, se laissa faire.

— Ma jolie rose, tu es le premier enfant que j'ai eu. Dans mon cœur, tu as toujours occupé la meilleure place. Me pardonneras-tu de ne pas avoir fait de toi une princesse royale ?

— Que m'importe ? murmura Roseanna avec un haussement d'épaules. Mais dites-moi, qui est au courant de cette histoire ?

— Personne, à part ta mère et moi. Et Sir Neville, évidemment. Nul autre ne doit l'apprendre. Il en va de ta vie.

La jeune fille tressaillit.

— Qui pourrait désirer ma mort ?... Les Woodville ?

Le roi la scruta pendant de longues secondes. Elle était si jeune. Pouvait-il l'entretenir des intrigues qui déchiraient son royaume ? Enfin il se décida :

— La reine a une nombreuse famille : deux enfants d'un premier lit, six sœurs et cinq frères, sans compter sa mère et son beau-père, Lord Rivers. Et je n'ai jamais rencontré une ambition aussi démesurée que la leur.

Il eut une expression chagrine.

— D'autre part, poursuivit-il, certains de mes frères et Warwick, qui ne m'aime plus guère depuis que j'ai cessé d'être une marionnette entre ses mains, sont eux aussi animés d'une soif excessive de pouvoir et sont prêts à tout pour l'assouvir. Si eux ou les Woodville découvraient que tu es ma fille, ils te considéreraient comme un obstacle à leurs ambitions. Et ils n'hésiteraient pas à tenter de t'éliminer. A n'importe quel prix.

— Je comprends, fit Roseanna, apeurée.

— Mais tu es sous ma protection et tu n'as rien

à craindre tant que tu garderas le secret de ta naissance.

— Je ne le divulguerai à personne, Votre Majesté, je vous le promets.

— Parfait, ma petite rose.

Il se pencha et déposa un baiser sur son front.

— Ça va mieux maintenant ? lui demanda-t-il avec tendresse. Tes larmes ont séché ?

Roseanna acquiesça d'un signe de tête.

Le roi se retira. Cependant le sommeil ne venait toujours pas.

Trop de pensées s'entrechoquaient dans son esprit. Ainsi, elle était la bâtarde d'Edward IV ! Elle se sentait pourtant toujours elle-même. Attristée, bouleversée sans doute, mais heureuse d'avoir appris la vérité. Elle n'en voulait pas au roi, au contraire, elle éprouvait pour lui une sympathie et une affection plus vives encore. En revanche, le rôle joué par sa mère dans cette histoire lui répugnait.

En temps ordinaire, Roseanna se serait précipitée dès l'aube aux écuries afin d'examiner le pur-sang arabe dont le roi lui avait fait cadeau. Mais son sommeil avait été si bref et si mauvais qu'elle se sentait sans énergie. Engourdie, elle sommeillait encore lorsqu'une odeur de nourriture vint lui chatouiller les narines. Quelle lubie avait pris Alice pour qu'elle décidât de lui servir son petit déjeuner au lit ? Elle se dressa et découvrit Lady Joanna qui s'approchait, portant un plateau chargé de victuailles. Roseanna baissa aussitôt les yeux : regarder sa mère en face lui était désormais insupportable.

Joanna vint s'asseoir au bord du lit. Au lieu de se lancer dans des explications, elle demeura silencieuse. Étonnée, Roseanna finit par lever son regard. L'image hideuse de sa mère nue, riant avec impudeur sous l'étreinte du roi, s'effaça d'un coup. Elle la vit à quatorze ans. Si jeune et déjà enceinte. Comme elle avait dû souffrir ! On l'avait sans doute punie, humiliée, couverte d'opprobre.

Dans un élan de tendresse, Roseanna lui saisit la main.

— Oh, mère, pardonnez-moi ! souffla-t-elle.

La dévisageant pendant quelques secondes, elle reprit :

— Vous aimez beaucoup le roi, n'est-ce pas ?

Joanna esquissa un sourire désabusé.

— Nous sommes de vieux amants à présent. Mais si tu savais à quel point j'ai été folle de lui !

— Vous avez dû être désespérée lorsqu'on vous a interdit de vous marier avec lui.

— Oui, j'en ai été affreusement malheureuse. Je voulais même mourir...

Une larme roula sur la joue de Roseanna.

— Allons, ma fille, inutile de nous attendrir ! lança Joanna en se levant. C'est dans les grandes épreuves que se forgent les caractères. Prends ton petit déjeuner maintenant. Nous reparlerons de tout cela plus tard.

Une fois la châtelaine sortie, Alice se présenta pour coiffer sa maîtresse. La camériste brûlait d'apprendre ce qui avait provoqué ses sanglots la nuit dernière et pourquoi le roi était venu lui rendre visite dans sa chambre.

Roseanna se garda bien de lui révéler la vérité.

— Tu avais raison, Alice, j'aurais dû mettre la robe de brocart blanc. Ma tenue a scandalisé ma mère. Après la fête, elle m'a réprimandée vertement. Sans l'intervention du roi, nous nous serions brouillées.

— Sa Majesté a la réputation d'être l'homme le plus gentil du royaume, commenta Alice de sa voix timide. Cependant, en sa présence, je me sens terrifiée.

— C'est sa fonction de roi qui impressionne. Mais derrière, il y a un homme de chair et de sang qui possède un cœur d'or.

Après avoir chaussé de souples bottes de cuir, Roseanna se rendit aux écuries. A cette heure matinale, les couloirs du manoir étaient encore déserts. Heureusement ! Quelle gêne à la pensée d'y croiser Sir Neville Castlemaine, son père... enfin non, pas exactement son père !

Dans les écuries régnait une vive animation. Les palefreniers du roi préparaient le départ de Sa Majesté pour Belvoir, son pavillon de chasse. Edward en personne surveillait les opérations d'un œil. En même temps, il vantait au vieux Dobbin les qualités du pur-sang arabe qu'il venait d'offrir à sa filleule bien-aimée.

Roseanna accourut vers eux.

— Oh, mais il est blanc ! s'écria-t-elle en découvrant le cheval.

Elle lança aussitôt un jet de salive sur le sol.

— Serais-tu superstitieuse, petite rose ? lui demanda le roi tout en fronçant les sourcils.

Puis il éclata de rire.

— Morbleu, il y a des lustres que je ne crache plus à la vue d'un cheval blanc.

— Vous savez, Majesté, je me signe toujours trois fois quand j'aperçois un vol de corbeaux. Et pour rien au monde je ne contemplerais la pleine lune à travers une vitre.

— De même que tu évites de passer sous une échelle et que tu ne te promènes jamais sans porter sur toi une patte de lapin.

Dobbin s'était mis à bouchonner l'étalon blanc dans la stalle qu'on lui avait attribuée.

— Tu sauras néanmoins m'en tirer quelques bons destriers, ma Roseanna, fit le roi.

La jeune fille soupira.

— Il y a toujours beaucoup de demandes pour les chevaux de bataille. Hélas, ces pauvres bêtes ne vivent pas longtemps.

Tous deux se rendirent ensuite devant la stalle de Zeus. Le cheval salua sa maîtresse par un hennissement joyeux.

— C'est bien là ton étalon favori ? s'enquit Edward.

— Oui, en effet.

Embarrassé, le souverain marqua un instant d'hésitation.

— J'ai promis à ta mère de t'en parler. Tu lui fais peur à toujours monter cette bête qui n'a pas été châtrée. Pourquoi ne pas lui faire plaisir et utiliser de temps en temps un hongre ?

— Me permettez-vous de vous poser à mon tour une question, Votre Majesté ? Quand vous livrez bataille, votre destrier est un cheval entier, n'est-ce pas ?

— Il est vrai.

— Un hongre est pourtant infiniment plus docile et moins ombrageux, il ne pousse pas de hennissements sauvages qui risquent sans cesse de révéler votre position à l'ennemi. Malgré tout, vous combattez sur un coursier non châtré, il vous permet de fondre avec plus de fougue et de violence sur votre adversaire. En montant Zeus, c'est précisément cette sensation que je recherche.

Edward la dévisagea avec une admiration teintée d'orgueil.

— Tu es intrépide comme une vraie Plantagenêt, murmura-t-il. Néanmoins, laisse-moi te conseiller un peu plus de prudence. Ne serait-ce que pour rassurer ta mère.

— Oui, Votre Majesté.

L'heure du départ avait sonné. A la tête de ses chevaliers, le roi enfourcha son destrier.

— Au revoir, ma jolie rose. Si le cœur t'en dit, viens faire un tour à Belvoir. J'y séjournerai jusqu'à la fin du mois. Nous pourrons traquer le cerf ensemble.

Le cœur lourd, Roseanna assista au départ du roi. Elle se sentait si bien auprès de cet homme...

Étouffant un soupir, elle regagna la stalle de Zeus.

— Prenez garde, damoiselle Castlemaine, déclara une voix harmonieuse dans son dos. Une ruade de cet étalon pourrait vous blesser.

Roseanna se retourna et découvrit Sir Bryan. Les battements de son cœur s'accélérèrent.

— Merci, murmura-t-elle en baissant les yeux.

Au bout de longues secondes, elle se força à relever la tête. Si elle s'obstinait à se comporter avec autant de timidité, l'ami de son frère ne tarderait pas à la considérer comme une parfaite imbécile. Il lui fallait à tout prix trouver quelque chose à dire.

— Je vous en prie, appelez-moi Roseanna, milord.

Il inclina le buste en chevalier courtois.

— J'en serais très honoré, Lady Roseanna.

Du coin de l'œil, elle aperçut son frère qui

s'approchait. Elle en éprouva du soulagement. Car déjà les mots lui manquaient pour continuer à converser avec ce splendide jeune homme.

— Ah, te voilà, Roseanna ! Père désire te parler. Il est descendu au jardin voir si tu y étais.

— Bien, je vais le rejoindre.

Elle prit congé et partit en direction du jardin. Sir Neville s'y trouvait en effet, debout près d'un massif de roses. Seigneur, qu'allait-elle lui dire ? Heureusement, ce fut lui qui prit la parole en premier :

— Joanna m'a prévenu que tu savais tout.

— Joanna ? répéta-t-elle sur un ton acerbe. Après toutes ses infidélités, comment pouvez-vous encore prononcer son nom ?

— Ma chère enfant, je n'ai rien à reprocher à ta mère. C'est une excellente épouse qui a toujours été honnête envers moi. Lorsque nous nous sommes mariés, elle ne m'a pas caché qu'elle était enceinte. Un an après ta naissance, elle m'a comblé en me donnant un fils. Que peut exiger de plus un homme ?

La sincérité de ses propos ne souffrait aucun doute. Roseanna lut dans ses yeux l'amour et la tendresse.

— Vous vous êtes toujours montré d'une extrême bonté à mon égard, murmura-t-elle en refoulant avec peine une envie de pleurer. Je ne cesserai jamais de vous aimer et de vous considérer comme un père.

— Et toi, Roseanna, tu seras toujours ma fille.

Elle se précipita dans ses bras, incapable de retenir davantage ses larmes.

— J'appréhendais de me retrouver en votre présence, père. Mais votre cœur est si grand et si généreux : une fois de plus, vous avez su calmer mes craintes.

Face au trop-plein d'émotion qui l'envahissait, Sir Neville préféra changer de sujet.

— Dis-moi, et ton nouveau pur-sang arabe, comment envisages-tu de l'appeler ?

— Que pensez-vous de... Coran ?

— Très bonne idée.

Soulagée, Roseanna lui sourit à travers ses larmes.

3

— Milady, un certain chevalier m'a chargée de vous remettre ceci, annonça la cameriste en lui tendant un parchemin.

— Quel chevalier ? s'étonna Roseanna.

Mais déjà son cœur lui avait soufflé la réponse : il ne pouvait s'agir que de Sir Bryan. Fébrilement, elle déroula le papier de vélin. Incroyable ! Le chevalier lui avait écrit un poème :

Ô lune ! Ô brillante lune !
Bel astre d'argent,
En rien te tiens rancune,
Si l'as bercée doucement.

Que ma dame de moi rêve,
Tel est mon plus haut désir,
Car toujours, sans nulle trêve,
Je brûle à son souvenir.

Tandis qu'elle lisait ces vers, son sang bouillonnait dans ses veines.

— C'est très beau, commenta-t-elle d'une voix neutre pour cacher son émotion.

Mais intérieurement, elle exultait : Bryan partageait les mêmes sentiments qu'elle, et elle en éprouvait une joie profonde. Son humeur maussade de la veille était oubliée, la vie aujourd'hui lui paraissait tout à coup merveilleuse. Elle avait l'impression d'être à l'aube d'une nouvelle existence.

A l'heure du dîner, quand Roseanna s'installa à la table commune, il y avait une magnifique rose blanche posée à côté de son assiette. Elle en respira longuement le parfum enivrant.

Ses yeux parcoururent la salle et se posèrent bien vite sur le visage qu'elle cherchait. Elle fixa Sir Bryan d'un regard empli de gratitude et de tendresse. Puis la timidité reprit le dessus et elle baissa la tête.

Le repas terminé, elle eut la déception d'apercevoir le jeune chevalier quitter en hâte la salle à manger. Pourquoi ne s'arrangeait-il pas pour se retirer au même moment qu'elle ?

Quelques minutes plus tard, Roseanna sortit à son tour. Comme elle franchissait la porte voûtée qui donnait dans la cour du château, son cœur manqua un battement : il était là et l'attendait ! Bryan lui emboîta le pas. Côte à côte, ils traversèrent la cour. Des colombes apeurées s'envolaient devant eux.

— M'en voulez-vous beaucoup de vous avoir écrit ce poème ? l'interrogea-t-il.

— Bien au contraire. Il m'a beaucoup touchée.

Bryan eut une expression satisfaite.

— Quelle joie de ne pas avoir suscité votre dédain ! Je pourrai donc vous dédier d'autres vers. Si vous me le permettez, je vous en enverrai chaque jour.

Il hésita un instant avant de reprendre :

— Vous êtes si belle, Lady Roseanna. Tant de chevaliers doivent espérer conquérir votre cœur !

— Aucun, je vous assure.

Il s'empressa alors de lui proposer :

— Accepteriez-vous qu'un jour nous allions nous promener ensemble à cheval ? J'aimerais que vous me fassiez découvrir les paysages de votre région.

— Seriez-vous disponible demain ? demanda-t-elle avec un sourire enjôleur, surprise de sa propre audace.

— Il se peut.

— J'ai l'intention d'aller chasser au faucon dès l'aube. Si vous me faisiez la grâce de vous joindre à moi, j'en serais enchantée, Sir Bryan.

— J'accepte avec grand plaisir, déclara-t-il en plongeant son regard dans le sien.

Roseanna tenait encore sa rose blanche à la main. Délicatement, le chevalier la lui prit. Après avoir fait courir les pétales sur ses lèvres, il glissa la fleur sous son pourpoint, tout contre son cœur.

Le lendemain matin, lorsque Roseanna se réveilla, le soleil n'était pas encore levé. Accourue en hâte, Alice alluma les chandeliers.

— Voulez-vous que j'appelle un page pour qu'il fasse du feu dans la cheminée ? proposa-t-elle.

— Non, pas la peine. Aide-moi plutôt à me coiffer. Ramène mes cheveux en tresses et noue-les avec un ruban. Ce sera plus commode pour aller chasser au faucon.

Une fois coiffée à sa convenance, Roseanna s'habilla. Sur son justaucorps, elle passa un ample manteau rouge. Les bottes de cheval en cuir de Cordoue qu'elle chaussa étaient également rouges. Cette couleur mettait en valeur sa chevelure d'ébène. Une épaisse paire de gants en peau paracheva sa tenue.

Satisfaite, Roseanna choisit une pomme bien verte dans le compotier et la croqua.

— N'est-ce pas trop acide ? s'inquiéta sa camériste.

— Au contraire, c'est délicieux. En outre, cela rend mes dents plus blanches et mon sourire plus éclatant... A présent, Alice, tu peux retourner te coucher si tu veux. Je te ferai le récit de mes exploits en rentrant.

Dans les écuries désertes, Sir Bryan l'attendait avec impatience. L'apparition de la jeune châtelaine tout de rouge vêtue lui arracha une exclamation admirative.

— Allons chercher nos oiseaux de proie, dit-elle aimablement.

La fauconnerie du manoir était aménagée dans un bâtiment annexe. Les rapaces, dérangés dans leur sommeil, accueillirent les jeunes gens par une cacophonie de cris et de furieux battements d'ailes.

Le choix de Sir Bryan se porta sur un faucon de belle envergure, aux serres noires et brillantes particulièrement développées. Roseanna préféra un milan femelle de moindre taille, mais dont elle connaissait les qualités.

Le chevalier noua un lien de cuir à la bague entourant la patte du rapace, et Roseanna l'imita. De retour aux écuries, Bryan entreprit de seller son cheval, un superbe alezan au large poitrail, mais sans nul doute moins rapide et moins puissant que Zeus. La comparaison risquait de s'avérer peu flatteuse pour son compagnon : par délicatesse, Roseanna décida de monter une jeune jument.

Enfin, faucons aux poings, ils partirent.

Le soleil, qui s'était levé, faisait scintiller en un tapis d'argent des myriades de gouttelettes de rosée. Tandis qu'ils chevauchaient à travers la plaine, Roseanna observait Sir Bryan à la dérobée. Il portait des hauts-de-chausses bleu foncé, un pourpoint de la même couleur, de hautes bottes de cuir qui lui montaient jusqu'aux cuisses. En harmonie avec sa tenue, ses yeux brillaient d'un bleu intense. La lumière matinale accentuait le doré de ses cheveux et de son fin collier de barbe. Un soupir souleva la poitrine de la jeune fille : Dieu, que son compagnon était splendide !

A l'épaule, il portait l'écusson du duc de Clarence — un taureau noir s'élançant pour charger.

— Le duc de Clarence ressemble-t-il à son frère, le roi ? demanda-t-elle. J'ai déjà eu l'occasion de voir Richard, l'autre frère, mais je ne connais pas George.

— Oh, il lui ressemble beaucoup physiquement. Lui aussi est très grand, les cheveux de ce roux particulier aux Plantagenêts, d'une rare beauté — sans doute plus beau encore que son aîné. D'autre part, il possède une grâce naturelle et des manières plus raffinées. Quand on les voit l'un à côté de l'autre, on croirait plutôt que c'est George le roi d'Angleterre...

Il hésita avant de reprendre :

— Edward, lui, est... tellement simple et familier, presque rustre parfois.

Roseanna ne put s'empêcher de lui décocher un regard désapprobateur. Osait-il dire du mal du roi ?

Non, c'était impossible, elle savait que les chevaliers se montraient d'une loyauté sans faille envers leur suzerain.

Comme ils traversaient une prairie, une compagnie de perdrix s'envola devant eux. Les deux chasseurs lâchèrent aussitôt leurs oiseaux de proie. Afin de mieux suivre la poursuite, ils gagnèrent le sommet d'une butte.

— D'où êtes-vous, Sir Bryan ? l'interrogea Roseanna après un moment de silence.

— De Marston Moor, près d'York. Mon père était vassal du duc d'York, le père de George.

La jeune fille eut un rire gêné avant de lui faire remarquer :

— On l'appelle le père du roi d'habitude.

— Qu'importe ! Mon père n'en a pas moins versé son sang pour la cause d'York.

« York » était le nom de la maison qui, trente années durant, avait affronté les Lancastres au cours de la guerre des Deux-Roses, la rose rouge étant l'emblème des Lancastres, la rose blanche celui des Yorks.

— Je suis désolée, soupira-t-elle.

— Mon père est mort alors que j'avais à peine cinq ans. Il est tombé aux côtés d'Edmund, le jeune neveu du duc d'York, dans une embuscade tendue par une compagnie commandée par Lord Clifford. Une odieuse félonie perpétrée en pleine trêve de Noël.

— Mon Dieu, quelle horreur !

— Ma mère a su tous les détails du drame par un écuyer qui en avait réchappé par miracle. Selon lui, mon père, avant d'expirer, aurait supplié Clifford d'épargner le jeune Edmund. « Par le sang du

Christ ! aurait-il répondu, son père a tranché la tête du mien, rien ne me retiendra de lui faire subir le même sort. » Sur ces mots a commencé une atroce boucherie : tous les blessés ont été achevés à l'épée.

A mesure qu'il parlait, le ton de Sir Bryan était devenu de plus en plus ému. On aurait dit qu'il vivait par l'imagination ces terribles événements. Soudain il parut s'aviser de la présence de Roseanna.

— Oh, pardonnez-moi ! Je devrais m'abstenir de raconter pareilles atrocités devant une damoiselle.

— Non, vous pouvez me parler sans retenue. Je suis votre amie, Bryan.

Elle prononça son prénom d'une voix mal assurée. Ce séduisant chevalier lui plaisait énormément. Et elle était toute disposée à vivre avec lui son premier amour.

Le faucon de Bryan revint se poser sur son gantelet, une perdrix sanguinolente dans le bec. Le chasseur flatta de la main l'oiseau de proie et sortit de la poche de son pourpoint un morceau de viande rouge qu'il lui donna à manger.

— Vous le gâtez un peu trop, protesta Roseanna.

— Je crois en l'efficacité de la récompense. Nul n'agit s'il n'espère en retirer un profit.

Cette théorie déplaisait à la jeune fille. Elle chercha un argument à lui opposer, puis y renonça. A quoi servait-il de se lancer dans une polémique ? Ils avaient mieux à faire pour passer agréablement le temps.

Ce fut au tour du milan de Roseanna de revenir avec une proie. Il ne s'agissait que d'une toute petite souris grise. Les jeunes gens éclatèrent de rire.

— Donnez-la-lui à manger ! suggéra Bryan. Avide d'une nouvelle récompense, votre rapace vous rapportera un gibier plus comestible.

Quelques heures plus tard, perdreaux et pigeons emplissaient leurs gibecières. Les chasseurs décidèrent de rentrer à Castlemaine.

— Nous reverrons-nous demain ? demanda Bryan tandis qu'ils franchissaient la poterne du château.

— Très volontiers, accepta Roseanna qui lui offrit son plus beau sourire.

Ce fut son frère Jeffrey qui transmit le deuxième poème de Sir Bryan dédié à la jeune fille :

Je ne désire rien d'autre, noble dame,
Que la joie du plus pur amour ;
Et en vos beaux yeux, reflet de l'âme,
Lirai-je que votre cœur point ne m'est sourd ?
Car à vous m'abandonne pour toujours,
Je suis vôtre, soyez mienne, ô belle dame.

La joie d'aimer et d'être aimée pour la première fois métamorphosait Roseanna. Elle n'était maintenant plus que douceur et sagesse. Un sourire rêveur flottait sans cesse sur ses lèvres. Quand elle partait se promener à cheval, elle délaissait Zeus pour une paisible jument. A la veillée, les ballades interprétées par les ménestrels, qui la faisaient autrefois bâiller d'ennui, l'émerveillaient désormais.

C'était un changement si brusque et si radical que sa mère s'en inquiéta. Était-ce d'avoir appris que le roi d'Angleterre était son père qui provoquait chez Roseanna une telle transformation ? Lady Joanna n'était pas loin de le croire.

Ce jour-là, elle invita sa fille à passer un moment

seule avec elle dans son atelier. Une pièce qu'elle avait aménagée dans l'aile ouest du manoir et qui bénéficiait d'une luminosité idéale l'après-midi.

Roseanna y admira le bijou sur lequel sa mère était en train de travailler. C'était une broche devant servir à agrafer un col de manteau. En forme de E, elle était sertie d'améthystes d'un pourpre vif sur fond de diamants représentant un soleil dans toute sa splendeur.

— C'est magnifique, mère !

Lady Joanna se mordit la lèvre.

— Je ne sais pourtant pas si je l'achèverai.

— Pourquoi donc ? Ce serait dommage.

— Cette broche est destinée au roi, mais *elle* aussi pourrait la porter.

— De qui voulez-vous parler ? D'Elizabeth, la reine ?

— Oui, la Woodville !

Ces mots claquèrent sur un ton si sec que la jeune fille ne put s'empêcher de demander :

— Vous la haïssez ?

— Et je ne suis pas la seule. L'Angleterre entière la déteste. Elle et les autres membres de sa famille abusent des générosités d'Edward d'une manière éhontée. Ils prospèrent au détriment du royaume comme d'abjects parasites.

Sa mère avait du caractère et son franc-parler, mais jamais Roseanna ne l'avait entendue s'exprimer avec une telle virulence.

— Et dire que la Woodville ne possédait pas un sou vaillant quand le roi a daigné poser les yeux sur elle ! poursuivit Joanna.

Elle ferma le poing, l'air rageur.

— Par-dessus le marché, elle a cinq ans de plus qu'Edward !

— Pourquoi l'a-t-il épousée alors ? s'étonna Roseanna.

— Parce que c'est une sorcière et qu'elle le tient par où je pense, et que...

Elle s'interrompit brusquement.

— Oh pardon, ma chérie ! Je deviens grossière, j'ai dû te choquer.

— Pas plus que vous ne l'avez fait l'autre nuit.

Mère et fille se dévisagèrent quelques secondes avant d'éclater de rire.

Sa visite terminée, Roseanna décida de passer voir son frère. Comme elle entrait dans la chambre de Jeffrey, une jeune servante s'esquiva à la hâte, les cheveux ébouriffés, à moitié nue.

— Je suis venue te demander un service, cher frère, commença-t-elle sur un ton solennel que démentait la lueur amusée de ses prunelles.

Jeffrey répliqua par une taquinerie :

— Es-tu sûre de ne pas t'être trompée de chambre ? Celle de Bryan se trouve au fond du couloir.

Roseanna ne releva pas la pointe.

— Je voudrais essayer mon nouveau pur-sang arabe. Mais Zeus aussi a besoin d'exercice. Pourrais-tu avoir la gentillesse de t'en occuper ? Nous irions faire un tour ensemble.

Son frère eut un sourire entendu.

— Ah, je comprends pourquoi c'est à moi que tu demandes ce service et non à Bryan ! Tu craindrais de l'humilier en prenant trop de longueurs d'avance.

— Tu crois vraiment le cheval arabe plus rapide que Zeus ?

— Monté par une amazone telle que toi, je n'en doute pas.

— J'envisage de l'accoupler à une jument d'Écosse. Ce doit être un croisement intéressant.

Jeffrey fixa sa sœur en fronçant les sourcils.

— Surtout, Roseanna, n'aie pas le mauvais goût de parler élevage lors de ton rendez-vous, cet après-midi !

— Quel rendez-vous ?

— Celui que j'ai promis à Bryan d'arranger en secret entre toi et lui. Tu sais, tu devrais faire preuve d'un peu plus de prudence, sinon mère s'apercevra bientôt de votre attirance et y mettra le holà.

— Et pourquoi ?

— Grand Dieu, que tu es naïve ! Elle trouvera toujours cent bonnes raisons. En premier lieu, que tu es déjà fiancée à Ravenspur.

— Bah, quelle importance ? lança-t-elle, désinvolte. A présent, parle-moi de ce rendez-vous.

— Voilà mon plan. En fin d'après-midi, munies de vos luths, Alice et toi descendrez en passant par le verger au bord de la rivière. Tu verras, les berges de la Trent offrent un décor idéal pour les rencontres galantes.

Il lui adressa un clin d'œil fripon.

— Avec Bryan, nous vous rejoindrons avec des victuailles et du vin. Au bout d'un moment, Alice et moi nous retirerons discrètement pour vous laisser en tête à tête.

Ce fut au tour de Roseanna de se moquer :

— J'ignorais que tu contais fleurette à ma camériste, mon petit Jeffrey.

— Oh, ma sœur, que vas-tu chercher là ? pouffa-t-il, tandis que, pour la taquiner, il lui tirait une de ses longues nattes noires.

Les quatre jeunes gens riaient gaiement à l'ombre des saules pleureurs dont les branches effleuraient la surface de l'eau. L'exquise robe rose tendre que portait Roseanna lui conférait un air fragile. Elle souriait. Ils avaient bu du vin et du cidre.

En catimini, Jeffrey et Alice s'esquivèrent main dans la main. Roseanna se retrouva seule en compagnie de Bryan. Prenant son luth, elle en tira des accords mélodieux, tandis que le chevalier lisait tout haut des vers d'un troubadour d'Aquitaine. Ils finirent par lever les yeux, et leurs regards se croisèrent. Le livre glissa des mains de Bryan. Il se rapprocha lentement d'elle afin de glisser son bras autour de sa taille.

— Oh, Roseanna ! murmura-t-il, pendant que, terriblement émue, elle lui abandonnait ses lèvres pour leur premier baiser.

C'était une sensation si nouvelle et si troublante que la jeune fille se mit à trembler comme une feuille.

— Qu'avez-vous ? s'inquiéta Bryan. Est-ce que mon contact vous inspire de l'effroi ?

— Bien au contraire, vos baisers sont exquis...

Encouragé, le chevalier reprit ses lèvres. Entre deux baisers, il lui chuchotait des mots doux à l'oreille :

— Jamais je n'ai rencontré damoiselle plus ravissante que vous, jolie Roseanna. Dès l'instant où je vous ai aperçue, je me suis senti littéralement envoûté.

— Moi aussi.

— Je vous en prie, ne vous moquez pas de moi, vous me briseriez le cœur.

— Je ne me moque pas, croyez-moi.

Le souffle de Roseanna devint encore plus saccadé.

— Je suis à vous, Bryan, avoua-t-elle. Toute à vous.

Cette déclaration eut un effet inattendu. L'étreinte du chevalier s'était brusquement relâchée. L'air abattu, il s'allongea sur l'herbe.

— Cela est impossible, soupira-t-il tristement.

— Et pourquoi donc ?

— Parce que Sir Neville Castlemaine et Lady Joanna ne voudront jamais m'accorder votre main. Je ne suis qu'un pauvre chevalier sans terre.

— Qu'importe ? Vous posséderez le fief que je vous apporterai en dot.

— Vos parents préféreront vous marier à un riche et puissant seigneur.

Dans un geste où se mêlaient tendresse et compassion, Roseanna lui tendit la main.

— Mon frère vous l'a peut-être dit : on m'a fiancée quand j'avais onze ans. Mais mon futur époux ne s'est jamais présenté pour conclure les noces. Il aurait dû le faire l'année de mes quinze ans, l'âge où toute fille bien née se marie. Le temps passe et il ne donne plus signe de vie. Nos fiançailles n'ont aucune valeur, il sera facile de les annuler.

— Alors il y a peut-être un espoir, déclara Bryan, ragaillardi. Et comment s'appelle ce seigneur auquel on vous a fiancée si jeune ?

— Roger de Montford, baron de Ravenspur.

— Ravenspur ! s'exclama le chevalier avec un brusque mouvement de recul.

— Que se passe-t-il ? s'étonna Roseanna. Pourquoi cet air horrifié ?

Sa réponse se fit longtemps attendre :

— C'est que Roger de Montford a une détestable réputation. Il a déjà été marié deux fois. Pour le plus grand malheur de ses femmes qui, toutes deux, gisent à présent au fond d'une tombe.

— Sa première épouse est morte en couches, d'après ce que j'ai entendu dire.

— Mais la seconde a été assassinée.

Roseanna haussa les épaules avec désinvolture.

— Quoi qu'il en soit, mes parents ne me forceront jamais à épouser un homme pour lequel je n'éprouve pas l'ombre d'un sentiment.

Son regard plongea dans les yeux bleus du chevalier.

— Car ils m'ont toujours permis de suivre les inclinations de mon cœur, ajouta-t-elle.

Bryan la reprit dans ses bras pour un nouveau baiser brûlant.

— Oh ! ma douce, jurez-moi que vous m'aimez.

— Oui, Bryan, je vous en fais le serment : je vous aime. Je vous aime de toute mon âme.

4

Que de changements s'étaient produits en l'espace de quelques semaines dans la vie de Roseanna ! On ne la voyait plus aux écuries sellant Zeus et partant pour de longues chevauchées solitaires. La plupart de ses journées se passaient désormais à l'intérieur du manoir, en compagnie... de Kate Kendall. La vieille servante avait accepté de la faire bénéficier de son expérience et de l'initier à la tenue de la maison. Régulièrement, la jeune fille descendait aussi aux cuisines où elle apprenait des recettes, notait des menus.

Les nouvelles préoccupations de sa fille réjouissaient Lady Joanna autant qu'elles l'intriguaient. Quel pouvait en être le motif ? Afin d'en avoir le cœur net, elle posa un jour la question à sa fille.

— Il faudra bien que je sache toutes ces choses quand je serai mariée, lui répondit cette dernière.

— Hélas, ma chérie, ce n'est peut-être pas pour demain. Je crains que Ravenspur n'ait décidé d'annuler vos fiançailles.

— Tant mieux !

— Serais-tu contente si nous recherchions un autre prétendant ?

Le visage de Roseanna s'illumina.

— Tel est mon plus cher désir, Mère.

« Et ce ne sera pas nécessaire d'aller chercher bien loin », faillit-elle ajouter. Pour l'heure, il était pourtant plus sage de ne confier à personne son espoir d'épouser Sir Bryan Fitzhugh.

Un page accourut : on réclamait Roseanna aux écuries. Sir Neville avait besoin de son aide pour soigner une jument qui relevait d'un accouchement difficile. Elle ne pouvait lui refuser ce service.

Tandis que le châtelain maintenait la tête de la bête, Roseanna, avec des gestes méticuleux, lui versait dans la bouche un bouillon chaud additionné de mélasse.

— Ah, ma fille ! soupira Sir Neville. Comment me débrouillerai-je quand tu ne seras plus là ?

— Dobbin vous trouvera un nouvel assistant. A moins que... je n'épouse un de vos chevaliers et que je ne continue à vivre à Castlemaine.

— Cela me plairait beaucoup. Mais qu'en dirait ta mère ?

Évitant de répondre à cette objection, Roseanna lui demanda :

— Si j'étais amoureuse et souhaitais me marier, croyez-vous que Ravenspur y ferait obstacle ?

— Non. A mon avis, son silence est éloquent : il a définitivement renoncé à te prendre pour femme.

— Eh bien, j'en suis ravie.

Pour Bryan et Roseanna, les différents repas pris en commun dans la salle à manger du manoir demeuraient l'occasion de se rencontrer tous les jours. Cependant, par peur de se trahir, ils se montraient discrets, n'échangeaient que quelques regards à la dérobée. Et quand un rendez-vous leur permettait de se retrouver seuls, les choses se déroulaient toujours de la même manière : d'abord des baisers à perdre haleine puis, invariablement, Bryan se lamentait qu'elle fût promise à un autre.

Elle avait beau l'exhorter à la patience, lui assurer que tout finirait par s'arranger, le jeune chevalier restait amer et sceptique.

Un plan germa alors dans l'esprit de Roseanna. Il était facile à réaliser et résoudrait une fois pour toutes leur problème. Le baron de Ravenspur séjournait ces temps-ci à Belvoir, le pavillon de chasse du roi, à moins de trente miles de Castlemaine. Elle s'y rendrait et lui demanderait de rompre officiellement leurs fiançailles car elle en aimait un autre. Ravenspur y consentirait de bonne grâce. Ainsi, elle pourrait épouser Bryan.

Comme le plus tôt était le mieux, elle décida de mettre son plan à exécution le lendemain même. Et ce soir-là, dès qu'elle eut soufflé les chandelles, Roseanna glissa tout de suite dans un profond sommeil, le cœur serein.

Réveillée de bon matin, elle se prépara sans l'aide d'Alice. Son plan devait rester secret : elle agirait seule, à l'insu de tous. Puisqu'elle traverserait la forêt, elle s'habilla d'une robe vert pâle et se couvrit d'une coiffe au voile assorti. Une tenue modeste, sans chichis. Elle chaussa aussi une paire de bottes de cheval en cuir vert également.

Bien avant les chevaliers et les hommes d'armes de Sir Neville, elle descendit prendre son petit déjeuner. Pour le succès de son entreprise, mieux valait ne pas rencontrer Sir Bryan et éviter toute explication avec lui.

Sans que personne la remarque, Roseanna gagna les écuries. Comme toujours, Zeus l'accueillit en hennissant de joie. Après avoir caressé son naseau noir, elle s'apprêta à le harnacher puis se ravisa : devant Roger de Montford, monter un palefroi paraîtrait plus convenable. A la place de l'étalon, elle sella une jeune pouliche.

— Tu vois, Dobbin, dit-elle en riant au maître écuyer qui s'était approché, tu n'as pas de souci à te faire aujourd'hui. Ce n'est pas cette paisible jument qui me fera vider les étriers.

Le vieux Dobbin répondit par un hochement de tête.

— Soyez tout de même prudente, milady. On ne sait jamais.

Quelques heures plus tard, Roseanna chevauchait toujours en direction de Belvoir. Il faisait une chaleur lourde, étouffante. Dans le ciel, de gros nuages gris s'accumulaient çà et là. Un orage semblait se préparer. « Pourvu que j'atteigne Belvoir avant qu'il n'éclate ! » songea Roseanna.

Comme elle progressait le long d'une lande, une perdrix s'envola soudain d'un bouquet d'ajoncs, à quelques mètres devant. Effrayée, la pouliche se cabra. Sa cavalière réussit à la maîtriser et, non sans mal, la remit au trot. Après cet incident, la bête se montra ombrageuse. Sans cesse elle tressaillait, exécutait de brusques écarts. Roseanna avait beau lui flatter l'encolure, lui dire des mots gentils, rien n'y faisait.

La chevauchée se poursuivait tant bien que mal, quand un sourd roulement de tonnerre gronda dans le lointain. L'orage menaçait. Et la pouliche devenait de plus en plus nerveuse.

Un peu plus tard, un nouveau coup de tonnerre retentit. Tout proche, cette fois-ci.

— Peste ! jura Roseanna qui éperonna sa monture afin de gagner au plus vite l'abri de la forêt dont la mousse sombre apparaissait au loin.

Le rideau d'arbres ne se trouvait plus qu'à deux cents mètres environ lorsqu'un immense éclair zébra le ciel. Des trombes d'eau s'abattirent tout de suite après. Lancée au grand galop, la pouliche franchit l'orée de la forêt. Mais la tempête se déchaînait avec une telle violence que les paquets de pluie perçaient les feuillages et transformaient le sol en un bourbier glissant.

Roseanna jugea plus prudent de mettre pied à terre. Guidant son palefroi par la bride, elle s'enfonça vers l'intérieur de la forêt. Là, de hauts chênes offraient un abri plus sûr. Ayant attaché sa jument à une branche, elle s'assit sous un arbre en attendant la fin du déluge.

La pluie battante avait gâché sa toilette. Avec une grimace de dégoût, Roseanna enleva sa coiffe. Si seyante ce matin, ce n'était plus qu'une guenille dégoulinante d'eau. Au-dessous, ses nattes aussi étaient mouillées. Elle les dénoua en espérant que ses cheveux sécheraient.

Au bout d'environ une heure, tonnerre et foudre cessèrent : l'orage s'éloignait. Il était temps de se remettre en chemin. Au moment où Roseanna détachait sa pouliche, une sonnerie de cor de chasse résonna à quelque distance sous les arbres. Paniquée, la jeune jument se cabra et s'enfuit au galop en hennissant.

— Maudite bête ! tonna Roseanna. Zeus est cent fois plus courageux que toi.

Elle se lança aussitôt à sa poursuite. Haletante, elle parcourut le bois en tout sens. Sans résultat. La pouliche demeurait introuvable. Découragée, Roseanna allait abandonner ses recherches lorsqu'un hennissement douloureux, comme un appel au secours, se fit entendre. La jeune fille s'élança en courant et arriva sur le bord d'un large cours d'eau. La pouliche était là, en fâcheuse posture. Elle avait dû glisser. Son arrière-train immergé dans la rivière, elle ne parvenait pas à remonter sur la rive.

— Tiens bon, ma vieille ! Je vais te tirer de là.

Roseanna enleva ses bottes, releva sa robe jusqu'aux genoux et descendit dans le ruisseau. Elle s'apprêtait à saisir les rênes quand la jument, terrorisée, se dégagea brusquement, bondit sur la berge en soulevant des gerbes d'eau et détala sous l'œil impuissant de la jeune fille.

Trempée de la tête aux pieds, folle de rage, Roseanna remonta sur la rive. Cette journée commencée sous les meilleurs auspices tournait à la catastrophe. Après cette nouvelle douche, sa toilette avait définitivement perdu toute élégance : sa discrète robe vert pâle, gorgée d'eau, toute décolorée, lui collait pitoyablement au corps. Sa monture s'était de nouveau enfuie, et elle avait peu de chances de la revoir. Comble d'infortune, elle ne parvint pas à retrouver ses bottes abandonnées sur la rive.

Pieds nus, Roseanna se mit à errer à travers bois dans l'espoir de découvrir un chemin. En vain. Elle s'était perdue. Une sourde inquiétude l'envahit. La forêt de Sherwood était peuplée de bêtes sauvages.

La nuit ne tarderait pas à tomber, les loups affamés sortiraient bientôt de leurs tanières pour se mettre en chasse. Ô Seigneur, qu'allait elle devenir ?

Plaçant ses mains en porte-voix, Roseanna se mit à crier de toutes ses forces :

— Ohé ! Ohé !

A sa grande surprise, elle entendit un claquement de sabots dans le sous-bois. Un instant plus tard, une voix masculine demandait sur un ton amusé :

— Morbleu ! Quel genre de gibier ai-je débusqué là ?

Du haut de sa monture, un jeune seigneur d'une grande beauté, très brun, l'observait de ses yeux noirs. Par la bride, il tenait un deuxième cheval qui portait sur le dos un sanglier mort.

— Je me suis perdue dans la forêt, dit Roseanna.

— Ne te tourmente plus, ma biche, s'esclaffa-t-il en la fixant d'un regard insolent. Je me charge de te remettre dans le droit chemin.

Comment osait-il lui parler sur ce ton ?

— Je suis Lady Roseanna Castlemaine, je...

Un éclat de rire l'interrompit :

— Ah, je vois, on a la folie des grandeurs !

— Je vous demande pardon, mais c'est la stricte vérité.

— Mon pardon t'est accordé. Mais ne me mens plus, vilaine, sinon tu pourrais le regretter.

Devait-elle lui déclarer qu'elle était la fille du roi Edward IV pour le forcer à changer d'attitude ?

Elle remarqua alors qu'il portait une trompe de chasse suspendue sur le côté.

— C'est vous qui avez sonné du cor ? Vous avez effrayé ma pouliche !

Son regard étincelait de rage.

— Et d'abord qui êtes-vous ? l'interrogea-t-elle d'un ton sec.

Dans une parodie de révérence, le cavalier se pencha au-dessus de sa selle et déclara :

— Je suis Tristan de Montford, pour te servir.

Roseanna tressaillit. Était-elle en présence du frère de son fiancé, Roger de Montford ?

— Et toi ?... Ah oui, j'avais oublié : tu es la reine de Saba en personne.

De toute façon, pour une petite paysanne, elle ne manquait pas de charme. Il la détaillait avec de plus en plus de gourmandise. De ses pieds nus aux chevilles fines, en passant par sa superbe poitrine qui tendait sa robe mouillée, jusqu'à sa longue chevelure noire et ses lèvres vermeilles merveilleusement sensuelles, c'était à coup sûr un gibier de première qualité.

— Et où comptais-tu te rendre, ma jolie biche en sabots crottés ?

Ulcérée, Roseanna faillit ne pas lui répondre et tourner les talons. Mais avait-elle le choix ? Il était son unique chance de retrouver son chemin.

— J'allais à Belvoir.

— Tout spécialement conviée par le baron de Ravenspur, je suppose ?

— Oui... enfin, non... De toute manière, c'est lui que je désire rencontrer.

Le jeune seigneur sauta à bas de sa monture et s'approcha d'elle. Ouvrant les bras, il fit mine de la soulever.

— Mignonne comme tu es, Roger ne sera pas mécontent de faire ta connaissance. Grimpe sur mon cheval, je t'emmène jusqu'à lui.

Roseanna s'écarta d'un pas.

— Il est hors de question que je monte sur le même destrier que vous.

— Comme il te plaira. Si tu préfères la compagnie d'un sanglier mort, libre à toi.

D'un bond, qui laissa entrevoir ses longues jambes bien galbées, Roseanna se hissa sur le deuxième cheval. Et ils se mirent en route, Tristan de Montford ouvrant la voie. En fait, constata-t-elle avec dépit, Belvoir était tout proche. Sans les caprices de sa maudite jument, elle aurait pu y parvenir bien avant le crépuscule.

Vingt minutes plus tard, les deux cavaliers arrivaient au pavillon de chasse. Tristan confia les chevaux à un écuyer avant de mener la jeune fille à l'intérieur. Par un escalier à vis, il la conduisit dans une chambre, au premier étage de l'édifice. Un bon feu flambait dans la cheminée. Transie de froid, Roseanna se précipita vers l'âtre pour s'y réchauffer.

— Ne bouge pas d'ici, ordonna Tristan. Je vais te chercher des vêtements secs pour que tu puisses te changer.

Entrouvrant la porte d'une chambre voisine, il appela :

— Cassandra, viens donc voir ce que j'ai ramené de la chasse !

Furieuse d'être traitée ainsi, Roseanna se retourna et vit pénétrer dans la pièce la créature la plus extravagante qui fût. Unc femme monumentale d'une trentaine d'années, vêtue d'une robe en lamé or qui ne masquait presque rien de son opulente poitrine. Sa crinière de cheveux d'un blond artificiel était parsemée de paillettes d'argent. Sur son visage poudré, ses lèvres étaient peintes en rouge sang, un enduit à l'or recouvrait ses lourdes paupières. C'était un stupéfiant mélange de Vénus et de phénomène de foire.

Cassandra toisa la jeune fille d'un air expert.

— C'est du premier choix, estima-t-elle. Le cadeau devrait plaire à Roger.

Avant de se retirer, elle glissa quelques mots à l'oreille de Tristan tout en lui confiant discrètement une fiole qui contenait un narcotique à base d'opium.

— Quelques gouttes devraient suffire, murmura-t-elle.

Cassandra partie, le jeune seigneur revint vers Roseanna.

— Mets-toi à l'aise, ma biche !

Il lui avança un fauteuil de bois au coin de la cheminée, lui versa une coupe de vin auquel il ajouta une dose de narcotique. Enlevant de la couche son épais couvre-lit de soie, il le lui tendit.

— Ôte tes haillons et mets ceci avant que je ne te trouve une robe convenable. Ensuite, je pourrai te présenter au baron de Ravenspur. Car c'est bien pour le rencontrer que tu as voulu venir ici, n'est-ce pas ?

— En effet, grinça Roseanna.

Refermant la porte de la chambre à clef, Tristan la laissa seule. Elle demeura immobile de longues minutes. Il n'était pas question qu'elle lui obéît, elle ne se déshabillerait pour rien au monde. Un coup d'œil à un miroir lui arracha un cri d'effroi et lui fit immédiatement changer d'idée. Elle était affreuse avec sa robe fripée, ses joues souillées de boue, ses cheveux raidis en baguettes.

Dans un coin de la chambre, elle trouva une

cuvette d'eau. Elle s'y lava les mains et le visage. Puis elle se débarrassa de ce qui lui tenait lieu de robe et se drapa dans le couvre-lit. Pour ses cheveux, elle demanderait une brosse à Tristan. En attendant, elle alla s'installer devant la cheminée. La coupe de vin l'y attendait. Elle la vida d'un trait.

Quand Tristan revint, un moment plus tard, il la trouva profondément endormie au coin du feu. La coupe lui avait glissé des mains et avait roulé sur le tapis. Le narcotique avait agi beaucoup plus vite que prévu. Lui en avait-il administré une dose trop puissante ?

Penchée vers elle, il souleva son menton. Un frisson lui parcourut l'échine. Doux Jésus, qu'elle était belle ! Il y avait longtemps qu'il n'avait vu un visage de femme sans fard. La nature avait doté cette fille d'un teint d'une fraîcheur exquise, elle avait la luminosité délicate d'une perle. Ses lèvres pulpeuses semblaient douces comme des pétales de rose invitant au baiser. Le couvre-lit était descendu le long de ses épaules, dévoilant deux seins splendides aux mamelons gonflés.

Eh bien, Roger n'allait pas s'ennuyer dans ses bras ! Un sourire aux lèvres, Tristan se redressa. Il lui était venu une idée de mise en scène pour offrir ce cadeau à son frère. Pour l'instant, un banquet l'attendait en bas.

Pour fêter la clôture de la chasse, on faisait ripaille dans la salle à manger de Belvoir. Les meilleurs chevaliers de Roger de Montford, ceux qui s'étaient récemment distingués sous ses ordres au pays de Galles, avaient pris place autour de deux vastes tables à tréteaux débordantes de venaison, de flacons de vin et de pichets de bière. Pour agrémenter le repas, une vingtaine de jeunes femmes — des catins fardées aux décolletés provocants — étaient assises au milieu d'eux.

Roger de Montford, baron de Ravenspur, siégeait sur une estrade d'honneur, Cassandra à ses côtés. Il ressemblait beaucoup à son jeune frère Tristan : le teint hâlé, les cheveux d'ébène, mais d'un aspect plus massif et viril que son cadet. Une lueur d'autorité farouche brillait dans ses yeux noirs comme deux morceaux de charbon. Un pli amer barrait ses lèvres qui ne paraissaient jamais sourire.

Dans la salle, les cris et les rires résonnaient. Le vin coulait à flots. Les coupes se levaient, l'on trinquait sans cesse. L'ambiance tournait à la franche paillardise. L'ivresse poussait les filles à rivaliser d'impudeur. L'une d'elles grimpa tout à coup sur une table et exécuta avec une extrême lubricité une version de la danse des sept voiles. Elle termina son numéro nue sous les hourras et les applaudissements frénétiques.

Une accalmie s'ensuivit. Tristan jugea le moment opportun. Portant Roseanna enroulée dans le couvre-lit, il fit son entrée dans la salle à manger et s'avança vers l'estrade.

— Nous avons l'honneur de remettre un prix à celui qui a réussi le plus beau tableau de chasse, clama-t-il d'une voix forte.

Tous les regards s'étaient braqués sur le baron de Ravenspur. C'était lui le meilleur chasseur. Comme d'habitude.

— Voyons donc ce que j'ai gagné, fit Roger en se déridant.

Avec des gestes étudiés, Tristan déroula lentement le couvre-lit. Le corps dévêtu de Roseanna apparut, salué par des cris et des sifflets.

Le léger sourire de Ravenspur s'effaça de ses lèvres.

— Qui est-ce ? s'enquit-il sèchement.

— Une petite paysanne que j'ai ramassée dans la forêt.

Furieux, Roger se dressa d'un bond.

— Par le sang du Christ, tu veux tous nous faire pendre ! Ce ne sont pas nos terres ici, mais celles du roi. Nous ne jouissons d'aucun droit sur les filles de ses serfs. Tu devrais le savoir.

— Oui... oui... en effet, balbutia Tristan qui avait pâli.

— A quoi donc servent Cassandra et les jolies ladies de sa distinguée académie ?

Prenant son manteau, le baron en couvrit le corps de la jeune fille.

— Porte-la dans ma chambre et ferme la porte à clef.

Sans un mot, Tristan repartit avec son fardeau. Pourquoi diable Roger n'avait-il pas apprécié la plaisanterie ? « Il doit commencer à se faire vieux », songea-t-il, déçu.

Dans la salle à manger, la ripaille avait repris. Mais le cœur n'y était plus. Roger de Montford semblait plus sombre que jamais. Pour tenter de l'égayer, Cassandra entreprit de lui raconter des anecdotes piquantes. Par exemple, une orgie qu'elle avait organisée pour le compte de l'archevêque d'York. Ses filles s'étaient travesties en nonnes. Les débauchés avaient fort apprécié. Mais la chose était parvenue aux oreilles de Warwick, et le scandale avait été évité de justesse.

Ravenspur émit un rire grinçant.

— Ah, je comprends maintenant pourquoi le roi a démis l'archevêque d'York de sa charge de Grand Chancelier et l'a confiée à son frère Richard.

— A propos de Richard, gloussa Cassandra, sais-tu que...

Il l'interrompit net.

— Je t'en prie, pas de ragots sur Richard. Je n'ignore pas qu'il est peu populaire dans le royaume. Mais il se montre d'une absolue loyauté envers Edward. Ce qui est loin d'être le cas de George, son autre frère.

— Il n'est pas rare que des frères rivalisent entre eux, n'est-ce pas, mon cher baron ?

Du bout des doigts, elle lui effleura la cuisse en une savante caresse.

— Viens, retirons-nous, murmura-t-elle à son oreille. J'ai trop envie de toi.

Munis d'un flacon de vin d'Espagne, ils gagnèrent la chambre de Cassandra. La porte à peine refermée, elle se dévêtit. Le bout de ses seins était fardé de la même manière que ses paupières ; des paillettes d'or parsemaient la toison de son mont de Vénus.

— Est-ce la dernière mode ? demanda Roger, ébahi.

— Oui, mon chéri.

Roger l'entraîna sur le lit. Ils firent l'amour avec volupté. D'autres étreintes suivirent. Le baron semblait insatiable.

— La prochaine fois, je veillerai à ce qu'il y ait deux filles dans ton lit, dit Cassandra.

Il ricana, mi-amusé, mi-scandalisé.

— Deux filles en même temps pour me faire l'amour !

— Pour que toi tu leur fasses l'amour. Quand un homme possède deux femmes à la fois, sa jouissance est décuplée. Tu verras, tu ne le regretteras pas.

Roger s'était raidi.

— Ce genre d'excès me déplaît, Cassandra.

— Pourquoi ?

— En parler est peut-être émoustillant. Mais en réalité, je suis sûr que je trouverais cela dégoûtant.

— Que tu es vieux jeu !

Repoussant les couvertures, Ravenspur se leva.

— Où vas-tu, cher baron ?

— Je préfère dormir seul.

Son ton avait été si catégorique que Cassandra n'osa protester.

Le spectacle de la jeune fille étendue dans son lit le surprit.

— Morbleu, j'avais oublié que tu étais là, toi, grommela-t-il.

Un chandelier à la main, il s'approcha d'elle et l'examina. Au premier coup d'œil, elle lui parut ravissante. Il retira doucement la couverture afin d'en voir davantage.

Dieu, quel corps superbe ! A couper le souffle. Sa poitrine ronde et ferme se soulevait au rythme de sa respiration, comme deux boutons de rose en train d'éclore.

Le regard du baron glissa le long du ventre nacré jusqu'aux fesses. Bombées et charnues, elles présentaient un modelé parfait. Un flot de cheveux noirs descendait sur ses cuisses et faisait ressortir la blancheur immaculée de sa peau. De sa vie, Roger de Montford n'avait contemplé corps de femme d'une telle perfection. Et ses sens en étaient bouleversés.

— Quelle beauté ! murmura-t-il, la gorge serrée.

Plus il la regardait, plus de nouveaux détails décuplaient son admiration et accroissaient son désir. Ainsi, elle possédait de petites mains blanches aux doigts très fins, des ongles taillés en amande, brillants et roses. Sa bouche sensuelle ressemblait à un pur morceau de corail. Ses longs cils noirs projetaient des ombres émouvantes sur ses joues. Des veinules bleues s'entrelaçaient sur ses paupières délicates.

Selon le baron, seules les courtisanes et les catins étaient belles et désirables. Mais cette petite paysanne possédait infiniment plus d'attraits. Et rien ne l'empêcherait de les goûter.

Il se glissa dans le lit et pressa aussitôt son corps. Fou de désir, au contact de cette peau satinée, il appuya sa bouche sur la sienne. Sans résultat. Sous l'emprise du narcotique, la jeune fille dormait, inconsciente de ses caresses.

La bouche de Roger se déplaça vers les seins de la belle endormie. Du bout de la langue, il en parcourut les délicates pointes roses. Il les aspira, les mordilla. Sans obtenir la moindre réaction. De nouveau, il baisa ses lèvres, tenta de les forcer à s'entrouvrir. En vain.

Il la secoua par les épaules.

— Allez, réveille-toi, la belle.

Mais rien ne semblait pouvoir la tirer de son profond sommeil.

— Que la peste t'emporte ! maugréa le baron, exaspéré, en s'écartant brusquement d'elle.

Il retomba sur la couche, rongé par une horrible frustration. Cette fille était tellement désirable. A cet instant, il aurait donné tout au monde pour la posséder.

Peu à peu, il réussit à s'apaiser. Sa lucidité lui revenait. Il s'était comporté d'une manière absurde. Quel plaisir pensait-il obtenir d'un corps inanimé ? Il n'avait qu'à patienter et attendre son réveil. Alors il pourrait jouir d'elle autant qu'il le souhaiterait.

5

Un doux parfum de rose réveilla Roger de Montford. Il tourna la tête sur l'oreiller et découvrit un spectacle grandiose : la superbe jeune fille reposait toujours auprès de lui, encore assoupie. C'était de son corps splendide que semblait émaner cette senteur de fleur. La cascade sombre de ses cheveux voilait en grande partie sa nudité. A part ses seins, qui faisaient penser à deux belles pommes ne demandant qu'à être croquées.

Toute la nuit, le baron avait rêvé d'elle. Des songes étranges, étonnamment chastes : elle chevauchait un étalon noir, en habit écarlate. La couleur de la passion, qui s'accordait merveilleusement à sa beauté.

Et de quelle couleur étaient ses yeux ? Roger brûlait de le savoir. Comme dans le conte où le prince charmant tire de son long sommeil la Belle au bois dormant, il allait la réveiller d'un baiser.

Sa bouche s'approchait de la sienne lorsque les paupières de la dormeuse frémirent. Elle ouvrit les yeux. D'immenses et splendides yeux gris pâle que bordait un délicat liséré violet. Un cri d'effroi échappa à Roseanna. Seigneur, que faisait-elle nue dans le lit de cet inconnu ? D'un geste pudique, elle ramena le drap sur sa poitrine. Stupéfaite, elle s'aperçut que l'homme aussi était nu. Et son corps était d'une virilité peu commune. Dans son regard farouche brillait la flamme d'un violent désir. On aurait dit qu'il s'apprêtait à bondir sur elle pour la dévorer.

— Espèce de porc ! hurla-t-elle, tremblante de peur et de rage. Que m'avez-vous fait ?

— Rien... pour l'instant. Mais je te l'avoue, je te trouve terriblement excitante. Et je compte bien rattraper le temps perdu.

Il tendit sa main vers elle mais, d'un mouvement brusque, Roseanna l'écarta et tenta de s'enfuir. L'homme la retint avec brutalité par les cheveux.

— Pas si vite !

— Laissez-moi partir ! supplia-t-elle.

— Pas avant d'avoir eu le plaisir de te prendre, ma jolie tourterelle.

Les ongles en avant, Roseanna se rua sur lui : elle allait lui griffer le visage et le défigurer. En un éclair, l'homme emprisonna ses poignets et, l'attirant violemment à elle, écrasa sa bouche sur la sienne. Comme un animal pris au piège, Roseanna se débattit de toutes ses forces. En vain. L'étreinte s'accentuait impitoyablement, empêchant toute tentative de résistance. L'idée de s'abandonner l'effleura. D'autant que la pression de son corps, de ses lèvres qui la labouraient avec furie parvenaient à troubler ses sens. Mais en sentant son membre raidi se frotter sur sa jambe, elle se rebella de nouveau. D'instinct, elle imaginait la suite : il la forcerait bientôt à ouvrir les cuisses, s'enfoncerait en elle et lui ravirait sans pitié la précieuse fleur de sa virginité. Pour rien au monde, cela ne devait advenir.

Alors Roseanna lui mordit la lèvre jusqu'au sang. L'homme se recula, essuyant sa bouche du revers de la main.

— Laissez-moi maintenant, s'écria-t-elle. Je veux parler au baron de Ravenspur !

— Vraiment ? Mais qui es-tu ?

— Je suis Lady Roseanna Castlemaine.

— Qui ça ?

— Roseanna Castlemaine, la fille de Sir Neville et de Lady Joanna.

A ces mots, le baron bondit hors du lit et s'habilla en quelques secondes. Poussant la porte à la volée, il réveilla le jeune bachelier qui avait passé la nuit dans le couloir en qualité de garde du corps.

— Va immédiatement chercher mon frère.

Un instant plus tard, Tristan accourait dans la chambre.

— Ah, te voilà ! s'exclama sèchement Ravenspur. J'ai percé à jour vos manigances : pour me contraindre à l'épouser, vous avez glissé ma fiancée dans mon lit.

— Ta fiancée ? répéta Tristan, ébahi.

« M'épouser ? » songea Roseanna. Quelle abomination ! Elle avait passé la nuit avec Roger de Montford, baron de Ravenspur, l'homme auquel elle était promise depuis ses onze ans !

— Pour tout l'or du monde, je ne me marierais avec vous, déclara-t-elle d'un ton altier. Je suis précisément venue vous voir pour vous proposer d'annuler nos ridicules fiançailles. Elles me sont un fardeau insupportable.

Pour sa part, Tristan tenta de se disculper :

— Je t'assure, Roger, je l'ai vraiment prise pour une petite paysanne.

— Comme c'est étrange! rugit Roseanna. Lorsque nous nous sommes rencontrés dans la forêt, je vous ai pourtant dit qui j'étais.

La confusion du jeune seigneur s'accrut.

— En effet, reconnut-il, penaud.

Tour à tour, la jeune fille fixa les deux frères d'un regard méprisant et furieux.

— Vous êtes d'ignobles débauchés ! Vous rendez-vous compte de la folie de vos petits jeux ? A cause de vous, je n'ai pas dormi chez moi à Castlemaine. Ma famille doit mourir d'inquiétude. Et quand mon père saura quel infâme sort vous me réserviez, il réclamera vengeance.

Ignorant ses menaces, le baron se tourna vers son frère.

— Boucle les putains dans leurs chambres jusqu'à nouvel ordre, commanda-t-il.

Roseanna écarquilla les yeux. Bien sûr, elle comprenait maintenant : la femme qu'elle avait vue la veille et qui lui avait semblé si étrange et fascinante n'était qu'une prostituée. Seigneur, que ces hommes étaient abjects ! C'était donc cela qu'ils appelaient se livrer aux plaisirs de la chasse !

— Et fais monter deux servantes pour le service de Lady Roseanna, ajouta Roger.

— Il ne reste plus que les cuisinières que Cassandra a amenées avec clle, soupira piteusement Tristan.

Son frère aîné le foudroya du regard.

— Bien, restez ici tous les deux, aboya-t-il. Je vais moi-même aux cuisines.

Dès qu'il fut parti, l'attitude de Tristan changea

du tout au tout. Une lueur amusée éclaira ses prunelles.

— Alors, c'est vrai ? Vous avez l'intention de rompre vos fiançailles avec Roger ?

— Oui, de tout mon cœur !

— Dans ce cas, vous feriez mieux de taire à vos parents que vous avez passé la nuit avec lui.

Roseanna resta bouche bée. Hélas, il avait raison : si cela s'apprenait, elle risquait de ne pouvoir réaliser son vœu le plus cher : épouser Sir Bryan Fitzhugh.

Au bout de quelques minutes, Roger revint flanqué de deux vieilles femmes intimidées.

— Cette lady a besoin d'une camériste et d'un chaperon, leur expliqua-t-il.

— Ce sont des rôles que je suis incapable de tenir, bégaya la première. Je ne sais que faire la cuisine, monseigneur.

— Peu importe ! Tu te débrouilleras. Et d'abord, fais en sorte de lui procurer des vêtements convenables.

Puis s'adressant à l'autre :

— Toi, tu lui serviras de chaperon. Sous aucun prétexte, tu ne dois laisser seule cette lady.

Roseanna voulut protester.

— Silence ! décréta Ravenspur.

Il se tourna enfin vers Tristan.

— Rassemble dix chevaliers qui lui serviront d'escorte. Et veille à ce qu'ils aient tous cuvé leur vin. Qu'ils soient prêts à partir lorsque j'aurai terminé mon petit déjeuner.

Sur ces mots, le baron sortit, toujours furibond.

— Comme tu voudras, mon frère, murmura Tristan. Mais si j'étais toi, je ne laisserais pas échapper si vite une pareille perle...

Puisqu'on mettait deux femmes à son service, autant en profiter. Roseanna distribua ses instructions :

— J'ai froid, dit-elle à la première. Demande à ce qu'on allume du feu dans la cheminée.

A celle qui devait lui servir de chaperon, elle ordonna :

— Va me chercher à manger, j'ai faim.

Embarrassées, toutes deux restèrent figées sur place. Telles n'avaient pas été les directives que leur avait données le baron de Ravenspur.

— Il semble que deux servantes ne vous suffisent pas, se moqua Tristan. Si vous le permettez, je vais les aider. Il vous faudra bientôt être prête à partir, mon cher frère a horreur d'attendre.

— Dans ce cas, vous feriez mieux de rassembler l'escorte comme il vous l'a demandé.

Ironique, Tristan s'inclina jusqu'à terre.

— Voilà ce qui s'appelle remettre quelqu'un à sa place, milady. Mais je crains qu'avec Roger vous n'obteniez moins de succès.

Quand Ravenspur fut de retour, il trouva Roseanna enveloppée dans un drap de lit. Tranquillement assise au coin de la cheminée, elle finissait son petit déjeuner.

— Comment ! Vous n'êtes pas encore habillée ? grogna-t-il.

Tout essoufflée, la cuisinière promue caméristé pénétra dans la chambre. Dans une main, elle tenait une paire de fines bottines, et sur l'autre bras une robe de soie.

— Monseigneur, une des jeunes ladies de l'académie a bien voulu me prêter ceci.

Le baron examina attentivement la robe. Elle était sans manches et pourvue d'un profond décolleté.

— J'avais pourtant exigé des vêtements convenables !

Avec dédain, il la lança dans la cheminée. Sous le regard horrifié de la vieille femme, la soie s'embrasa dans un crépitement et un bouquet d'étincelles.

— Trouve une pièce de lin, et confectionne vite un habit qui enveloppe cette lady de la tête aux pieds. Me suis-je bien fait comprendre ?

Son attitude tyrannique était insupportable à Roseanna.

— Quand cesserez-vous de donner des ordres ? demanda-t-elle insolemment.

Le baron se raidit. Ses yeux noirs la toisèrent d'un air malveillant. Sa réplique claqua comme un coup de fouet :

— Sachez que je ne fais que commencer. Et votre tour ne va pas tarder à venir.

— Je n'ai d'ordre à recevoir de personne, rétorqua Roseanna.

— C'est bien là le malheur. Vous avez été élevée en dehors de toute discipline. Hélas, comme beaucoup d'autres jeunes filles bien nées. Et comme elles, vous êtes devenue une mégère qui se croit tout permis.

— C'est pourquoi vous préférez la compagnie des catins ?

— Probablement, admit-il sur un ton d'évidence.

Ravenspur choisit dans sa garde-robe un lourd manteau de lainage.

— Voilà ce qu'il vous faut, décréta-t-il en le tendant à Roseanna. L'orage d'hier a marqué la fin de l'été, les fraîcheurs de l'automne sont là.

Après un bref salut, il se dirigea vers la porte.

— Je vous attends dans la cour. Ne soyez pas longue !

Avec une moue écœurée, Roseanna s'examina : jamais elle n'avait été habillée d'une façon aussi peu élégante. La grossière robe de lin, cousue à la hâte par l'une des servantes, la fagotait comme un sac. Quant à l'ample manteau que lui avait donné Ravenspur, elle répugnait à s'en vêtir. Mais à la pensée de s'exhiber devant les chevaliers de l'escorte dans une tenue aussi ridicule, elle se résigna à s'en envelopper.

La tête haute, elle fit son entrée dans la cour du pavillon. Une escorte de dix hommes à cheval patientait. Au milieu d'eux se détachait Roger de Montford, campé sur les arçons de son destrier. D'une main, il tenait une autre monture par la bride.

— Si monter à cheval vous effraie, milady, je peux vous prendre en croupe sur le mien.

— Comment ? Vous m'insultez, Ravenspur.

Le temps d'un éclair, Roseanna bondit en selle. Faisant exécuter une savante volte à sa monture, elle partit au grand trot. Les chevaliers en restèrent pantois.

L'escorte progressait à un train soutenu en direction de Castlemaine. Chevauchant côte à côte, Roger et Roseanna n'échangeaient ni regards ni paroles. Chacun était pourtant en train de penser à l'autre.

Après l'ignoble traitement qu'il lui avait infligé,

la conviction de la jeune fille était faite : cet homme était un démon. Toute sa personne lui inspirait une aversion profonde. Il était trop brutal, trop arrogant. Trop mâle, en un mot. L'épouser serait un cauchemar. De tout son être, elle refusait cette perspective. Oui, elle préférait mourir que de devenir la femme de l'ignoble baron de Ravenspur.

Les pensées de Roger étaient évidemment d'une tout autre nature. Le soupçon que Tristan et elle avaient tout manigancé dans le but de précipiter le mariage continuait à le tenailler. Grâce à Dieu, il s'était retenu la nuit précédente. Mais quelle imprudence de courir les bois toute seule ! C'était la preuve qu'elle n'avait pas froid aux yeux. Du reste, ses manières affranchies, son insolence n'étaient pas pour lui déplaire. Cette fille avait du caractère. Et quel corps, par le Diable ! Comme un feu sous la cendre, son désir d'elle continuait à couver.

La silhouette du manoir de Castlemaine se profilait à l'horizon. Une troupe de cavaliers se porta à leur rencontre au grand galop, Sir Neville en tête.

— Dieu soit loué, ma fille, te voici saine et sauve ! Nous t'avons cherchée toute la nuit.

— Excusez-moi, père, je me suis rendue à Belvoir pour rencontrer le baron de Ravenspur. J'aurais dû vous en informer.

Neville remercia chaudement Roger de Montford pour avoir eu la courtoisie de ramener sa fille sous bonne escorte. En même temps, il était fort embarrassé : l'arrivée impromptue du baron prendrait Joanna de court. Le temps lui manquerait pour recevoir le fiancé de Roseanna selon les convenances. D'un autre côté, ne pas le convier au manoir paraîtrait insultant.

— Milord, permettez-moi de vous offrir l'hospitalité à vous et à vos chevaliers, déclara-t-il.

Roger leva la main.

— J'accepte, mais je ne m'attarderai pas aujourd'hui, je ne suis venu que pour raccompagner Lady Roseanna. Je repasserai à Castlemaine à la fin de la semaine. Il est urgent que nous parlions de la question des fiançailles.

Sir Neville acquiesça d'un signe de tête.

Dès qu'ils arrivèrent au manoir, Roseanna se retira dans sa chambre. Lady Joanna accueillit Roger de Montford avec courtoisie. Ils se connaissaient de longue date : Ravenspur et le roi Edward étaient amis depuis leur plus tendre enfance.

— Bienvenue, milord, le salua-t-elle. Nous sommes très honorés de votre visite.

— Peut-être le serez-vous beaucoup moins quand vous aurez entendu ce que j'ai à vous dire.

— De quoi s'agit-il ?

Le regard ténébreux du baron la fixa d'un air lourd de reproche.

— Lady Roseanna, ma fiancée, jouit de bien trop de libertés. Elle vient d'en donner une preuve flagrante. Avant mon retour à Castlemaine à la fin de la semaine, j'exige qu'elle soit soumise à la plus stricte surveillance. Ce qui ne m'empêchera pas de vous formuler alors mon intention de rompre nos fiançailles.

— Pour quelle raison, milord ?

— Pour de multiples raisons ! Et principalement parce que j'imagine aisément qu'elle n'est plus pucelle.

— Que dites-vous là ? s'indigna la châtelaine.

— La plupart des filles ne le sont plus à dix-sept ans, n'est-ce pas ?

Tel avait été le cas de Lady Joanna, il le savait parfaitement. Et son allusion était on ne peut plus claire.

— D'un autre côté, votre fille m'a ouvertement déclaré sa répugnance à devenir ma femme. C'est pour cela qu'elle est venue à Belvoir.

Stupéfaite, Joanna resta bouche bée.

Sans un mot de plus, Roger de Montford inclina la tête puis tourna les talons. Le cliquetis de ses éperons d'or résonna sur la pierre des marches tel un glas.

6

En robe d'intérieur d'un blanc d'ivoire, Roseanna se faisait peigner les cheveux par Alice. La porte s'ouvrit alors, et Lady Joanna fit irruption sans cérémonie dans la chambre, Kate Kendall sur ses talons. La jeune fille essaya de devancer ses reproches :

— Mère, avant que vous ne parliez, laissez-moi vous expliquer deux ou trois choses.

— Silence, ma fille ! Voici mes instructions : Alice n'est plus ta camériste, Kate la remplace dorénavant. Elle, au moins, saura te surveiller et t'empêcher de commettre de nouvelles bêtises. En outre, tu vas mettre ceci. C'est Kate qui aura la garde de la clef.

Incrédule, Roseanna fixa l'objet que sa mère lui tendait.

— Qu'est-ce ?...

Elle frémit d'horreur.

— Quoi ! Une ceinture de chasteté ? Mais vous plaisantez ?

— Pas le moins du monde ! Et sais-tu la raison de cette mesure ?... Ravenspur a émis des doutes sur ta virginité.

Ce fut comme si Roseanna venait de recevoir une gifle.

— Comment ! Il a osé !

— C'est en effet le motif qu'il invoque pour rompre vos fiançailles. Hélas, il faut reconnaître que tu le lui as servi sur un plateau d'argent avec ta maudite escapade à Belvoir.

— Son accusation est ignoble. Mais peu m'importe après tout. Moi aussi, je veux annuler nos fiançailles.

— Arrête de dire « je veux » ou « je ne veux pas » et obéis. Tout d'abord, tu vas passer cette ceinture. Sans doute en as-tu grand besoin : on prétend que tu fais les yeux un peu trop doux à Sir Bryan Fitzhugh.

— Je ne le nie pas, mère, s'écria Roseanna. Je l'aime, je désire l'épouser.

— Serais-tu devenue folle, ma pauvre fille ? Espérons que tu auras retrouvé toute ta raison quand Roger de Montford reviendra nous rendre visite. Je souhaite ardemment que tu deviennes sa femme, et je ferai tout mon possible pour vous réconcilier.

— Vous n'y réussirez pas : lui et moi, nous nous détestons irrémédiablement.

— Oh, la frontière entre l'amour et la haine est si ténue. Puisque tu ne lui es pas indifférente, rien n'est perdu... Maintenant, assez discuté ! Mets cette ceinture !

— Jamais !

— Kate, tiens-lui les jambes !

La jeune fille eut beau crier, hurler, se débattre comme une forcenée, rien n'ébranla la détermination de sa mère. Le cadenas bouclé, elle éclata en sanglots.

— Pleure autant que tu le voudras ! Je suis ta mère et je me dois de te protéger, malgré toi, contre certaines tentations. Tout le monde sait ce qui se passe entre un garçon et une fille lorsqu'ils sont amoureux. Ce sont d'abord des regards, des soupirs, des pressements de main. Ensuite arrive le premier baiser, puis un autre un peu plus hardi. On finit par s'embrasser à bouche que veux-tu. Encouragé, le garçon dégrafe la robe de la fille. Bientôt la voilà nue. Et résultat : un moment plus tard, elle a perdu sa vertu.

Blême de rage et d'humiliation, Roseanna se mordait la lèvre.

— La dévergondée, c'est vous, mère, pas moi. Je ne vous pardonnerai jamais ce que vous venez de me faire. Maintenant, sortez d'ici !

— Dans l'état où tu es, mieux vaut que les chevaliers ne te voient pas ce soir : tu dîneras seule dans ta chambre.

— Et je n'en sortirai plus, je ne mangerai plus et je ne parlerai plus tant que cet horrible carcan ne m'aura pas été enlevé.

Indifférente à ses menaces, Lady Joanna quitta la pièce en entraînant les deux servantes. Roseanna se précipita pour fermer la porte à clef. La serrure joua avec un bruit sinistre, puis un lourd silence s'abattit dans la pièce.

Étendue sur son lit, Roseanna contemplait fixement le plafond tout en pensant, la rage au cœur, à la ceinture qui l'emprisonnait. L'appareil sortait de l'atelier de sa mère. Il était constitué de deux lourdes chaînes d'argent qui se nouaient autour de la taille, d'une sorte de petite cotte de mailles, en argent aussi, que l'on fixait entre les cuisses. Le tout était complété par un cadenas.

Au fait, n'était-il pas du même modèle que celui de son coffret à bijoux ? Roseanna bondit en chercher la clef. Comme par miracle, elle s'adaptait au cadenas. Les chaînes d'argent glissèrent à ses pieds. Son soulagement fut tellement intense qu'elle eut l'impression de s'évader d'un affreux cachot.

Dans sa chambre, Roseanna disposait de quelques provisions de bouche : des pommes dans le compotier, des noix et des noisettes. Sur la table de nuit, il y avait une boîte remplie de friandises à la pâte d'amande. D'autre part, une cruche d'eau et une fiasque de vin satisferaient ses besoins. Elle pouvait tenir deux ou trois jours enfermée dans sa chambre. Oh, on allait amèrement se repentir de l'avoir traitée comme une chienne !

Sur un fauteuil était posé le manteau que lui avait prêté Ravenspur. Mince, elle avait oublié de le lui rendre ! Sans trop savoir pourquoi, Roseanna se saisit du vêtement. Il en émanait un parfum de jasmin.

Curieuse, elle alla consulter son livre sur le langage des fleurs. Voyons... la pivoine symbolisait l'impatience. Le lys blanc la pureté, évidemment. Le colchique la mélancolie. Ah, voilà... le jasmin. Elle parcourut la page des yeux. Le jasmin signifiait... sensualité !

Roseanna referma le livre, furibonde.

— Maudit sois-tu, Ravenspur ! grommela-t-elle. Tu es aussi sensuel qu'un porc !

Plus tard dans la soirée, quand Kate Kendall vint frapper à sa porte, elle ne répondit pas.

— Ouvrez, milady, insista la servante. Je vous apporte votre dîner.

Roseanna garda le silence.

— Allons, ne soyez pas têtue ! Il faut que vous mangiez.

De guerre lasse, Kate déposa le plateau devant la porte. Dès qu'elle aurait tourné les talons, sa jeune maîtresse sortirait le prendre, elle en était convaincue.

Deux heures après, le plateau intact était toujours à la même place. Ennuyée, la domestique songea qu'il valait mieux pour l'instant taire cette situation à Lady Joanna, afin de ne pas envenimer les choses.

Le lendemain matin, à son réveil, un discret sifflement provenant de l'extérieur attira l'attention de Roseanna. Elle se précipita à la fenêtre : en bas, Jeffrey et Bryan lui adressaient des gestes de la main. Saisissant une feuille, elle y traça ces mots à la hâte :

> *Je vous en prie, soyez sans crainte. Ravenspur n'est plus un obstacle entre nous. Lui et moi nous haïssons. Si je me suis enfermée dans ma chambre, c'est à cause de mère. Elle s'est montrée odieuse envers moi. Mais ne vous inquiétez pas, tout va s'arranger.*
>
> *Votre Roseanna qui vous aime.*

Elle plia la feuille à la dimension d'un billet, y inscrivit le nom de Sir Bryan puis la lança par la fenêtre. Jeffrey la ramassa et la tendit à son ami. Les yeux levés vers les croisillons, il fit un signe complice à sa sœur.

Lorsque Kate Kendall constata que le plateau du petit déjeuner avait été lui aussi négligé, elle jugea de son devoir d'informer sa maîtresse.

Comment ! Sa fille avait l'impudence de faire un nouveau caprice ! Eh bien, cela ne se passerait pas comme ça ! Quatre à quatre, la châtelaine grimpa l'escalier qui menait aux appartements de Roseanna.

— Ouvre ! vociféra-t-elle en tambourinant contre la porte. Tu m'entends ? Je t'ordonne d'ouvrir.

De l'autre côté, Roseanna se taisait obstinément.

— Très bien, ma petite damoiselle, rira bien qui rira le dernier. Kate ne t'apportera plus à manger. Nous verrons jusqu'à quand tu t'amuseras à faire la grève de la faim.

Lady Joanna retourna à ses occupations. Elle avait fort à faire : la visite de Roger de Montford à Castlemaine était prévue pour le surlendemain. L'accueil qu'elle lui réserverait devait être irréprochable. Sous ses ordres, des servantes préparèrent pour le baron la chambre la plus luxueuse du manoir. Joanna veilla au moindre détail, des torches parfumées à la résine de pin jusqu'aux draps de lin brodés d'un R, initiale de Roger et de Ravenspur.

Le jour suivant, d'humeur plus égale, elle était prête à accorder quelques concessions à sa fille.

— Roseanna, l'appela-t-elle d'une voix radoucie, ouvre la porte, nous discuterons tranquillement, toi et moi, en êtres raisonnables et civilisés.

Sa proposition fut accueillie par un profond silence. Lady Joanna en fut exaspérée.

— Tu t'obliges à te faire du mal pour te venger de moi ! éclata-t-elle. Comme c'est intelligent ! Eh bien, continue comme ça !

Comme sa mère s'éloignait, Roseanna, l'oreille contre la porte, l'entendit qui confiait à Kate Kendall :

— Que faire, mon Dieu ? Le baron de Ravenspur arrive demain !

La jeune fille esquissa un sourire. Affamée, elle avait été sur le point d'ouvrir la porte. Mais à l'instant, elle venait de comprendre : si elle parvenait à tenir jusqu'à la visite de Ravenspur, sa tactique pouvait s'avérer payante.

Pour se rendre à Castlemaine, Roger de Montford avait choisi son habillement avec un soin extrême. Les vêtements qu'il portait de coutume à la cour ne convenaient pas à une telle occasion : ils étaient trop voyants et colorés. Son choix s'était porté sur des hauts-de-chausses noirs d'une parfaite sobriété et sur un pourpoint lie-de-vin. Il avait chaussé de hautes bottes de cuir noir qui accentuaient son air martial. Pour parfaire sa mise, une bague au chaton enchâssé d'un énorme rubis ornait sa main gauche. A la main droite, il arborait une autre bague en or massif sur laquelle était gravé son emblème : un corbeau menaçant dressé sur ses pattes.

Depuis qu'il l'avait ramenée à ses parents, l'image de Lady Roseanna Castlemaine le hantait. Il se rappelait sans cesse le satin de sa peau, les courbes excitantes de son corps, le flot de ses cheveux noirs, son exquise odeur de rose. Ventrebleu, qu'il avait été stupide ! Pourquoi autant de scrupules ? Il aurait dû la prendre quand il la tenait là, sans défense, dans son lit.

Oui, mais alors on aurait pu l'accuser de viol, le juger et le condamner. Ou encore le contraindre à épouser la jeune lady. Ses deux précédents mariages avaient été d'atroces cauchemars, et il s'était juré qu'on ne l'y reprendrait plus.

A la tête d'une troupe de dix chevaliers, Ravenspur cheminait vers Castlemaine. Son cœur était léger: ses fiançailles allaient êtres rompues, il serait enfin libre.

Sir Neville descendit accueillir ses visiteurs aux écuries. Le baron et ses hommes y soignaient leurs destriers après cette longue course. L'étalon noir de Ravenspur présentait une ressemblance frappante avec Zeus. Et quand Castlemaine montra le cheval préféré de sa fille à son hôte, la beauté et la fougue de la bête l'impressionnèrent énormément. Au point qu'il formula le désir de l'acheter.

— Votre prix sera le mien, déclara-t-il au châtelain.

— Non, milord, je regrette, Zeus n'est pas à vendre. Roseanna l'aime trop pour envisager de s'en séparer.

— Comment! s'étonna Ravenspur. Vous autorisez votre fille à monter un cheval aussi impétueux ?

— Il n'y a rien à faire pour l'en empêcher.

Le regard noir du baron plongea dans celui de Sir Neville.

— Je vois, laissa-t-il tomber sèchement.

Le châtelain préféra changer de sujet:

— Mon épouse vous attend avec impatience dans la grande salle du manoir. Pour ma part, je vais montrer leurs quartiers à vos chevaliers.

— Je vous remercie, Sir Neville. Mais je compte bien revenir visiter votre haras avant mon départ.

Pour recevoir Roger de Montford, Lady Joanna avait revêtu une toilette d'une élégance toute particulière: au-dessus d'un fond de robe de dentelle, elle portait une tunique bleu roi qui faisait ressortir le noir de ses cheveux. Un hennin à deux cornes, orné de bijoux, coiffait sa tête. Mais elle avait négligé de mettre un voile : comme sa fille, elle était très fière de sa chevelure et ne tenait pas à la cacher.

Ravenspur s'inclina devant elle.

— Avant que nous nous entretenions plus longuement, vous et moi, je tiens à parler en tête à tête avec Lady Roseanna.

Joanna parut un instant décontenancée.

— Kate ! appela-t-elle, monte avertir Roseanna que le baron de Ravenspur est arrivé et qu'il désire lui parler. En attendant, milord, suivez-moi, je vais vous montrer votre chambre. Vous savez comment sont les jeunes filles d'aujourd'hui, il leur faut un temps fou pour se préparer et se faire belles.

Le luxe et le confort de la chambre séduisirent Ravenspur. Il remercia chaleureusement son hôtesse.

Celle-ci remplit deux coupes de chablis. Tout en savourant le vin, elle bavardait avec une feinte gaieté. Quelque chose n'allait pourtant pas, remarqua le baron. Lady Joanna semblait tendue, mal à l'aise. Et le regard inquiet qu'elle avait échangé avec sa servante ne lui avait pas échappé.

Finalement, Kate Kendall revint, le visage sinistre : son ambassade avait échoué, Roseanna n'avait pas donné signe de vie. Dans quel état devait être la pauvre petite lady après ces jours de jeûne et d'isolement ?

— Lady Roseanna est hum... un peu souffrante. Elle demande qu'on l'excuse pour aujourd'hui. Peut-être demain...

Un rictus apparut sur le visage de Joanna.

— Retourne la voir immédiatement, Kate, et fais-lui savoir qu'on ne l'excuse pas. J'insiste pour qu'elle descende aussi vite que possible.

— Explique-lui que je veux lui dire un mot en privé, intervint Ravenspur. Cela ne prendra que quelques minutes.

Embarrassée, la servante repartit.

— Le baron de Ravenspur désire s'entretenir avec vous, cria-t-elle à Roseanna à travers la porte.

L'heure d'agir avait donc sonné, décida la jeune fille. Elle remit aussitôt la ceinture de chasteté et s'habilla d'une robe couleur fauve aux délicates broderies. Une toilette accentuant à ravir la blancheur de son teint qui lui donnait à la fois un air provocant et éthéré. Ainsi était-elle prête à faire son entrée en scène.

Pendant ce temps, Kate se présenta devant sa maîtresse.

— Je n'ai pas obtenu de réponse, annonça-t-elle.

D'un geste irrité, Lady Joanna posa sa coupe de vin.

— Dans ce cas, je m'en occupe moi-même, lança-t-elle avant de sortir précipitamment.

Si sa fille s'obstinait à rester cloîtrée dans sa chambre, elle n'hésiterait pas à appeler Neville pour qu'il forçât la porte. Cette petite écervelée espérait-elle la déconsidérer aux yeux du baron de Ravenspur ?

Dès qu'elle eut tourné les talons, ce dernier s'empressa de questionner Kate Kendall :

— Tu sembles bouleversée, que se passe-t-il ?

Intimidée, la vieille servante ne put lui cacher la vérité :

— Eh bien, monseigneur, voilà plusieurs jours que Lady Roseanna est enfermée dans sa chambre sans boire ni manger.

— Ventrebleu !

Le baron s'élança aussitôt dans l'escalier qui conduisait aux appartements de Roseanna.

Il rattrapa Joanna devant la porte de la chambre.

— Jamais je n'aurais imaginé que vous la puniriez avec cette cruauté !

— Vous vous trompez, milord, c'est elle qui s'est volontairement enfermée. Pour *me* punir.

Elle se mit à cogner contre le battant.

— Roseanna ! Roseanna ! Ouvre, pour l'amour du ciel !

De la chambre ne provenait toujours aucun bruit.

— Laissez, je m'en charge.

Prenant son élan, le baron assena un violent coup d'épaule sur le panneau de bois. Enfin la porte céda, et ils se ruèrent à l'intérieur. Au milieu de la pièce, la jeune fille gisait évanouie, livide comme la mort. Roger s'agenouilla à ses côtés et posa l'oreille contre son cœur. Dieu soit loué, il battait encore ! Mais alors sa main, à travers l'étoffe de la robe, toucha les chaînes de la ceinture de chasteté.

Plus noir que jamais, son regard se leva vers Joanna.

— Je ne savais pas qu'une mère pouvait se montrer aussi inhumaine.

Soulevant la jeune fille dans ses bras, il la porta dans sa chambre où, avec une étonnante délicatesse, il l'allongea sur le lit. Afin qu'elle revînt à elle, il versa quelques gouttes de chablis entre ses lèvres.

Les paupières de Roseanna s'ouvrirent lentement.

— Où... où suis-je ? demanda-t-elle d'une toute petite voix.

— Cesse de jouer cette comédie, ma fille, je ne

suis pas dupe, tempêta Joanna qui les avait suivis d'une chambre à l'autre.

— Sortez ! Je veux rester seul avec elle, lui intima Ravenspur d'un ton si dur qu'elle n'osa répliquer.

Elle s'en alla avec Kate. Eh bien, qu'ils se débrouillent entre eux ! Et qu'il essaie de dompter cette petite tigresse... s'il en était capable !

— Roseanna, comment vous sentez-vous ? s'enquit doucement le baron dès que les deux femmes eurent disparu. Êtes-vous en état de parler ?

Elle acquiesça d'un léger signe de tête.

— Dites-moi, pourquoi votre mère vous a-t-elle châtiée avec une pareille vigueur ?

Elle hésita, fit papillonner ses cils pour chasser une larme.

— C'est parce que... je refuse de me marier avec vous... et que... j'aime un autre homme.

Les épais sourcils de Ravenspur se froncèrent.

— Quel est son nom ? tonna-t-il.

— Je ne puis vous le dire, car on le punirait encore plus sévèrement que moi.

— Est-ce pour vous protéger de lui que votre mère vous a obligée à porter une ceinture de chasteté ?

Une idée de génie traversa alors l'esprit de Roseanna. Une idée qui allait lui permettre de se débarrasser une bonne fois pour toutes de l'infâme baron de Ravenspur.

Avec son sourire le plus ingénu, elle répliqua :

— Cette ceinture ne sert à rien, car je ne suis plus vierge.

— Vraiment ?

Les yeux étincelants de colère, Roger de Montford se mit à arpenter la pièce. Son verdict allait tomber :

après cette révélation, il refuserait définitivement de l'épouser. « La partie est gagnée », songea Roseanna.

Le baron revint vers le lit et, sur un ton d'une gravité solennelle, annonça :

— Ma décision est prise : je renonce à rompre nos fiançailles et je vous prends pour femme.

— Non ! hurla-t-elle.

— Pourquoi ? L'homme dont vous m'avez parlé a-t-il déjà eu le temps de vous engrosser ? Faut-il que je vous emmène chez une sorcière qui vous fera avorter ?

— Comment osez-vous ?

Furieuse, Roseanna le gifla de toutes ses forces. Saisissant aussitôt ses poignets, il les serra jusqu'à la faire crier de douleur.

— Je suis capable de tout oser, Roseanna Castlemaine, n'en doutez pas ! Je suis capable de vous déshabiller sur-le-champ pour vérifier si vous êtes encore pucelle ou non. Et maintenant, vous allez me demander pardon pour m'avoir giflé.

Roseanna plissa les lèvres dans une moue butée et garda le silence.

— Que signifie cette mimique ? se moqua-t-il. Que vous avez envie de m'embrasser ? Eh bien, ne vous gênez pas !

Sa bouche s'écrasa sur les lèvres de la jeune fille. Un long baiser, violent et âpre, auquel elle ne put se soustraire. Puis soudain, il la relâcha. Roseanna frictionna ses poignets endoloris. Des larmes emplissaient ses yeux gris.

— Pourquoi vous comportez-vous de cette manière ? questionna-t-elle d'une voix brisée. Et pourquoi voulez-vous maintenant m'épouser à tout prix ?

Ravenspur plongea son regard sombre dans le sien.

— Une promesse de mariage nous lie l'un à l'autre depuis bientôt six ans, et je tiens à honorer ma parole.

— Vous avez sûrement d'autres raisons.

Le baron la dévorait des yeux. Sa beauté le rendait fou de désir. Il brûlait de lui arracher sa robe, de la porter nue sur le lit et de lui faire l'amour toute la nuit.

— Nous nous ressemblons, Roseanna. Tous les deux nous sommes de la même espèce. Vous saurez me rendre heureux.

— Détrompez-vous, je ferai votre malheur. Je vous le jure !

7

Le soir, il y eut un grand dîner au manoir en l'honneur du baron de Ravenspur. Celui-ci siégeait entre ses deux hôtes, Sir Neville Castlemaine et Lady Joanna. On en était aux entremets, quand le baron déclara sur un ton solennel :

— Sir Neville, j'ai l'honneur de vous demander la main de votre fille.

Le châtelain lança à son épouse un regard élogieux. Cent fois bravo ! Ses talents de négociatrice avaient fait merveille.

— Je vous l'accorde bien volontiers, milord.

Inespéré, ce coup de théâtre réjouissait profondément Lady Joanna.

— Permettez-moi d'être la première à vous féliciter, baron.

Elle leva sa coupe.

— Je bois au bonheur de Roger et de Roseanna.

Tous l'imitèrent. Sauf, en bout de table, deux jeunes chevaliers qui faisaient grise mine.

A quelle date célébrer les noces ? Joanna songea qu'un certain temps serait nécessaire aussi bien pour amener Roseanna à accepter cette union que pour lui confectionner un trousseau digne de son rang. A Noël ?... Oui, cela semblait tout indiqué.

— Monseigneur, je suggère que votre mariage ait lieu à l'occasion des fêtes de Noël. Ce serait ainsi l'occasion d'une double réjouissance.

Les sourcils de Ravenspur se froncèrent.

— Inutile d'attendre si longtemps, les fiançailles ont déjà trop duré.

— Alors, disons en novembre, pour la Saint-Martin.

La mine du baron se renfrogna encore.

— Nous nous marierons la semaine prochaine.

— Vous n'y pensez pas ! C'est bien trop précipité, se récria Joanna.

— Nous nous marierons le premier jour de l'automne.

Ravenspur paraissait sur le point d'exploser. Un incident pouvait tout compromettre. Prudemment, Lady Joanna préféra se montrer conciliante.

— Soit ! Va pour le 21 septembre. Nous mettrons les bouchées doubles pour être prêts.

— Sir Neville, Lady Joanna, reprit alors le baron d'une voix radoucie. Je dois hélas vous en avertir : les noces ne pourront se célébrer à Castlemaine. Je dois me rendre au plus vite dans le nord du pays où des troubles viennent d'éclater. Le roi réclame ma présence.

— Il y a du Warwick là-dessous, je suppose, commenta Joanna en femme bien informée des affaires du royaume.

— En effet, acquiesça Ravenspur.

— Edward n'aurait pas dû tenter d'imposer un mariage entre les filles de Warwick et des membres du clan Woodville : il s'en est fait un ennemi.

— Warwick, lui, désirait que ses filles épousent l'une et l'autre un frère du roi.
— Et Edward a refusé. Ce qui m'étonne : il est si accommodant d'ordinaire.
— Accommodant, certes, mais pas fou. Si George devenait le gendre de Warwick, celui-ci reprendrait sa fonction de « faiseur de rois » et intriguerait afin de le porter sur le trône.
De tels propos déconcertaient Sir Neville.
— Qu'est-ce à dire ? s'étonna-t-il. Warwick pourrait envisager de renverser Edward pour le remplacer par George ?
— C'est bien possible, grommela Ravenspur.
— Et le nord du pays est un fief de Warwick, renchérit Joanna.
— C'est la raison pour laquelle je dois partir d'urgence. Il faut tenter de contrebalancer son influence. Et je possède là-bas trois places fortes : Ravenglass à l'ouest, Ravensworth au centre et Ravenscar à l'est.
— Envisageriez-vous de célébrer vos noces dans l'un de vos lointains châteaux du Nord ? s'inquiéta la châtelaine.
— Non, mais à York où Edward IV séjournera quelque temps.
Lady Joanna arbora un air satisfait. Sa fille se mariant à York, devant le roi et sa cour : impossible de rêver d'une plus brillante perspective.
Ravenspur se tourna vers Sir Neville :
— Pour aller à York, il faut compter trois jours de voyage. Et les routes sont peu sûres. Permettez-moi de mettre à votre disposition trente de mes hommes qui renforceront votre escorte.
— C'est trop aimable à vous, milord.

Ravenspur repartit le lendemain, très tôt à l'aube. Quand Roseanna descendit prendre son petit déjeuner, ses chevaliers et lui avaient quitté depuis longtemps le manoir. Son proche mariage avec Roger de Montford animait toutes les conversations. Sa mère et ses dames de compagnie, aussi bien que Kate, Alice et les autres servantes, en parlaient avec des mines réjouies.

Mais tout cela ne concernait pas Roseanna. Pour une simple et bonne raison : ces noces n'auraient pas lieu, jamais elle n'épouserait Ravenspur. Discrètement, elle fit comprendre à Sir Bryan, assis au bout de la table, qu'elle l'attendrait dans le verger, après le petit déjeuner.

Les deux amoureux se retrouvèrent sous les pommiers.

— Oh, ma Roseanna chérie ! commença le jeune chevalier. J'ai cru devenir fou hier soir en entendant Ravenspur annoncer votre mariage. J'ai failli me précipiter pour l'embrocher avec mon épée.

— N'ayez crainte, je ne deviendrai jamais sa femme.

Bryan soupira tristement :

— Inutile de rêver ! Vos parents ont donné leur consentement.

— Souhaitez-vous m'épouser, Bryan ? Oui ou non ?

— Oui.

— Alors fuyons ensemble.

Bryan la dévisagea, les yeux ronds.

— Que je vous enlève ? Mais comment s'y prendre ? Et où irions-nous ?

— Élaborons un plan... Avez-vous une idée ?

— Euh... pas tellement.

— Que comptiez-vous donc faire ? Me laisser épouser Ravenspur en restant les bras croisés ?

— Jamais de la vie ! Je suis prêt à tout pour empêcher une telle abomination.

Roseanna s'absorba dans ses réflexions.

— J'ai une idée ! s'exclama-t-elle enfin. Nous nous réfugierons chez vous, à Marston Moor. Puis nous irons nous marier en Écosse où les lois sont beaucoup plus souples qu'en Angleterre.

— Oui, bravo ! approuva Sir Bryan avec enthousiasme. Mais, pour ma part, il faudra que je retourne ensuite au service de George, le frère du roi.

— Ne parlons à personne de notre projet. Sauf à Jeffrey, il nous aidera.

— Quand vous vous êtes rendue à Belvoir, le secret a été parfaitement gardé. Même Alice n'en savait rien.

Le chevalier la regarda soudain d'un air soupçonneux.

— Et le soir, au pavillon de chasse, Ravenspur a tenté de vous séduire, n'est-ce pas ?

Le rouge monta aux joues de Roseanna. Comment réagirait Bryan s'il apprenait qu'elle avait dormi nue une nuit entière avec le baron ?

— Non, rassurez-vous, il ne s'est rien passé de tel, mentit-elle.

Sa réponse parut satisfaire le jeune chevalier.

Jour après jour, les préparatifs de l'enlèvement progressaient. Pour réussir, il fallait de l'argent. Roseanna choisit quelques-uns de ses plus précieux bijoux avec l'intention d'aller les vendre à Nottingham. Elle en retirerait un bon prix. Elle s'y rendrait deux ou trois jours avant leur fuite. Ainsi l'orfèvre, s'il reconnaissait le travail de Lady Joanna, n'aurait pas le temps de donner l'alarme à Castlemaine.

Il lui fallait aussi des vêtements lui permettant de voyager incognito. Elle s'adressa à Jeffrey.

— Petit frère, pourrais-tu me prêter des habits ?

Il la toisa en faisant une grimace.

— Tu sembles oublier que j'ai grandi, tu flotterais dans mes chausses.

— Que tu es nigaud ! Je veux des habits à ma taille, il doit bien en rester de l'époque où tu avais treize ans.

— Kate a dû les ranger quelque part, je les dénicherai. Repasse demain soir pour une séance d'essayage.

La journée du lendemain fut en fait consacrée aux essayages. Le tissu de la robe de mariée était arrivé. Même Roseanna dut en convenir : il était magnifique. Un précieux satin blanc brodé de roses blanches. Blanc sur blanc, en référence à la couleur de la rose des Yorks.

Joanna façonna la robe en bâti. Selon la tradition, elle la modela avec d'amples manches bouffantes et une très longue traîne. Des heures durant, Roseanna dut garder la pose, tandis qu'on plissait, épinglait, faufilait sur elle. L'essayage fini, la jeune fille ne put s'empêcher d'éprouver une certaine tristesse : cette robe de mariée allait être un pur chef-d'œuvre et elle ne la porterait pas. Quel dommage !

Ensuite Roseanna passa voir Jeffrey. Son frère avait réussi à trouver une malle d'effets susceptibles de lui aller. Elle choisit une chemise de lin, un pourpoint couleur myrtille et une paire d'épais hauts-de-chausses avec lesquels il lui serait commode de monter à cheval.

— Mais, ma sœur, objecta Jeffrey, tes cheveux et tes autres appas, comment les dissimuleras-tu si tu veux te travestir en garçon ?

Roseanna tira de la malle une toque de velours dont elle se coiffa et, virevoltant, fit face à son frère.

— Et comme ça, tu ne trouves pas que j'ai l'air d'un homme ?

Jeffrey éclata de rire.

Ils entendirent alors quelques coups discrets frappés à la porte, et Sir Bryan se glissa dans la chambre.

— Voyez comme mon adorable frère nous aide, lui dit Roseanna en désignant les vêtements. Mais au fait, pensez-vous que nous voyagerons plutôt de jour ou de nuit ?

— De jour. La nuit, on ne couvre pas assez de distance. Et Marston Moor est bien loin.

— Nous pourrions dormir dans des abbayes qui accueillent les voyageurs.

— Ce qui coûtera moins cher que de descendre à l'auberge. Car je dois vous l'avouer, je ne possède pas beaucoup d'argent.

— Pas de problème : moi, j'en aurai suffisamment. Vous verrez, Bryan, tout se passera bien.

Le chevalier lui prit la main et la dévisagea amoureusement.

— Vous êtes merveilleuse, vous êtes prête à courir tant de risques pour moi.

— Vous aussi, mon bel ami.

Il la serra contre son cœur.

— Qu'il me sera difficile d'attendre jusqu'à notre mariage ! lui murmura-t-il à l'oreille.

Roseanna lui tendit ses lèvres entrouvertes. D'un léger baiser, le chevalier les effleura. Elle regrettait d'ailleurs qu'il n'osât pas se montrer plus entreprenant. L'image d'un autre homme lui traversa soudain l'esprit. Il l'embrassait avec une ardeur farouche qui bouleversait ses sens. Et cet homme, c'était... Ravenspur. Elle se raidit pour chasser ce souvenir.

Jeffrey venait d'étaler une carte sur le tapis. Ils se mirent à l'étudier avec soin pour établir leur itinéraire de Castlemaine à Marston Moor.

— La première nuit, nous nous arrêterons à l'abbaye de Welbeck, décida Roseanna. Ce n'est qu'à vingt miles de Castlemaine. Nous partirons d'ici après le repas de midi. Mon absence ne paraîtra pas suspecte, on croira que je suis allée me promener à cheval. L'alarme ne sera donnée qu'au crépuscule. Ce qui ne facilitera pas les poursuites.

Les deux amis échangèrent un regard admiratif.

— Qu'elle est rusée ! s'écrièrent-ils en chœur.

Le compliment flatta la jeune fille.

— Merci beaucoup, répondit-elle, radieuse.

— Nous pourrions passer la nuit suivante à l'abbaye de Selby, proposa Bryan. Si tout va bien, le lendemain soir nous serons arrivés chez moi.

— Et quand tu retourneras au service de George, je te rejoindrai, je t'en donne ma parole, affirma Jeffrey.

Tous deux portaient sur la manche de leur pourpoint l'écusson du duc de Clarence, un taureau noir en train de charger.

— Pourquoi ne viendrais-tu pas avec nous, Jeffrey ? demanda Roseanna.

— Un enlèvement à trois ? Ce serait grotesque. De

plus, en restant au manoir, je pourrai semer la confusion. Je dirai que Bryan est parti à Londres. Les poursuites s'orienteront vers le sud et non vers le nord.

— Fixons le jour ! décréta Roseanna. Que pensez-vous d'après-demain ?

Les garçons se consultèrent brièvement.

— Entendu ! déclarèrent-ils ensemble.

Dans un même geste, tous trois tendirent le bras et leurs mains s'unirent comme s'ils scellaient un pacte.

En pourpoint et hauts-de-chausses, Roseanna, montée sur Zeus, filait droit au nord. Aucun remords ne la rongeait : une fois qu'elle aurait épousé Sir Bryan Fitzhugh, sa famille s'inclinerait devant le fait accompli et s'empresserait de lui pardonner. Son retour à Castlemaine serait fêté comme celui de l'enfant prodigue.

Comme convenu, Bryan l'attendait à Newark. Les deux jeunes gens continuèrent la route de concert. Ils rayonnaient de bonheur. Leurs regards se croisaient sans cesse et ils se souriaient très tendrement.

Les vingt miles séparant Castlemaine de Welbeck furent parcourus à bonne allure. Le soleil commençait à décliner à l'horizon quand ils se présentèrent sans encombre devant les grilles de l'abbaye. Les moines leur réservèrent un accueil cordial mais austère. On leur donna un morceau de pain et du fromage en guise de dîner. Pour le coucher, deux cellules leur furent assignées. De minuscules pièces d'un dénuement ascétique, aux murs blanchis à la chaux, avec pour tout mobilier un étroit lit de fer.

Malgré cet inconfort, Roseanna s'endormit bien vite. Le lendemain matin, une mauvaise surprise les attendait. Une lumière blafarde filtrait à travers la lucarne de la cellule. Dehors, il pleuvait à grands seaux et un vent glacial balayait la campagne.

En voyant Roseanna s'emmitoufler dans son manteau et claquer des dents, Bryan hésita devant la porte des écuries :

— Peut-être serait-il plus prudent de ne pas nous aventurer dehors avec ce temps de chien.

— Non, nous n'avons pas une seconde à perdre pour distancer nos poursuivants. Il faut continuer. Et ne vous inquiétez pas pour moi, Bryan, tout ira bien.

Ils sellèrent leurs chevaux et se mirent en route sous des trombes d'eau. La violence de la tempête redoubla. Noyé sous la pluie, le paysage avait pris un aspect lugubre. Le terrain, de plus en plus lourd et boueux, rendait la progression difficile. Dans le courant de l'après-midi, la monture de Bryan commença à donner des signes de fatigue. Zeus était lui toujours aussi vaillant, et Roseanna dut le forcer à adopter un train moins rapide.

Sans répit, la pluie s'abattit toute la journée. Épuisés, trempés jusqu'aux os, cavaliers et montures parvinrent finalement à l'abbaye de Selby. Il y régnait une agitation insolite : des dizaines d'hommes d'armes avec leurs chevaux étaient rassemblés dans la cour du monastère. Un instant inquiets, les deux fuyards se rassurèrent bientôt : c'étaient des partisans du roi qui faisaient route vers York.

Roseanna s'apprêtait à descendre de selle quand elle se figea soudain : certains de ces hommes arboraient un écusson qu'elle connaissait, hélas ! trop bien. Le corbeau noir dressé sur ses pattes, l'emblème du baron de Ravenspur. Elle baissa aussitôt la tête et rabattit sa toque de velours sur ses yeux.

— Il nous est impossible de rester ici, murmura-t-elle à Bryan. Il faut repartir tout de suite.

— Nos montures sont fourbues, nous atteindrons difficilement York avant la nuit.

— Partons, je vous dis. Ces hommes appartiennent à Ravenspur, ils vont me reconnaître.

— Et où dormirons-nous ?

— En chemin, dans une auberge.

— Comme il vous plaira, ma douce amie.

Le jour baissait tandis qu'ils s'éloignaient de l'abbaye. Grâce à Dieu, la pluie avait à peu près cessé. Mais le cœur de la jeune fille était serré. Cet enlèvement, qui la veille lui avait semblé la plus palpitante des aventures, tournait au chemin de croix. Elle avait froid et faim, elle était morte de fatigue. Allons, se ressaisit-elle, un peu de courage ! Il lui fallait affronter avec vaillance ces difficultés, le succès de leur entreprise en dépendait.

Sur la grande route du Nord où ils cheminaient en silence, des cavaliers les croisaient ou les dépassaient sans leur prêter la moindre attention. A la nuit tombée, ils parvinrent au *Fighting Cock*, une auberge de campagne située à quelques lieues d'York.

Ses écuries étaient pleines. Ce ne fut pas sans mal que Bryan et Roseanna réussirent à trouver une place pour leurs chevaux.

En hochant la tête d'un air désolé, l'aubergiste, un petit homme rondouillard à la face rubiconde, leur annonça qu'il n'avait plus une chambre de libre. Néanmoins, il leur était possible de passer la nuit dans la salle commune.

La salle commune du *Fighting Cock* retentissait d'éclats de voix et de rires. Autour des longues tables de bois, des hommes mangeaient, buvaient ou jouaient aux dés. L'atmosphère enfumée sentait le graillon. Mais un grand feu flambait dans la cheminée et il y faisait chaud.

— Vous sentez-vous mieux, mon amour ? s'inquiéta Sir Bryan.

Trop exténuée pour répondre, Roseanna se contenta d'acquiescer d'un signe de tête.

— Je vais nous chercher quelque chose à manger.

— Je vous attends ici, au coin du feu.

A peine Bryan se fut-il éloigné que ses paupières lourdes de fatigue se fermèrent. Quelques secondes plus tard, Roseanna était assoupie. Un grand fracas la réveilla en sursaut : une poignée d'hommes armés jusqu'aux dents venaient de faire irruption dans la salle de l'auberge. Le plus grand ôta son manteau qui dégoulinait de pluie. Elle faillit pousser un cri d'effroi : c'était Ravenspur ! Et ses hommes encerclaient Bryan qui revenait, portant une assiette de ragoût de mouton.

— Sir Bryan, gronda Roger de Montford, quel bonheur de vous rencontrer ! Laissez-moi vous remercier d'avoir eu l'amabilité d'escorter ma fiancée jusqu'à moi. J'espère que Lady Roseanna Castlemaine se porte bien.

Menaçants, les soudards du baron avaient posé la main sur la garde de leurs épées et Sir Bryan n'en menait pas large.

— Oui, mi... milord, bégaya-t-il.

Roseanna s'avança alors, le menton levé en signe de défi.

— Vous vous trompez, Ravenspur, il ne m'a pas escortée jusqu'à vous.

— Vraiment ? Expliquez-moi alors ce que vous fabriquez ici tous les deux ?

L'expression du grand seigneur se fit franchement hostile.

— Et prenez bien garde à ce que vous allez répondre. La vie de ce chevalier en dépend.

En un éclair, l'esprit inventif de Roseanna lui souffla le mensonge qui pouvait sauver Bryan.

— Sir Bryan Fitzhugh me conduit à York, à la cour du roi. J'ai l'intention de demander à Sa Majesté l'annulation de nos fiançailles.

— C'est moi qui me chargerai de vous mener auprès d'Edward IV, milady. Mais cela attendra demain. Cette chevauchée vous a épuisée, vous avez besoin de repos. Vous passerez la nuit dans une chambre de cette auberge.

— Elles sont toutes occupées, intervint Bryan.

— Balivernes ! railla le baron.

Il se tourna vers le fond de la salle en hurlant :

— Aubergiste !

Le petit homme rubicond accourut à toutes jambes.

— Oui, milord ?

— Donne-moi tes trois meilleures chambres !

— Bien, milord.

— Vous accepterez sans doute d'en partager une avec mes hommes, sir Bryan ? Pour vous dédommager d'avoir eu la bonté d'escorter jusqu'ici ma jolie fiancée.

— Si telle est votre volonté, murmura le jeune chevalier d'une voix mal assurée.

La femme de l'aubergiste les conduisit jusqu'à

l'étage. Les soudards et Bryan occupèrent la première chambre. La seconde fut attribuée à Roseanna. Après avoir inspecté les lieux d'un œil critique, Ravenspur tira de sa ceinture une pièce d'or qu'il glissa dans la main de la tenancière.

— Ma dame a besoin d'un bain chaud, faites le nécessaire, lui commanda-t-il. Qu'on allume aussi un feu dans cette cheminée et qu'on lui procure une chemise de nuit bien chaude. D'autre part, en nous montant le souper, n'oubliez pas de nous servir deux bouteilles de vin blanc, et du meilleur !

— A votre service, monseigneur, répliqua la femme en exécutant une révérence.

Une robuste servante se présenta un peu plus tard, un grand baquet de bois dans les bras. Une deuxième apporta une chemise de nuit de flanelle et une pile de serviettes. Toutes deux commencèrent à verser de l'eau fumante dans la cuve. En attendant qu'elle fût pleine, Roseanna se réchauffait devant la cheminée.

— Vous devriez enlever vos vêtements, ils sont tout mouillés, lui conseilla Ravenspur qui l'observait, debout, au milieu de la pièce.

— Merci, j'y avais pensé toute seule, rétorqua-t-elle. Pour me déshabiller, j'attendrai que vous soyez hors de ma vue.

— Comme il vous plaira, milady. Si vous avez besoin de mes services, n'hésitez pas à m'appeler : je suis dans la chambre à côté.

— Demandez donc que l'on ne se presse pas pour le souper. Je veux prendre mon bain tranquillement. Et que l'on frappe avant d'entrer. Car, dès que vous serez sorti, je tirerai le loquet.

Avant de s'en aller, le baron s'inclina devant elle

jusqu'à terre, moqueur. Une étrange lumière scintillait dans ses yeux. L'audace insolente de sa jeune fiancée lui plaisait, certes. Néanmoins, elle méritait une bonne leçon qu'il ne tarderait pas à lui administrer. Il fallait qu'elle comprenne que c'était lui le maître.

Ravenspur parti, Roseanna s'empressa de mettre le loquet. Puis elle s'appuya contre la porte en soupirant : cet infâme individu se mettrait-il toujours en travers de sa route ? Par quelle horrible malchance avait-il fait son apparition dans cette auberge ? Comment s'échapper de ses griffes maintenant ?

Elle haussa les épaules, l'air accablé. Puis elle se dévêtit et se plongea dans le baquet. La chaleur de l'eau lui procura une immédiate sensation de bien-être. Dénouant ses cheveux, elle les laissa s'étaler jusque sur le plancher. Les yeux clos, elle s'abandonna, alanguie, au plaisir du bain. Au point qu'elle glissa bientôt dans un demi-sommeil.

Un bruit soudain lui fit rouvrir les yeux. Ravenspur venait d'entrer par une porte dérobée qui faisait communiquer leurs deux chambres. Il portait le plateau du souper dans une main et une coupe de vin dans l'autre.

— Tenez, goûtez donc ceci, ce n'est pas mauvais, dit-il en s'approchant, un sourire narquois aux lèvres.

— Comment ! Vous osez vous introduire dans ma chambre sans mon accord !

— Vous voyez.

Surplombant la cuve, le baron la dévorait des yeux. Pour tout vêtement, il ne portait qu'une robe de chambre de velours. « *Je suis nue, et lui aussi est nu là-dessous* », songea-t-elle, affolée. C'était étrange, Ravenspur était le seul homme capable de lui inspirer de la crainte.

— Vous êtes un goujat ! hurla-t-elle. Sortez immédiatement d'ici !

Feignant de ne pas entendre, il s'assit avec nonchalance sur le rebord du baquet et lui tendit, piqué au bout d'une fourchette, un morceau de veau qui semblait succulent.

— Ouvrez grande la bouche, milady, déclara-t-il sur le ton qu'on emploie pour faire manger les enfants.

Furieuse, Roseanna serra résolument les dents.

— Mangez, je le veux ! ordonna-t-il sur un tel ton d'autorité qu'elle fut forcée de lui obéir.

Il lui versa ensuite une coupe de vin qu'elle but également sans oser protester.

— Je crois que je vais venir vous rejoindre dans la cuve, annonça-t-il.

— Non !

— Vilaine petite égoïste, vous voulez me priver de bain, ce n'est pas gentil.

— La peste vous emporte, Ravenspur ! Si vous désirez prendre un bain, faites-en monter un dans votre chambre. Et fichez-moi la paix !

Le baron émit un ricanement.

— Quel langage pour une lady ! Vous méritez une correction, ma chère. Oui, une bonne fessée vous ferait le plus grand bien.

— Êtes-vous vraiment un gentilhomme pour avoir de telles pensées ?

Sans prévenir, Ravenspur plongea la main dans la cuve. Saisissant l'éponge, il se mit à en frotter le corps de Roseanna. Gênée, celle-ci se recroquevilla.

— Voyons, n'ayez pas honte de me montrer vos charmes, milady. N'oubliez pas que je serai bientôt votre mari.

Sa main descendit le long du cou de Roseanna. En lents cercles concentriques, l'éponge décrivit les contours d'un sein, puis de l'autre, s'attardant sur les mamelons roses qui se dilataient peu à peu. C'était une sensation d'une volupté presque insoutenable. Roseanna faillit appeler au secours. Elle se plaqua la main devant la bouche. Non, surtout, ne pas crier. Sinon, Bryan se précipiterait dans la chambre et Ravenspur le tuerait sans hésiter. Elle en était sûre, car cet homme était un monstre.

Le baron déplia une serviette dont il enveloppa le corps de Roseanna. La soulevant dans ses bras, il la sortit du baquet.

— Lâchez-moi ! siffla-t-elle, furibonde.

— A votre service, milady.

Il l'allongea sur le lit. Là, il entreprit de la frotter vigoureusement à l'aide de la pièce de linge.

— N'avez-vous pas honte de profiter aussi bassement de la situation ? l'accusa Roseanna.

— Non, car je tiens à vous donner une bonne leçon. Si vous aviez voyagé avec vos parents, chaperonnée comme il se doit, vous ne vous seriez pas mise dans cette situation. Mais vous préférez battre la campagne comme une sauvageonne. A une jeune fille bien née qui s'en va seule avec un chevalier, il peut arriver toutes sortes de mésaventures. Comme celle-ci, par exemple...

Sa main s'était refermée sur la poitrine de Roseanna qui ouvrit la bouche pour protester. Mais il l'en empêcha aussitôt par un baiser.

— Ou encore comme celle-là...

Ses doigts glissèrent sur son ventre, puis jusqu'à ses cuisses. Avec une douceur infinie, ils effleurèrent la rose précieuse qui s'y cachait. La caresse devint plus insistante, plus profonde.

Un gémissement s'échappa des lèvres de la jeune fille :

— S'il vous plaît, s'il vous plaît...

— Que me demandez-vous ? D'arrêter ou de continuer ?

Sans attendre de réponse, ses attouchements reprirent avec davantage d'audace. C'était si fort, si voluptueux. Roseanna en perdait la tête. Un désir impérieux qu'elle éprouvait pour la première fois s'attisait en elle. Si fort que son cœur cognait douloureusement dans sa poitrine et que sa gorge était serrée. Qu'il fasse d'elle ce que bon lui semblait. Plus tard, elle s'en voudrait à mort. Elle lui en voudrait encore plus... Mais plus tard.

Brusquement, la caresse de Ravenspur s'interrompit. Il s'était mis debout et la fixait d'un air grave.

— Hier, j'ai envoyé des hommes pour escorter vos parents jusqu'à York. Votre mère sera bientôt ici. A présent, dormez bien et faites de beaux rêves, milady.

Les fatigues et les émotions de la journée avaient été telles que Roseanna s'endormit bien vite. Étrangement, cette nuit-là, elle rêva du baron de Ravenspur.

8

Il n'était pas loin de midi quand la petite troupe de cavaliers dirigée par le baron de Ravenspur franchit l'une des portes des puissantes murailles défendant la ville d'York. Il ne pleuvait plus, un beau soleil perçait même les nuages. Ses rayons éclairaient la rosace de la cathédrale gothique qui se dressait haut vers le ciel.

Dans un fracas de sabots, les montures s'engagèrent dans le dédale de ruelles pavées qui conduisaient au palais royal. Chevauchant son étalon noir, Roseanna avait revêtu la seule robe qu'elle avait emportée dans son bagage, un habit de laine rose à l'encolure montante et aux longues manches bordées d'une fourrure de petit-gris. Un ample manteau lie-de-vin l'enveloppait.

Ravenspur portait un manteau de la même couleur que le sien. Son étalon était aussi noir que Zeus. La ressemblance entre leurs deux silhouettes était frappante. Ce qui était loin de plaire à Roseanna.

Dans la grande salle à manger du palais, Edward IV s'apprêtait à déjeuner. Autour de longues tables à tréteaux, courtisans et soldats avaient pris place.

Jusqu'au plus humble écuyer, le roi débonnaire les connaissait tous par leur nom. Et chacun pouvait l'approcher librement et échanger quelques bons mots avec lui.

Précédant Roseanna, Ravenspur pénétra dans la salle d'un pas assuré. En apercevant son vieux compagnon, le visage du roi s'illumina.

— Roger ! s'écria-t-il en bondissant de son siège.

Il se précipita vers le baron pour lui donner la plus chaleureuse des accolades. Tout en riant à gorge déployée, il souleva Ravenspur dans ses bras. Celui-ci s'empressa de lui rendre la pareille. Sans effort, il le maintint en l'air de longues secondes. Pour lui, le corps massif du souverain semblait peser moins lourd qu'une plume.

— Morbleu, vieille canaille, où donc étais-tu passé ? interrogea Edward. Sais-tu la nouvelle ? Il y aura un grand tournoi la semaine prochaine pour fêter ton mariage. Au fait, et ta fiancée, quand doit-elle arriver à York ?

— Elle est déjà là, murmura Roger à son oreille. Elle désire te présenter une requête. Mais avant que tu ne la reçoives, j'aimerais te dire quelques mots en privé.

Le roi rit tout bas.

— Assurément, cette jeune personne ne manque ni d'audace ni d'effronterie. Te donnerait-elle déjà du fil à retordre ? Eh bien, montons dans mes appartements, nous pourrons discuter loin des oreilles indiscrètes.

Comme ils quittaient la salle à manger, les deux hommes passèrent devant Roseanna demeurée immobile sur le seuil. Le roi fit le baisemain à sa fille.

— Sois la bienvenue à York, ma jolie rose !

Mais le visage de la jeune fille resta fermé.

— Où allez-vous ainsi tous les deux ? demanda-t-elle abruptement. Auriez-vous l'intention de comploter à mes dépens ?

Le souverain haussa les épaules avec jovialité.

— Tu n'as pas à t'inquiéter, ma belle. Mon grand chambellan va te conduire à la chambre du palais où tu logeras. Repose-toi, et dans une heure ou deux viens me voir. Tu m'expliqueras pourquoi te voici déjà à York et sans ta famille.

— Bien, Votre Majesté.

— Pas de cérémonie ! Appelle-moi donc Edward, tu me feras plaisir.

— Quand nous serons seuls dans l'intimité, je vous donnerai un tout autre nom, sire.

Son aplomb fit sourire le roi.

Flanquée du grand chambellan, Roseanna s'éloigna. Avant son audience avec Edward IV, elle avait certaines choses urgentes à accomplir. En particulier, retrouver Sir Bryan afin d'examiner avec lui la situation et élaborer un nouveau plan.

Une fois dans ses appartements privés, Edward congédia les chevaliers de sa garde personnelle pour rester seul avec le baron de Ravenspur. Munis de pintes de bière, ils s'installèrent tous deux dans de hauts fauteuils de bois.

— Tu es au courant depuis longtemps, je suppose, commença le roi. Roseanna est le fruit de ma relation avec Joanna.

Le baron acquiesça en silence.

— A part toi, je me demande qui d'autre s'en doute. Personne, j'espère. Pour la sécurité de ma fille, il convient que ce secret soit gardé.

— Cela va de soi.

Une mimique amusée se lut sur le visage d'Edward.

— Ainsi, sacré Roger, tu as changé d'idée et tu as envie de te remarier. En es-tu bien sûr ?

— Sûr et certain. Roseanna me plaît infiniment, sa beauté m'éblouit. J'éprouve à l'idée de l'épouser une joie intense comme jamais de ma vie je n'en ai ressentie.

— Et je te la donne sans la moindre hésitation. Je suis convaincu qu'elle sera en de bonnes mains, avec toi.

— Hélas, les choses ne sont pas simples : elle refuse catégoriquement de m'épouser. C'est pour te supplier d'annuler nos fiançailles qu'elle est venue à York.

Le souverain fronça les sourcils.

— Aurait-elle de plus hautes visées ? Un comte en vue ? Les Plantagenêts ont toujours été rongés par l'ambition.

— Il ne s'agit de rien de tel. Tout simplement, Roseanna me déteste à un point que je ne parviens pas à m'expliquer.

— Mon pauvre Roger ! soupira le monarque. Les plus jolies filles se transforment parfois en diablesses. Mais, n'aie crainte, je m'occuperai de l'adoucir à ton sujet.

Roger parut hésiter un instant avant de préciser :

— Ce qui complique l'affaire, c'est qu'elle s'imagine être amoureuse d'un chevalier qui a à peu près son âge.

— Ne t'inquiète pas, j'en fais mon affaire.

Edward IV changea de sujet pour évoquer l'état de son royaume. Les périls s'accumulaient, l'heure était grave.

— Comme tu le sais, j'ai interdit à mon frère George d'épouser la fille de Warwick. Mais, d'après mes informateurs, le projet n'a pas été abandonné. Le mariage serait même imminent. George devenu son gendre, Warwick va tenter par tous les moyens de me renverser pour faire monter mon frère sur le trône d'Angleterre.

— Il y a longtemps que tu aurais dû les emprisonner tous les deux dans la Tour de Londres, ou même les faire décapiter pour haute trahison.

Mais, Ravenspur ne l'ignorait pas, ce genre de méthode expéditive n'avait pas les faveurs d'Edward IV. Ce dernier préférait mener une politique d'apaisement, aussi longtemps que cela demeurait possible.

— En quelques semaines, la situation est devenue fort alarmante, reprit le souverain. Les troubles qui ont éclaté dans le Nord ont été fomentés par Northumberland, un des frères de Warwick. Son cadet, l'archevêque d'York, vient de s'emparer du comté de Hertford qui jouxte celui de Buckingham, l'un des fiefs de Warwick.

— Qui, comme par hasard, jouxte les terres de George, compléta Ravenspur, l'air sombre. D'autre part, ton oncle demeure gouverneur des Cinq Ports et amiral du navire de guerre le « Trinity ». Voilà beaucoup trop de pouvoir entre les mains d'un seul homme. Il faut que tu te décides à l'abattre, avant qu'il ne soit trop tard.

— Tu as sans doute raison, Roger. Mais Warwick m'a servi de mentor pendant vingt ans. Il m'est difficile de le traiter ouvertement en renégat. Pareillement pour mon frère George auquel me lie toujours une vive affection.

— Si tu n'agis pas, ils te trahiront.

— Qu'ils se découvrent les premiers. Alors je saurai me montrer impitoyable envers les félons.

Sous prétexte de prendre soin de Zeus, Roseanna retourna aux écuries du palais. En fait, dans l'espoir d'y rencontrer Sir Bryan. Quelques minutes à peine après son arrivée, le chevalier pénétra à son tour dans le bâtiment. Discrètement, les deux jeunes gens s'isolèrent dans une stalle vide.

— Êtes-vous indemne, Bryan ? demanda-t-elle en lui pressant la main avec tendresse. Les soudards de Ravenspur ne vous ont pas maltraité ?

— Pas le moins du monde, nous sommes même devenus bons amis. Selon moi, le baron n'a pas soupçonné que je vous enlevais pour vous épouser.

— A la bonne heure ! La chance continue à nous sourire. Le roi m'accorde une audience, je lui expliquerai que c'est vous que je désire épouser et non Ravenspur.

Le chevalier blêmit.

— Par le sang du Christ, n'en faites rien ! On me jetterait aussitôt dans un cachot et vous n'entendriez plus jamais parler de moi.

— Ne soyez pas stupide, mon ami ! Mes parents vont arriver à York d'ici deux ou trois jours et nous nous marierons solennellement avec la bénédiction d'Edward IV. Croyez-moi, je saurai obtenir son accord, il ne fera pas obstacle aux inclinations de mon cœur.

— Agissez comme bon vous semble, puisque vous avez si grande confiance en lui.

Se dressant sur la pointe des pieds, Roseanna l'embrassa sur la bouche.

— N'ayez crainte, Bryan, notre bonheur est proche. Nous serons bientôt unis pour la vie.

— Dieu vous entende, Roseanna !

— En attendant le jour de notre mariage, installez-vous dans l'aile du palais que le roi a réservée pour ma famille et ses gens.

— Non, j'ai l'intention de pousser jusqu'à Marston Moor pour rendre visite à ma mère. J'aviserai à mon retour après-demain.

— Alors veillez bien sur vous-même, mon amour, supplia-t-elle avant de lui tendre ses lèvres pour un nouveau baiser.

Roseanna regagna sa chambre afin de se préparer en vue de sa rencontre avec le roi. Elle remit de l'ordre dans sa toilette. Comme elle n'avait emporté dans ses bagages ni coiffe ni guimpe, elle brossa longuement ses cheveux avec un soin tout particulier. Avec un ruban rose arraché à sa jarretière, elle les attacha en arrière.

Le roi la reçut dans la petite salle où il accordait ses audiences. De superbes tapisseries en ornaient les murs.

Après une profonde révérence à Sa Majesté, Roseanna alla s'asseoir dans l'encoignure d'une fenêtre. Le souverain s'approcha d'elle.

— Père, commença-t-elle d'une voix ferme, je vous demande d'annuler mes fiançailles avec le baron de Ravenspur. Cette alliance ne me convient pas, car je désire épouser Sir Bryan Fitzhugh, le chevalier qui m'a escortée jusqu'à York.

La réponse du roi ne fut, hélas, pas celle qu'elle escomptait :

— Tu es sous ma tutelle, ma petite rose. Et laisse-moi te dire qu'il te serait impossible de trouver en Angleterre meilleur époux que Roger de Montford.

— Ravenspur, le meilleur époux d'Angleterre! répliqua Roseanna, acerbe. En êtes-vous bien sûr ? Ses deux précédentes femmes sont mortes et enterrées, d'après ce que l'on m'a raconté. Ce ne sont pas elles qui pourront me chanter ses louanges.

— Il est vrai, Roger a déjà été marié deux fois et ses expériences conjugales n'ont pas été des plus heureuses. Il t'expliquera pourquoi quand tu deviendras sa femme.

Rien n'y faisait, Edward demeurait inflexible.

— Comment! s'écria Roseanna avec l'énergie du désespoir. Vous dont on loue la bonté et la courtoisie, vous vous opposez à ce que j'épouse l'homme à qui mon cœur appartient!

— Ce jeune chevalier n'est pas un parti digne de toi, ma fille. Alors que Roger de Montford t'offre richesse et puissance.

— Le père de Sir Bryan est mort au service du vôtre, rétorqua-t-elle, tandis que des larmes embuaient ses yeux gris.

Comme le roi le savait, le père de Sir Bryan était le frère de Henry Fitzhugh, lui-même beau-frère de Warwick.

— Le père de Sir Bryan fut un homme loyal, déclara Edward sur un ton énigmatique.

— Que voulez-vous dire ?

— Rien de spécial. Si ce n'est que Sir Bryan a servi mon frère George jusqu'à aujourd'hui, et j'attends encore qu'il m'apporte la preuve qu'il est bien de mon côté.

Un sanglot secoua Roseanna.

— Que faut-il donc qu'il fasse ? éclata-t-elle. Qu'il

vous sacrifie sa vie, comme autrefois son père au duc d'York ?

— Ma fille, vingt mille hommes ont péri à la bataille de Towton pour que je puisse devenir roi d'Angleterre. Crois-tu que j'aie envie d'avoir d'autres morts sur la conscience ?

Elle prit un instant l'air contrit.

— Excusez-moi, père.

Edward posa sur elle un regard plein de douceur et d'indulgence.

— Ma jolie rose, tes larmes me touchent infiniment. Mais je ne céderai pas : tu épouseras Roger de Montford, car tel est mon bon plaisir. Plus tard, tu comprendras et tu me remercieras d'avoir agi ainsi.

Roseanna se releva. D'un mouvement de tête, elle salua Sa Majesté puis lui tourna le dos et sortit. De rage et de désespoir, elle claqua la porte à toute volée. Eh bien non, cela ne se passerait pas comme ça ! De nouveau, elle allait fuir en compagnie de l'homme qu'elle aimait.

Son cœur se serra alors : Bryan avait quitté York pour Marston Moor.

En réalité, malgré ce qu'il avait annoncé à Roseanna, Sir Bryan n'était pas parti chez lui. Sorti discrètement du palais royal, il s'était rendu à la *Rose blanche*, la plus célèbre taverne d'York où il avait retrouvé son ami Sir Jeffrey Castlemaine. Cette rencontre qui, aux yeux d'un observateur superficiel, aurait pu sembler pur fruit du hasard, ne l'était en aucune façon. A l'insu de Roseanna, Jeffrey les avait suivis, Bryan et elle, à quelque distance, après leur fuite de Castlemaine. C'était lui qui, d'une manière anonyme, avait indiqué à l'un des hommes de Ravenspur où le baron pourrait surprendre sa sœur... ou plutôt celle qui n'était que sa demi-sœur.

Sans s'attarder à la *Rose blanche*, les deux jeunes gens sautèrent en selle et s'éloignèrent au grand galop de la cité. Ils avaient pour destination le château de Middleham, une puissante forteresse aux épaisses murailles et aux hautes tours rondes appartenant à Warwick. Dans le plus grand secret, une réunion devait s'y tenir à l'initiative de ce dernier et à celle de George, devenu depuis peu son gendre, malgré l'interdiction d'Edward IV.

Avant d'arriver à Middleham, les deux chevaliers prirent soin de revêtir la livrée du duc de Clarence et son fameux taureau noir. Mais en réalité, dans l'ombre de George, Warwick demeurait leur maître.

Celui-ci n'avait jamais ignoré que Roseanna Castlemaine était une bâtarde de sang royal. En voyant une grande amitié se nouer entre Jeffrey et Bryan, qui lui était apparenté, Warwick avait cru bon de révéler la vérité au frère de Roseanna : sa sœur était la fille illégitime d'Edward IV. Il avait eu ensuite beau jeu d'installer dans le cœur du garçon une jalousie qui s'était transformée en haine féroce de sa demi-sœur.

Warwick avait envoyé à Castlemaine les deux amis avec une mission précise : le beau Sir Bryan devait séduire Roseanna et l'épouser au plus vite. Avoir la haute main sur la bâtarde du roi permettrait plus facilement d'exercer, au moment voulu, un chantage sur sa personne. Entre-temps, un coup de théâtre s'était produit : contre toute attente, le baron de Ravenspur s'était décidé à épouser

Roseanna Castlemaine. Warwick avait donc modifié ses plans. La jeune lady serait finalement plus utile mariée à Roger de Montford qu'à Bryan Fitzhugh. C'était faire d'une pierre deux coups : il serait possible de se livrer au même chantage sur Edward IV et, en même temps, de porter un coup sérieux à l'un de ses plus fidèles vassaux.

Bryan et Jeffrey franchirent le pont-levis de la forteresse. A l'intérieur du château régnait une grande animation. Northumberland, le frère de Warwick, venait d'arriver, de même que Lord Stanley, le plus puissant seigneur du Lancashire et du Cheshire. Il avait personnellement de bonnes raisons de haïr Edward IV : après la défaite de la maison de Lancastre, le roi lui avait confisqué la moitié de ses fiefs et les avait redistribués à des partisans d'York.

Plus inattendue était la présence à Middleham de Robin Mendell, le chef des bandes rebelles du nord du pays. Tout indiquait qu'un complot d'envergure était en train de se tramer contre Edward IV.

Trop jeunes pour être admis dans le secret, les deux chevaliers se présentèrent au rapport : les noces de Ravenspur et de Roseanna auraient lieu dans quelques jours. Warwick leur donna ses ordres : Jeffrey devait retourner à York pour assister au mariage de sa demi-sœur. Quant à Bryan, il lui fallait essayer de rentrer au service de Ravenspur. Il pourrait ainsi l'espionner tout en maintenant un contact avec la bâtarde du roi.

On l'imagine, l'enlèvement de Roseanna avait suscité le plus vif émoi à Castlemaine. Fous d'inquiétude, Sir Neville et Lady Joanna s'étaient fait un sang d'encre. Jeffrey était parvenu en partie à les rassurer : il croyait savoir où s'étaient enfuis les amoureux et se faisait fort de rapidement les retrouver. Grâce à Dieu, trois jours plus tard, un messager arrivait au manoir, porteur d'une lettre du baron de Ravenspur : Roseanna se trouvait à York, saine et sauve, et les noces seraient célébrées à la date convenue. Alors, dans l'allégresse, on avait commencé les préparatifs du départ.

Mais ce voyage pour York semblait ne devoir jamais finir. Sir Neville, d'ordinaire si patient, trouvait lui-même le temps bien long. Les trois lourdes charrettes contenant le trousseau de Roseanna, ses meubles, son grand lit, ses tapisseries, progressaient à une allure désespérante.

Pourtant, au terme de quatre jours de voyage, ils parvinrent enfin à York. Sir Neville, Lady Joanna et leurs gens s'installèrent dans l'aile du palais qu'Edward IV avait l'obligeance de mettre à leur disposition.

Les retrouvailles entre Roseanna et sa mère s'annonçaient particulièrement orageuses. Cependant, tel ne fut pas le cas. Joanna n'adressa pas un seul mot de reproche à sa fille. Après un regard gros de sous-entendus, elle se contenta de l'étreindre avec effusion.

La Woodville, autrement dit la reine d'Angleterre, ne viendrait pas à York assister au mariage. Elle préférait rester tapie à Londres, entourée des membres de son clan. Cette nouvelle soulagea Lady Joanna. Néanmoins, elle n'avait pas l'intention de batifoler galamment avec le roi. Un tel comportement aurait été malvenu au moment où elle s'apprêtait à marier sa fille.

Celle-ci, quand elle ne se claquemurait pas dans

sa chambre, allait souvent faire un tour aux écuries, dans l'espoir d'y rencontrer Bryan. Kate Kendall, son chaperon attitré, la suivait comme son ombre et il était bien difficile de déjouer sa surveillance. Enfin, Bryan fut de retour et elle put le rencontrer.

— Oh ! mon amour, ces deux jours sans vous m'ont paru une éternité, murmura tendrement Roseanna qui s'était jetée dans ses bras.

Le chevalier se dégagea aussitôt pour l'entraîner dans un coin retiré des écuries.

— Il va falloir vous montrer plus discrète, la réprimanda-t-il.

Il avait utilisé un ton si brutal que des larmes perlèrent aux yeux de Roseanna.

— L'amour n'est pas discret, protesta-t-elle. Il veut étinceler comme le soleil.

Pour l'apaiser, Bryan pressa doucement ses mains.

— Nous le savons, vous et moi : votre mariage avec Ravenspur est devenu inévitable.

— Comment avez-vous appris que le roi a rejeté ma requête ?

— Nul ne l'ignore ici. Mais tout n'est pas perdu, mon amour. Je vais faire en sorte de rentrer au service de Ravenspur. Nous pourrons continuer à nous voir, je vous en donne ma parole.

— Pourquoi ne pas fuir ensemble de nouveau ? proposa-t-elle avec un regard suppliant.

— Soyez raisonnable, ma chérie ! En ce moment même, votre chaperon nous observe. Le roi a des espions partout. Et Ravenspur a certainement pris des mesures pour vous faire surveiller. Une nouvelle tentative d'enlèvement serait vouée à l'échec. Pour avoir le bonheur de rester ensemble, il faut endormir les soupçons. N'essayez plus de me voir pendant quelque temps. Quand le baron vous aura emmenée dans son château et qu'il m'aura pris à son service, tout redeviendra possible entre nous.

Sir Bryan fixa gravement la jeune fille dans le fond des yeux.

— Roseanna, dites-moi que vous comprenez.

Elle crut qu'elle allait s'évanouir de chagrin. Ce qu'il lui demandait était au-dessus de ses forces. Elle acquiesça pourtant d'un signe de tête. De chaudes larmes roulèrent le long de ses joues. « *Bryan, Bryan !* faillit-elle hurler. *Je t'en supplie, ne m'abandonne pas !* » Mais sa douleur était si aiguë que les mots refusaient de sortir. Un sanglot la secoua, elle avait la sensation que le monde commençait à s'écrouler autour d'elle...

9

La veille du mariage de Ravenspur et de Roseanna, un grand tournoi fut organisé. Dans une prairie des environs d'York, se dressaient de magnifiques pavillons de soie et de velours, décorés de gonfanons aux couleurs éclatantes. Là, les champions se préparaient et revêtaient leurs armures. Devant chaque pavillon était suspendu le bouclier portant les armoiries du chevalier qui l'occupait.

Il y avait en arrière plusieurs autres tentes, les unes contenant rafraîchissements de toute sorte, les autres destinées aux armuriers et maréchaux-ferrants dont les services étaient indispensables.

Autour de la lice, on avait élevé des estrades richement ornées de tapisseries historiées. Leurs gradins étaient garnis de tapis et de coussins pour la commodité des dames et des gentilshommes qui assisteraient à la joute. Entre ces galeries et la lice, un étroit espace était aménagé pour les spectateurs d'une classe un peu au-dessus du vulgaire. Quant au peuple, il s'entassait pêle-mêle sur les vastes tertres de gazon dont l'inclinaison permettait d'avoir un beau coup d'œil sur l'arène. Des curieux étaient même perchés sur les branches des arbres qui encadraient la prairie.

Peu à peu, les estrades se remplirent de courtisans et de nobles seigneurs, en habits de fête. Leurs longs manteaux s'accordaient avec les costumes somptueux des dames qui avaient revêtu leurs plus beaux atours.

Roseanna s'installa à la place d'honneur aux côtés de sa mère. La jeune fiancée portait un superbe hennin serti de joyaux dont le voile argenté scintillait de mille feux. Autour de son cou flottait un fin foulard de soie rose. Comme le voulait la tradition, elle l'offrirait au champion de son choix ; celui-ci lui dédierait ensuite chacune de ses victoires.

Le tournoi s'annonçait des plus brillants. La fine fleur de la chevalerie d'Angleterre — Pembroke, Devonshire, Norfolk et Percy — était venue y participer. Lord Hastings, le sénéchal du roi, fut désigné arbitre de la joute. D'un signe de la main, il donna un ordre aux hérauts, et une éclatante sonnerie de trompettes retentit.

Les barrières s'ouvrirent, les champions s'avançaient dans la lice pour la parade. Leurs armures étincelaient au soleil, leurs panaches de plumes bariolées ondoyaient fièrement au sommet de leurs heaumes. Contenant la fougue de leurs chevaux caparaçonnés, ils les forçaient à marcher au pas, pour montrer à la fois la grâce de leur allure et leur propre adresse.

Edward IV venait en tête de la cavalcade. Ravenspur le suivait à quelques longueurs. Il arborait ses impressionnantes armoiries : sur un fond pourpre, le corbeau noir menaçant dressé sur ses griffes. Et le plumet de son heaume était rouge sang. Son destrier vint s'immobiliser face à l'estrade d'honneur. Chacun s'attendait à ce que Lady Roseanna Castlemaine lui jetât son foulard. Mais la jeune fille ne lui accorda même pas un regard. Afin de sauver les apparences, Lady Joanna accrocha alors son propre voile au bout de la lance de Ravenspur. Celui-ci le noua au fourreau de son épée. Éperonnant sa monture, il s'éloigna.

Un sourd murmure d'étonnement s'éleva de la masse des spectateurs. Quel jouteur serait donc distingué par Lady Roseanna Castlemaine ? Le roi peut-être ? Quand Edward IV se présenta devant la tribune, la jeune fille détourna ostensiblement la tête. On chuchotait déjà ici et là que ce mariage n'était probablement pas un mariage d'amour. Le murmure s'amplifia. Qui serait l'heureux élu ? Un jeune chevalier dont la fiancée était secrètement éprise ?

Puis vint le tour de Jeffrey Castlemaine. Avec un sourire affectueux, sa sœur se défit de son foulard rose et le lui lança. La main sur le cœur, le chevalier la salua. Des rangs du public soulagé, des applaudissements crépitèrent alors.

Caracolant sur leurs destriers, Edward et Roger se retirèrent côte à côte à l'autre extrémité de la lice.

— J'ai un service à te demander, fit ce dernier. J'aimerais que nous échangions nos adversaires.

— Le règlement du tournoi s'y oppose formellement, Roger.

— Comprends-moi, le sort m'a désigné Sir Bryan Fitzhugh comme premier concurrent.

— Et à moi, Sir Jeffrey Castlemaine.

— Si par malheur je touchais à un seul cheveu

du joli damoiseau, ma fiancée ne me le pardonnerait pas.

Le roi réfléchit un instant.

— C'est un cas de force majeure, conclut-il. Je me vois dans l'obligation d'accepter ta proposition.

— Merci, tu es généreux, Edward.

Ce changement lui permettait d'ouvrir le tournoi et de participer à la première joute. Après un regard aux deux champions qui attendaient immobiles sur leurs chevaux aux deux bouts de l'arène, Lord Hastings agita une oriflamme. Les hérauts firent résonner leurs trompettes.

Sir Bryan baissa la visière de son heaume. Son visage était baigné de sueur. Il se sentait battu d'avance face à un tel adversaire : le roi Edward IV était un géant d'une force et d'une adresse prodigieuses. Mais ce qui l'inquiétait le plus, c'était que le souverain avait insisté pour jouter contre lui. Que cherchait-il donc ? Une preuve de sa loyauté ?

Quand les trompettes se turent, un frémissement parcourut la foule : les deux combattants s'élançaient au galop l'un contre l'autre. Puis chacun fit silence et retint son souffle. On n'entendait plus que le claquement des sabots sur le sol de la lice. Les chevaliers se trouvèrent enfin au même niveau, il y eut le bruit violent d'une lance heurtant le métal d'une cuirasse. Un cri s'éleva de la multitude :

— Edward ! Edward !

Le roi l'emportait : son adversaire, désarçonné, gisait sur l'herbe. Cette victoire laissait pourtant le souverain insatisfait : elle avait été remportée sans gloire. Au moment de l'assaut, Sir Bryan Fitzhugh avait délibérément baissé sa lance, comme s'il refusait le combat.

Dans la tribune, dévorée d'angoisse, Roseanna s'était dressée. L'enthousiasme des autres spectateurs était si fort que nul ne remarqua son extrême pâleur. Sainte Vierge, et si Bryan était mort dans le choc ! Elle faillit se précipiter dans la lice et courir jusqu'à lui. Mais des écuyers relevaient le chevalier qui, titubant, regagna son pavillon d'un pas lent.

Déjà la seconde joute se préparait : Sir Jeffrey Castlemaine contre Roger de Montford. En voyant Ravenspur se coiffer de son heaume, elle songea qu'elle aurait aimé se trouver à la place de son frère. Quel plaisir de faire mordre la poussière à cet homme qu'elle détestait ! Ces jeux guerriers n'étaient pourtant pas pour elle. Qu'à cela ne tienne ! Une fois mariée, elle disposerait d'armes d'une autre nature. Et elle blesserait tellement son amour-propre qu'il aurait du mal à se relever.

Les deux étalons se rapprochaient l'un de l'autre au grand galop. Derrière la visière de son heaume, Ravenspur fixait son adversaire. Sir Jeffrey esquissa une feinte sur la gauche pour tenter de frapper l'écu du baron. Mais ce dernier était un jouteur beaucoup trop expérimenté pour tomber dans un tel piège. Il fit un léger écart et sa lance alla heurter de plein fouet la poitrine de Jeffrey. Un fracas semblable à celui du tonnerre accompagna le choc. Le jeune chevalier fut arraché de ses étriers et, les quatre fers en l'air, s'effondra lourdement sur le sol.

Descendant de son destrier, Ravenspur s'approcha de son malheureux adversaire et détacha de la hampe de sa lance le foulard de soie rose que sa sœur lui avait donné. Son trophée à la main, il se dirigea vers l'estrade. Après avoir remonté le vantail de son heaume, il fixa intensément Roseanna de son regard ténébreux. Puis, portant à ses lèvres le précieux morceau d'étoffe, il le baisa de longues secondes aux yeux de tous. Enfin, comme s'il voulait parachever son triomphe, il noua le foulard à la pointe de sa lance où il se mit à flotter au vent.

« *D'accord,* songea Roseanna, la rage au ventre. *Il a gagné cette première manche.* » Les narines pincées, elle se leva et quitta la tribune : elle en avait assez vu ! Naturellement, Kate Kendall, son chaperon, lui emboîta aussitôt le pas. La jeune fille regagna ses appartements dans le palais royal. Ce soir, de grandes festivités s'y dérouleraient, mais elle n'y participerait pas. Comme pour une veillée d'armes, elle resterait seule dans sa chambre afin de se préparer au grand défi qu'elle aurait à relever le lendemain.

Peu après minuit, les musiques de la fête cessèrent. Allongée dans son lit, Roseanna ne dormait pas. Des pensées contraires occupaient son esprit. Quand elle songeait au sort qui l'attendait, les larmes inondaient son visage.

Le désespoir lui arracha un gémissement.

— Allons, allons, ma chérie, murmura alors une voix qu'elle ne reconnut pas tout de suite. Calme-toi. Tu verras, il ne t'arrivera rien de mal, car je serai là pour veiller sur toi.

Était-ce sa mère venue la réconforter dans cette épreuve ? La jeune fille leva la tête. A travers ses cils embués de pleurs, elle reconnut le visage bourru de Kate Kendall penchée sur elle.

Celle-ci cachait-elle un cœur d'or sous son habituelle rudesse ? Quoi qu'il en fût, il était bon ce soir d'être bercée dans les bras robustes de la vieille servante.

Le lendemain, Roseanna se réveilla en sursaut. Elle se frotta les yeux, désorientée : que faisait-elle dans cette chambre qui n'était pas celle de Castlemaine ? En un éclair, tout lui revint. Elle se trouvait à York, c'était aujourd'hui le jour fatal de ses noces avec le baron de Ravenspur. Effondrée, elle se laissa retomber sur sa couche. Les minutes s'égrenèrent, elle fixait le plafond, les yeux brouillés de larmes. Puis elle parvint à se ressaisir. Sombrer dans la mélancolie était la pire des choses. Allons, un peu de courage ! On lui avait lancé un défi, soit ! Elle saurait se montrer assez forte pour le relever.

Une pièce réservée aux Castlemaine avait été transformée en salle de réception. Et, en ces premières heures de la matinée, il y avait foule. Toutes les grandes dames de la cour, la comtesse de Pembroke et la duchesse de Norfolk en tête, désiraient approcher la jeune mariée et féliciter Lady Joanna Castlemaine.

Se faufilant au milieu de la cohue, la comtesse de Devonshire parvint jusqu'à Roseanna. Une jeune lady l'accompagnait. Elle était extrêmement belle et frêle. Son visage délicat à l'ovale parfait était illuminé par de grands yeux d'un bleu de faïence. Sous son voile transparent se devinait le blond cendré d'une magnifique chevelure. Sa robe jaune toute brodée de fils d'or possédait une rare élégance. Mais l'ensemble de son maintien trahissait sa timidité.

— Ah, Joanna, je vous tiens enfin ! s'exclama la comtesse.

Puis se tournant vers la mariée :

— Ma chère enfant, permettez que je vous présente celle qui sera bientôt votre belle-sœur.

D'un geste, elle désigna la jeune lady qui se tenait modestement en retrait.

— Veuillez me pardonner, mais j'ai oublié. Comment vous prénommez-vous déjà ? lui demanda-t-elle, désinvolte.

— Rebecca, balbutia l'autre d'une voix à peine audible.

Roseanna interrogea sa mère du regard.

— Rebecca est la femme de Tristan, le frère cadet de Roger de Montford, expliqua cette dernière. Elle te servira de demoiselle d'honneur.

L'air égaré de la jeune lady inspirait de la compassion à Roseanna. Lui souriant, elle lui prit les mains. Elles étaient moites et glacées. On aurait dit que c'était elle qui allait se marier.

— Comment vous portez-vous, Rebecca ? questionna-t-elle à mi-voix.

— Euh... pas très bien, à vrai dire. J'ai été assez fatiguée ces derniers temps et me retrouver au milieu d'une telle foule m'oppresse.

Roseanna l'entraîna alors dans sa chambre voisine où Alice et Kate étaient en train d'apprêter sa robe de mariée.

— Nous serons plus au calme ici. Asseyez-vous, Rebecca, je vais vous verser un gobelet de vin.

— Oh non, je... je ne bois jamais de vin.

— Pour quelle raison ?

— Parce que... ça fait grossir.

— Vous n'avez aucun souci à vous faire sur ce plan-là. Vous me paraissez déjà beaucoup trop mince, répliqua Roseanna avec son franc-parler habituel.

Les joues de la diaphane Rebecca rosirent un peu.

— C'est que mon mari a une sainte horreur des femmes grosses, murmura-t-elle.

Roseanna haussa les épaules d'un air perplexe.

— Vous avez été malade, n'est-ce pas ?

— En effet... je... je ne jouis pas d'une très bonne santé. Et je ne voulais pas assister à vos noces tant je me sentais lasse. Mais Tristan a tellement insisté.

Roseanna la regarda avec une mine apitoyée. Quel triste spectacle offrait la fragile lady ! Voilà ce qu'il en coûtait d'être la femme d'un de Montford ! Tristan l'avait brisée, l'avait réduite à ne plus être qu'une ombre. Jamais elle ne subirait à son tour un sort aussi avilissant ! Jamais, se jura-t-elle, elle ne plierait devant Ravenspur.

La tête de Joanna se profila dans l'embrasure de la porte.

— Ma fille, il est temps de t'habiller pour la cérémonie. De mon côté, je descends vérifier que les cadeaux de mariage sont convenablement présentés. Il y en a de magnifiques. En particulier, certains tapis d'Orient qui ont été ramenés de Terre sainte. A ta place, je les ferais transporter directement au château de Ravenspur. Inutile de les emporter dans le Nord.

Un bref frisson parcourut Rebecca.

— Je déteste séjourner dans les forteresses que possède Roger dans le Nord, avoua-t-elle tout bas. J'y suis toujours beaucoup plus souffrante qu'ailleurs.

— Vivez-vous au château de Ravenspur en temps ordinaire ? l'interrogea Roseanna.

— Pas exactement. Tristan et moi habitons de notre côté dans un manoir situé dans le parc, à environ deux miles de Ravenspur.

— Parfait ! Nous pourrons nous rendre visite de temps à autre.

La jeune lady prit un air sceptique.

— Je... je ne sais pas si Tristan acceptera...

Alice et Kate commencèrent à habiller la mariée. Des bas de soie gainèrent ses jambes ; deux paires de jarretières les maintenaient sur le haut des cuisses. Après la cérémonie, tout gentilhomme qui en aurait l'audace pourrait les lui arracher — ce qui symboliserait la perte prochaine de sa virginité. Puis Alice la revêtit d'une chemise si fine qu'elle semblait avoir été filée par la main d'une fée. Enfin elle enfila la longue robe de mariée au satin blanc brodé de roses.

La toilette était encore plus ravissante que le jour des essayages à Castlemaine. Avec un réel plaisir, Roseanna en caressa l'étoffe si moelleuse, dessina du bout des doigts les pétales de la broderie. Dans ses cheveux noirs longuement brossés, Kate posa un diadème de perles, création de Lady Joanna. Son visage fut recouvert d'un voile de très légère mousseline blanche. La mariée était fin prête.

— Que se passe-t-il maintenant ? s'enquit-elle. Ah oui, père m'accompagne à la cathédrale en voiture.

— C'est cela, approuva Kate. Et essayez de vous montrer affectueuse avec lui pendant le trajet. Sir Neville va perdre sa petite fille adorée, il aura le cœur gros.

— Oui, Kate, fit Roseanna en pressant la main de la vieille servante pour laquelle elle éprouvait une estime et une tendresse croissantes.

Un dernier coup d'œil pour vérifier qu'elle n'oubliait rien et Roseanna sortit de la pièce. Son cœur se pinça soudain : elle n'y dormirait plus ; une chambre nuptiale avait été préparée dans le palais pour sa nuit de noces avec Ravenspur.

— Kate, tu veilleras à porter toutes mes brosses et mes peignes dans la chambre nuptiale.

Un accent de panique vibrait dans sa voix.

— Il me faudra aussi une chemise de nuit bien chaude.

— N'ayez crainte, milady, je penserai à tout.

La vieille servante la couva d'un regard maternel.

— Allez maintenant et que Dieu vous protège, Roseanna !

Dans la salle de réception, Rebecca était assise toute seule à l'écart, l'air affligé.

— Suivez-moi, dit Roseanna. En tant que demoiselle d'honneur, vous avez la charge de tenir ma traîne.

Devant l'expression effarée de la jeune lady, la mariée saisit elle-même le bas de sa robe.

— Venez.

Toutes deux parcoururent les longs couloirs du palais. Rebecca faisait une tête d'enterrement.

— Allons, déridez-vous un peu ! Après tout, nous ne montons pas à la potence, il ne s'agit que de mon mariage, plaisanta Roseanna.

— Et vous, vous n'éprouvez aucune crainte ?

Certes, Roseanna avait peur. Mais en aucun cas les autres ne devaient s'en rendre compte.

— La crainte est un sentiment que j'ignore, répondit-elle d'une voix assurée. C'est Ravenspur qui devrait plutôt se faire du souci à l'idée de m'épouser.

Sur le perron du palais, Sir Neville accueillit la mariée et sa demoiselle d'honneur. Une voiture aux armoiries du roi les attendait.

— Laissons monter Rebecca la première, suggéra Roseanna. Elle est un peu souffrante.

Le châtelain aida la jeune lady à prendre place dans le véhicule. Sa fille et lui s'y installèrent ensuite. Les chevaux empanachés s'ébranlèrent.

— Alors, comment te sens-tu, ma chérie ? demanda Sir Neville, anxieux.

— On ne peut mieux, père. Je n'ai pas l'impression que l'on va me jeter dans la fosse aux lions.

Ses paroles furent ponctuées d'un petit rire nerveux.

— Je vous présente ma demoiselle d'honneur, Rebecca de Montford, poursuivit-elle en désignant la jeune lady. C'est la femme de Tristan, le frère cadet de Ravenspur. Il lui faut bien du courage pour supporter un tel mari.

D'un froncement de sourcils, Castlemaine ordonna à sa fille de tenir sa langue.

— La nef de la cathédrale d'York est très vaste, expliqua-t-il afin de changer de sujet. Parviendras-tu à la franchir si ta demoiselle d'honneur ne peut porter ta traîne ?

— Il le faudra.

Selon la tradition, le marié et la mariée ne devaient se retrouver que devant l'autel. Mais Roger et Tristan de Montford venaient d'arriver quand la voiture s'immobilisa devant le parvis de la cathédrale. Sir Neville offrit son bras à la jeune lady pour lui permettre de descendre. Ravenspur se précipita pour en faire de même avec la mariée.

— Je n'ai besoin de la main d'aucun homme, lui lança Roseanna en bondissant sur le pavé.

— Voilà qui s'appelle annoncer clairement la couleur ! se moqua le baron tandis qu'il la détaillait de la tête aux pieds.

Il n'aurait pu choisir plus belle épouse : elle était

divine dans sa robe d'un blanc virginal. Et il la désirait plus fort que jamais.

Au bras de son père, Roseanna passa fièrement devant lui. D'un pas incertain, Rebecca les suivit. Les deux frères les regardèrent se diriger vers la porte de la sacristie. Un rictus narquois apparut sur les lèvres de Tristan ; il se mit à clamer la prière que les chevaliers récitent habituellement avant de livrer bataille :

— Que le Seigneur, dans sa grande bonté, nous accorde le gain de la victoire.

Roger en prononça la suite :

— Cette journée nous verra triompher, car Dieu est avec nous et sait que nous sommes dans notre droit.

Puis tous deux franchirent le portail monumental de la cathédrale et s'avancèrent vers le maître-autel.

La cathédrale gothique d'York était le plus vaste et le plus bel édifice religieux dont pouvait s'enorgueillir l'Angleterre. Émerveillée, Roseanna leva les yeux vers les chapiteaux des piliers et les hautes voûtes aux mosaïques d'or. Elle eut le souffle coupé devant tant de magnificence.

Un cantique s'éleva, exécuté par le chœur d'enfants. Leurs voix innocentes étaient plus pures que le cristal.

Une nombreuse assistance emplissait la nef de la cathédrale. Au premier rang, Edward IV avait pris place sur le banc qui lui était réservé. Tous les yeux étaient braqués sur Sa Majesté. Sauf ceux de Roseanna qui lui en voulait encore d'avoir rejeté sa requête.

Les voix d'enfants moururent, remplacées aussitôt par le son clair d'une épinette. Sir Neville pressa la main de sa fille et, avec solennité, ils progressèrent vers le bas de l'autel. Une massive silhouette s'y tenait déjà. Ravenspur attendait debout. Les épaules rembourrées de son pourpoint noir rendaient sa carrure encore plus impressionnante. Roseanna vint se placer à ses côtés.

L'office religieux débuta. Les prières psalmodiées en latin traînaient en longueur. Finalement, descendant les marches de l'autel, l'évêque coiffé de sa mitre et sa crosse à la main s'approcha du couple.

— Le saint sacrement du mariage a été institué par Notre Seigneur Dieu tout-puissant dans son infinie bonté et miséricorde à l'égard de ses créatures, commença-t-il d'une voix chevrotante. Il sanctifie l'union de l'homme et de la femme qui, sans tomber dans les abîmes du péché, pourront s'adonner à l'œuvre de chair à seule fin de procréer. Car il est dit : « Croissez et multipliez ! »

Le prélat reprit son souffle avant de poursuivre :

— Les époux se doivent amour, fidélité et mutuelle assistance aussi bien dans les jours de prospérité que d'adversité.

« En tant qu'humble berger du Seigneur parmi ses brebis, je vais maintenant bénir en son nom l'hymen de Roger de Montford et de Roseanna Castlemaine. A moins que, parmi cette assemblée, quelqu'un ne s'y oppose pour des raisons fondées en droit. Si tel est le cas, qu'il s'approche et qu'il parle sans peur ni contrainte.

Les yeux de Roseanna se fermèrent. Elle imagina qu'un jeune chevalier s'avançait vers l'autel. Son beau visage était auréolé d'une lumière irréelle. « *Je m'y oppose,* proclamait-il, *car elle est mienne et m'a donné à jamais son cœur.* » Un autre homme se dressait alors. Une robe noire l'enveloppait, un capuchon coiffait sa tête. C'était un juge s'apprêtant à rendre sa sentence : « *Je m'y oppose aussi. Car Ravenspur est un mauvais mari : il a assassiné sa deuxième femme. Qui sait s'il ne récidivera pas avec celle-ci ?* »

— Acceptez-vous de prendre Roger de Montford ici présent pour légitime époux ?

Roseanna rouvrit les yeux.

Elle eut envie de se mettre à hurler, de clamer à la face de tous que cet homme lui répugnait, qu'on la forçait à l'épouser contre son gré.

— Oui, s'entendit-elle prononcer distinctement.

— Acceptez-vous de prendre Roseanna Castlemaine ici présente pour légitime épouse ?

— Oui, déclara Ravenspur avec assurance.

— Roger et Roseanna, je vous déclare unis par les liens du mariage.

Le baron se pencha pour glisser à son annulaire gauche une lourde alliance d'or massif. Le prélat prononça quelques mots à propos d'un baiser. Ravenspur s'empressa de soulever le voile blanc de Roseanna et s'empara de ses lèvres avec une avidité sans doute déplacée dans ce lieu solennel. « *Crois-tu qu'il suffise d'un baiser pour sceller notre union ?* pensait Roseanna tout en se laissant faire. *Tu as beau être devenu mon mari, tu n'obtiendras rien de moi. Jamais je ne t'appartiendrai.* »

Après la signature des différents registres, les nouveaux mariés descendirent à pas lents la nef de la cathédrale. Sur le parvis, une pluie de grains de riz et de pétales de roses s'abattit sur eux.

Puis l'on regagna le palais royal pour le banquet des noces. Sur une estrade recouverte d'un dais,

Roseanna s'assit à la place d'honneur, son mari à sa gauche, le roi à sa droite.

— Si belle et si cruelle ! la taquina Edward. Ne me feras-tu pas la grâce d'un regard, ma jolie rose ?

— Pour vous remercier de vos bontés, peut-être ?

— Quelles bontés ? intervint Ravenspur.

— Celles de m'avoir livrée à un sort pire que la mort.

Cette réplique cinglante réduisit momentanément les deux hommes au silence.

Le festin commença. De mémoire de courtisan, on avait rarement vu une telle abondance de venaisons, de moutons, de porcs et de veaux entiers cuits à la broche.

La mariée semblait pourtant ne pas avoir grand appétit.

— Vous feriez bien de manger un morceau avant le début des toasts, lui conseilla Ravenspur.

— Pourquoi ? Auriez-vous peur que je m'enivre et que mes propos vous déshonorent ?

— Ce ne serait qu'à votre propre honneur que vous porteriez atteinte, milady.

Le premier toast fut dédié à Edward IV ; le roi adressa le second à la mariée ; le troisième fut porté par Tristan de Montford à la santé de son frère ; le quatrième à Sir Neville et Lady Joanna de la part de leur fille.

Puis ce fut au tour du marié de lever sa coupe en l'honneur de sa femme. Il déclama le compliment suivant :

— *S'il me fallait, en éloge de toutes vos grâces,*
Chaque fois boire ma coupe et puis recommencer,

Jamais ne finirais et tomberais sous la
menace
De m'enivrer plus que Noé, ma bien-aimée.

La galanterie et l'esprit du baron recueillirent un vif succès. Les convives se levèrent pour applaudir ou frappèrent leurs gobelets d'argent sur les tables.

Roseanna se devait de répliquer au toast de son mari :

— *Je bois à vous, aussi bon que vous soyez,*
Je bois à moi, aussi cruelle que je sois,
Aussi cruelle que je sois, aussi bon que vous
soyez,
Je suis aussi bonne que vous, aussi cruelle
que je sois.

Le roi adressa un clin d'œil à Ravenspur avant de vider d'un trait sa coupe.

— Un peu byzantin mais pas mal tourné, commenta-t-il en riant.

Comme l'exigeait la coutume, les jeunes mariés mangeaient dans le même plat. Le baron réservait avec soin les meilleurs morceaux pour sa femme. Cette attention irritait Roseanna. Au service suivant, elle prit les devants et donna au baron les parts les plus copieuses. Son initiative ne déplut pas à Ravenspur. Il appréciait cette façon de répondre du tac au tac afin de lui prouver son esprit d'indépendance. Piquant du bout de sa fourchette la pièce de viande rouge, il la dévora avec un appétit décuplé.

La bière, l'hydromel, le vin coulaient à flots, engendrant une allégresse générale. Au milieu de toute cette gaieté, Roseanna aperçut Rebecca, pâle comme un linge, qui se levait de table et s'éloignait. Elle s'élança sur les talons de la jeune lady.

— Ça ne va pas, Rebecca ?

— Non... pas trop.

La douleur la plia en deux, et elle se mit à vomir.

— Mais vous êtes malade, Rebecca ! Cette journée est trop fatigante pour vous, Tristan aurait dû le comprendre. Je vais tout de suite lui dire ma façon de penser.

— Je vous en supplie, n'en faites rien, vous lui gâcheriez son plaisir. Et ne lui parlez surtout pas de ce malaise.

Les deux belles-sœurs regagnèrent la salle du banquet. Roseanna s'approcha de Tristan.

— Votre jeune femme est un peu lasse, lui glissa-t-elle à l'oreille. Il vaudrait mieux qu'elle monte se coucher.

— Entendu, à condition que vous m'accordiez la première danse.

Un sourire aux lèvres, Roseanna se tourna vers la frêle lady.

— Vous êtes autorisée à rejoindre votre lit, je m'occuperai de Tristan.

Les tables furent empilées pour laisser la place à la danse. Violes et flûtes entonnèrent une joyeuse ritournelle. Tristan saisit sa belle-sœur par la taille.

— Je crois avoir découvert le secret de votre personnalité, déclara-t-il tandis qu'ils évoluaient au rythme cadencé de la musique.

— Vraiment ?

— Oui, c'est que vous avez un cœur d'or.

— Sur quoi vous fondez-vous pour affirmer cela ?

— J'ai vu avec quelle gentillesse vous vous êtes

occupée de Rebecca. Mais vous ignorez que c'est elle qui se rend malade. Volontairement.

— Comment osez-vous l'accuser d'une telle chose ? s'indigna Roseanna. Vous ne la connaissez pas très bien, me semble-t-il.

— Détrompez-vous ! J'ai longuement étudié son comportement. Quand vous êtes sorties ensemble, elle a vomi, n'est-ce pas ?

— C'est vrai.

— Vous n'avez sans doute pas remarqué qu'elle avait enfoncé ses doigts dans la bouche.

— Pourquoi aurait-elle agi ainsi ?

Tristan haussa les épaules.

— L'angoisse de grossir l'obsède.

Probablement disait-il vrai. Mais Roseanna s'obstina à défendre la jeune lady.

— C'est de votre faute : elle m'a confié que vous avez horreur des grosses femmes. Comme tous les débauchés.

— Moi, débauché ? Allons, chère belle-sœur, soyez juste ! Je vous trouve extrêmement désirable. Or, me suis-je permis une seule fois de tenter de vous séduire ?

La scène de leur première rencontre dans la forêt de Sherwood lui revint en mémoire.

— Quand je vous ai ramassée dans les bois, c'est à Roger que je vous destinais, non à moi. Pourtant, je vous le jure, je n'avais jamais rencontré une femme aussi belle que vous.

Roseanna esquissa un sourire. Après tout, Tristan n'était peut-être pas si mauvais que ça.

Tour à tour, Edward IV, Sir Neville, Jeffrey et quelques gentilshommes de la cour firent danser la mariée. De sa place, Ravenspur ne la quittait pas des yeux. Il ressemblait à un gros chien veillant sur son os. Ce qui donna à Roseanna l'envie de le provoquer.

Elle était en train de danser aux bras de John Stafford, un jeune comte du royaume fort bien fait de sa personne. S'inclinant vers lui, elle murmura :

— Vous dansez divinement bien, savez-vous ? Mon précédent cavalier, en revanche, avait l'élégance d'un éléphant dans un magasin de porcelaine.

Le comte rejeta la tête en arrière et partit d'un éclat de rire ravi.

— Ravenspur nous observe, ajouta-t-elle. On dirait qu'il apprécie beaucoup.

Stafford lança un bref coup d'œil vers le baron.

— Vous vous trompez : il ne me semble pas du tout content.

— Bien !

— Il m'a l'air même furieux.

— De mieux en mieux.

Le jeune noble jugea plus prudent d'écourter la danse et de ramener Roseanna auprès de son mari.

— Vous avez plaisir à danser, n'est-ce pas ? l'interrogea Ravenspur en la fixant de ses yeux noirs.

— Je ne m'en cache pas. Quant à vous, cela ne paraît guère vous plaire. Ce qui se conçoit, étant donné votre âge.

Un muscle se contracta sur le visage du baron. Il se dressa d'un bond.

— Que cherchez-vous ? A me faire sortir de mes gonds ?

Sa poigne de fer s'abattit sur ses épaules, il l'attira au milieu de la salle où ils se mirent à danser.

— Vous aimez ces petits jeux, Roseanna ? Tant mieux ! Car moi aussi. Je suis persuadé que nous allons bien nous amuser ensemble.

Ravenspur la guida sur un rythme effréné. A la fin de la danse, elle était à bout de souffle.

— Merci... milord, haleta-t-elle.

Le bal se terminait. Les hommes entonnèrent des chansons paillardes qui étaient de tradition avant une nuit de noces. Le bras glissé sur l'épaule de son vieux compagnon Roger de Montford, Edward IV lui-même reprenait les refrains à tue-tête.

La grossièreté de ces paroles choquait la jeune mariée. L'air offusqué, elle s'était retirée dans un coin de la salle. Quand Ravenspur s'en aperçut, il dit au roi :

— Il est temps, je crois, que Roseanna et moi nous retirions. Mais je t'en prie, épargne-nous ta bénédiction royale.

Le souverain cligna de l'œil avec une complicité grivoise.

— Je ne m'inquiète pas pour toi, Roger. Je le sais, tu sauras combler de joie ma jolie rose.

10

— Suivez-moi, nous montons nous coucher, chuchota Ravenspur à l'oreille de Roseanna.

Les jeunes mariés quittèrent discrètement la salle des réjouissances. Au bout d'un dédale d'escaliers et de couloirs, ils parvinrent à la chambre nuptiale où Alice et Kate attendaient leur maîtresse. A leur arrivée, les deux servantes se courbèrent avec révérence.

— Bonsoir, noble baron. Bonsoir, noble baronne.

— Pour l'amour du Ciel ! protesta Roseanna. Ne me donnez pas ce titre, je l'ai en horreur.

La grande pièce ovale dans laquelle ils se trouvaient était d'un luxe extraordinaire. Le plafond était orné d'une fresque très colorée représentant une scène pastorale où évoluaient blanches brebis, jolies bergères et chérubins joufflus. Des rideaux de satin bleu retombaient sur le lit à baldaquin aux colonnettes dorées. Un feu flambait dans la monumentale cheminée en marbre blanc, devant laquelle étaient disposés deux sofas de brocart. L'un des murs était tendu d'une riche tapisserie dont le motif figurait aussi une pastorale. L'autre était percé de deux vastes fenêtres aux rideaux de soie rehaussée de fils d'argent. Un précieux tapis bleu recouvrait le parquet.

Jamais Roseanna n'avait contemplé une telle magnificence.

— Edward IV nous fait beaucoup d'honneur, expliqua Ravenspur. Cette chambre est d'ordinaire réservée à la reine.

Soudain, la porte s'ouvrit avec fracas. Une douzaine de personnes firent une bruyante irruption dans la pièce, le roi en tête. Selon la coutume, gentilshommes et nobles dames venaient participer au coucher des nouveaux mariés.

Les hommes se saisirent aussitôt du baron. Le soulevant à bout de bras, ils le lancèrent en l'air à plusieurs reprises tout en criant :

— Notre-Dame Montjoie ! Notre-Dame Montjoie !

Avec des éclats de rire et des plaisanteries paillardes, ils entreprirent de le dévêtir.

De leur côté, les dames, guidées par Lady Joanna, avaient entouré Roseanna et s'apprêtaient aussi à la déshabiller.

— Comment osez-vous ? s'indigna la jeune fille qui fixait sa mère d'un regard lourd de reproche.

— C'est la tradition, ma fille, un mariage est fait pour s'amuser. En outre, ces dames désirent s'assurer que ton corps ne possède aucun défaut.

Les joues de la mariée s'empourprèrent : déjà deux doigts habiles défaisaient sa longue robe. Dans un frou-frou de satin, elle glissa lentement à ses pieds. Chemise, jarretière et bas suivirent bientôt. Elle se retrouva toute nue sous les rires et les applaudissements.

Outrée, Roseanna tourna brutalement le dos à

l'assemblée. Ses immenses cheveux noirs tombant jusqu'aux cuisses cachaient sa nudité. Lady Joanna s'approcha et souleva sans vergogne sa chevelure afin que chacun puisse admirer la perfection de ses fesses rebondies, la blancheur d'ivoire de ses longues jambes galbées. Cris admiratifs et applaudissements redoublèrent.

Roseanna eut beau se débattre, protester, ces dames l'entraînèrent avec vigueur vers la couche nuptiale. Les gentilshommes en firent autant avec le baron.

— Au lit ! Au lit ! scandait-on gaiement.

De Montford se tourna alors vers le roi :

— Ça suffit, Edward ! Je t'en prie, laissez-nous seuls !

— Pas avant que tu ne l'aies embrassée devant nous...

— Soit.

Le marié s'élança vers Roseanna. Un instant, elle distingua les formes de son corps d'une stupéfiante virilité. Une étincelle de convoitise embrasait ses prunelles noires. Ses bras l'étreignirent et il chercha ses lèvres.

— Ne vous inquiétez pas, ma chérie ! Cette petite comédie sera bientôt finie, ils vont s'en aller, murmura-t-il avant de capturer sa bouche.

Le contact de leurs peaux nues l'électrisa.

Flageolante, Roseanna endurait son baiser. Tout cela lui apparaissait comme un horrible cauchemar qu'elle n'arrivait pas à chasser. Elle sentit qu'elle allait s'évanouir. Comme elle commençait à vaciller, Ravenspur l'allongea sur le lit. Un triple hourra retentit dans la pièce. Levant la main avec autorité, le roi ordonna alors :

— Il est temps, laissons Roger et Roseanna en tête à tête. Nous leur souhaitons une très bonne, très belle et très longue nuit.

Gentilshommes et gentes dames sortirent à regret de la chambre nuptiale.

Avec des gestes attentionnés, le baron installa confortablement sa jeune épouse sur les oreillers. Son malaise se dissipait. Il se pencha sur elle.

— Désolé de cette scène, ma chérie. Mais ils avaient tous un peu trop bu, comment les empêcher de s'amuser ?

Ses lèvres se tendirent vers celles de Roseanna. Mais elle le repoussa avec sa main.

— Il y a certains points que je tiens d'emblée à vous préciser, Ravenspur, déclara-t-elle d'une voix qui trahissait sa nervosité.

— Oui, lesquels ?

— A partir de demain, j'exige de faire chambre à part. Il est hors de question que je partage le lit d'un homme que je n'aime pas.

Elle lui jeta un bref regard. Sur son visage dur et émacié se lisait un désir presque bestial. On aurait dit un grand prédateur dont le corps aux muscles bandés paraissait prêt à fondre sur elle pour la dévorer.

— Qu'il soit bien clair entre nous, poursuivit-elle cependant, que je vous ai épousé uniquement parce que je n'avais pas le choix. Dès lors vous comprendrez que je n'ai nullement l'intention de devenir votre femme au sens charnel du terme.

Le baron ricana.

— Encore faudrait-il que j'accepte de respecter vos volontés.

— Quoi ? Vous n'hésiterez pas à me posséder de force ? A me violer ?

— Vous violer, ma chérie ? Dieu m'en garde ! Je suis toutefois persuadé que bientôt c'est vous qui me supplierez de vous donner du plaisir.

— Du plaisir ? répéta-t-elle, sarcastique. Vous ne pensez qu'à ça, vous les hommes ! Mais n'espérez pas faire de moi votre jouet ! Vous vous trompez sur mon compte, mon cher. Je ne suis pas du genre à ouvrir les cuisses sur un simple claquement de doigts.

Leur discussion amusait visiblement Ravenspur qui eut un bref éclat de rire.

— Ouvrir les cuisses, Roseanna ? Quel langage pour une lady !

— J'ai été vulgaire, pardonnez-moi !

— Oh, vous pouvez continuer si cela vous chante.

— Bien ! Je vous le redis donc : je n'ouvrirai pas les cuisses à votre commandement.

Loin de refroidir le baron, la crudité de ces mots ne faisait qu'attiser son désir. Une folle impatience le tenaillait. Attrapant une mèche de ses cheveux soyeux, il se mit à jouer avec.

— A mon tour d'exposer mes requêtes, ma chérie. Nous allons faire l'amour ensemble parce que je le veux.

Sa main effleura un sein de Roseanna.

— Ne me touchez pas ! s'écria-t-elle rageusement.

— Me refuseriez-vous ce que le saint sacrement du mariage vous fait un devoir de m'accorder ?

Les yeux étincelants de convoitise, il la contemplait. Cet homme lui faisait peur. Il le savait et comptait en tirer avantage. Elle avait beau le défier, lui tenir tête, il était son mari, son seigneur et maître, et il entendait bien le lui prouver.

— Caressez-moi, Roseanna, lui ordonna-t-il d'une voix rauque.

Elle comprit tout de suite ce qu'il entendait par là.

— Non, refusa-t-elle en se raidissant.

Ravenspur lui saisit alors le poignet et guida ses doigts vers son membre dressé. A peine l'eut-elle touché que Roseanna retira brutalement la main, comme si elle venait de se brûler.

— Vous faites bien des manières pour pas grand-chose, railla-t-il.

— Pour pas grand-chose ? répéta-t-elle, outrée.

— Allons, pourquoi jouer les biches effarouchées ? Vous m'avez pourtant avoué ne plus être pucelle, n'est-ce pas ?

— Me le rappeler est indigne d'un gentilhomme.

— Et avoir perdu sa virginité avant le mariage n'est pas digne d'une lady.

Ravenspur la dévorait du regard. D'un geste de pudeur offensée, Roseanna plaqua un pan de drap sur sa poitrine dénudée. Sous la soie se devinait la splendeur de ses seins qu'il brûlait de couvrir de baisers. Elle était pourtant si jeune : il eut un moment d'attendrissement.

— Mettez-vous sous les couvertures, sinon vous allez attraper froid, conseilla-t-il avec une gentillesse inattendue.

Elle s'empressa de se couler dans le lit. Après avoir mouché les chandeliers, à l'exception de celui posé sur la table de nuit, le baron vint l'y rejoindre. Un coude appuyé sur l'oreiller, il se pencha vers Roseanna qui s'était retranchée à l'une des extrémités de la couche.

— Ma petite fille, vous ne devez pas avoir peur de moi. Je ne vous ferai aucun mal, je vous assure.

— Je ne suis pas une petite fille, je suis une femme.

— Eh bien, prouvez-le-moi !

— Je ne...

Sans lui laisser le temps de répondre, Ravenspur s'empara de ses lèvres avec une fureur sauvage.

— Ma chérie... chuchota-t-il. Il est temps que je vous montre ce qu'un homme peut donner à une femme et ce qu'une femme peut donner à un homme.

De la paume de la main, il caressa le ventre plat et musclé de Roseanna, juste au-dessus du renflement de sa féminité. Ses doigts couraient le long des plis de l'aine, puis sur la toison, suivant les contours du triangle.

— C'est la règle, lui souffla-t-il à l'oreille. Dans le mariage, l'on donne et l'on reçoit.

D'une saccade, Roseanna brisa le contact.

— Et naturellement, c'est moi qui donne et c'est vous qui recevez, railla-t-elle.

— Ne soyez pas injuste ! Je vous offre ma fortune, mes titres et mon nom, le prestige que mon rang m'assure dans le royaume. Je suis prêt aussi à vous accorder les mêmes libertés dont vous jouissiez à Castlemaine. Vous pourrez aller et venir à votre guise, entretenir des relations avec qui bon vous semble, continuer à élever des chevaux. En échange, vous, que comptez-vous me donner ?

Roseanna se mura dans un long silence.

— Rien, finit-elle par répondre sèchement.

— Permettez-moi au moins de vous faire l'amour.

— Pour que je devienne une brebis docile qui vous mangera dans la main ? Jamais !

— Je n'ai aucune envie que vous changiez. Je

vous désire telle que vous êtes, fière et indépendante.

Tout en parlant, Ravenspur l'avait enlacée par la taille. Elle sentait l'intensité de son désir contre sa cuisse. Avidement, sa bouche pressa la sienne.

Au prix d'un nouvel effort, Roseanna parvint à se libérer.

— Je vous ai interdit de me toucher. Pourquoi insistez-vous ? J'en aime un autre. Et si vous tentez encore d'abuser de moi, je me mettrai à hurler et j'ameuterai tout le palais.

A bout de patience, le baron lâcha un juron et quitta brusquement le lit.

— Excellente initiative ! approuva Roseanna sur un ton cassant. Et puisque vous y êtes, allez donc dormir dans une autre chambre.

— Pour être la risée de toute la cour ? Non, merci !

Ravenspur se dirigea vers la cheminée et s'allongea sur l'un des deux sofas de brocart. Un profond silence s'installa dans la pièce, seulement troublé par les crépitements du feu dans l'âtre. Une demi-heure s'écoula ainsi. Tenaillée par un vague sentiment de culpabilité, Roseanna ne parvenait pas à trouver le sommeil.

— Ravenspur ? chuchota-t-elle soudain. Dormez-vous ?

Aucune réponse.

— Pardonnez-moi ! Je... je me suis montrée cruelle. C'est parce que nous sommes encore des étrangers l'un pour l'autre, vous comprenez ?

Toujours le même silence.

— J'aimerais vous connaître mieux. Peut-être pourrions-nous devenir amis. Parlez-moi de vous !

Quelques minutes s'égrenèrent. Puis un éclat de rire résonna dans la chambre. Ni gai ni amer. On aurait dit que le baron se moquait simplement de lui-même.

— Soit, Roseanna, je vais vous parler de moi puisque vous le désirez.

Après une profonde inspiration, il commença :

— Comme vous le savez sans doute, j'ai déjà été marié deux fois. Mon premier mariage a été entièrement arrangé par mes parents. Ils m'ont obligé à épouser une riche veuve de dix ans mon aînée. J'ai eu beau hurler et tempêter, rien n'y a fait : j'ai dû me soumettre. Je n'avais alors que quinze ans.

Apitoyée, Roseanna retenait son souffle.

— Mon père et ma mère étaient tous deux d'une avarice sordide. La veuve apportait en dot de vastes propriétés terriennes, une flottille de bateaux de commerce : voilà tout ce qui comptait à leurs yeux. Ma première femme n'était pas très séduisante, c'est le moins qu'on puisse dire. De vilaines dents, pas de poitrine, cheveux filasse. Rien pour éveiller le désir des hommes.

Son même rire moqueur éclata pour la seconde fois.

— La nuit de nos noces, je me couvris de honte en étant impuissant à accomplir mon devoir conjugal.

Ravenspur s'interrompit tout à coup. Pourquoi lui raconter tout cela ? En lui dévoilant ses anciennes faiblesses, ne lui offrait-il pas une arme contre lui ?

— Et ensuite ? insista Roseanna.

— Elle est morte en couches, reprit à contrecœur le baron. Pauvre Agnès ! J'avais pour elle de l'estime et même de l'affection.

— Je suis désolée.
— Oh, c'est si vieux déjà !
— Et votre deuxième femme ?
— Je n'en parlerai pas.

Son ton avait été catégorique. Les confidences étaient terminées. Tournant le dos à Roseanna, il feignit de vouloir dormir. Cependant, le fil de ses souvenirs continuait à se dérouler.

Après le décès de sa première femme, il s'était juré de trouver une épouse de son choix. Sans le consentement de ses parents, il s'était remarié avec une jeune fille de basse extraction mais fort belle. Janet était en effet une superbe blonde aux charmes provocants. Et il en avait espéré monts et merveilles. Hélas, il s'était avéré que les désirs de Janet étaient insatiables. Il lui fallait sans cesse de nouveaux amants. Des hommes d'armes aux valets, tout lui convenait. Et cette histoire avait fini de manière tragique : Janet était morte assassinée.

A la suite de quoi, il s'était juré de ne jamais plus se marier. Voilà pourtant qu'aujourd'hui il venait à nouveau de convoler en justes noces. Un sourire apparut sur ses lèvres. Il avait la certitude d'avoir agi sagement cette fois : Roseanna serait l'épouse idéale. Au plus profond de son être, il pressentait qu'elle était faite pour lui.

Roseanna resta longtemps éveillée avant de trouver le sommeil. Le cœur brisé, elle pensait à Sir Bryan. Quelle affreuse nuit devait-il passer ! En ce qui la concernait, elle avait su ne pas le trahir en repoussant les avances de Ravenspur. Et une satisfaction mêlée de fierté tempérait ses tourments.

La fatigue finit par l'emporter. Un beau rêve adoucit sa nuit : éclairée par un chaud rayon de soleil, elle s'allongeait au milieu d'un pré dont l'herbe avait été fraîchement coupée. Un jeune chevalier, qui ressemblait à Bryan, arrivait dans son armure étincelante et l'enlevait au galop sur son cheval blanc.

Le réveil la fit revenir à la triste réalité. Ses yeux, qui s'ouvraient lentement, se portèrent d'abord sur le sofa de brocart. Sainte Vierge, il était vide! Hélas, Ravenspur ne se trouvait pas bien loin. Il était tout simplement couché sous les draps à côté d'elle! Elle ne put réprimer un tressaillement d'effroi.

— Qu'est-ce qui vous prend ? railla le baron qui venait de s'éveiller à son tour. Auriez-vous peur de trouver un serpent dans votre lit ?

Sur la défensive, Roseanna se recroquevilla tout au bord de la couche.

— Allons, cessez de vous conduire en enfant gâtée, sinon je vais être obligé de vous donner la fessée.

— Vous n'oseriez pas, le défia-t-elle.

— Vraiment ? Eh bien, c'est ce que nous allons voir.

Après l'avoir saisie par la taille, Ravenspur s'assit et l'allongea sur ses genoux. Il souleva un pan de la chemise de nuit qu'elle avait revêtue, dévoilant son adorable postérieur. Poussant des cris aigus, Roseanna se débattait de toutes ses forces. En vain. La poigne de fer de son mari la maintenait comme dans un étau. La paume de sa main claqua sur sa chair blanche.

De l'autre côté de la porte, Kate Kendall attendait. Quand elle perçut des bruits de voix dans la chambre, elle jugea qu'il était temps de commencer son service. Elle fit un signe à Alice et les deux servantes, qui apportaient une nouvelle tenue d'équitation à leur maîtresse, pénétrèrent dans la pièce. Le spectacle qu'elles découvrirent alors les laissa bouche bée : Lady Roseanna était en train de recevoir la fessée.

Leur arrivée fit naturellement cesser ce petit jeu. Le couple des jeunes mariés s'empressa d'adopter une attitude plus décente.

— Superbe ! s'enthousiasma Roseanna en apercevant les vêtements que les domestiques tenaient à la main.

C'était un ensemble constitué d'une longue tunique de laine filée d'or et bordée d'écarlate, d'un manteau assorti et d'une paire de bottes de cheval d'un rouge éclatant.

— Le baron de Ravenspur les a lui-même choisis, annonça Alice avec son ingénuité coutumière.

L'expression de Roseanna changea aussitôt.

— Dans ce cas, je préfère mettre ma tenue lavande et les gantelets qui vont avec.

Kate Kendall leva les yeux au ciel.

Avec un sourire faussement angélique, la jeune femme se tourna vers son mari.

— Vous ne voyez pas d'inconvénient à ce que je m'habille ainsi, n'est-ce pas ?

— Habillez-vous comme cela vous chante, je me chargerai de vous déshabiller.

— Oh ! s'exclama Alice, choquée, en rougissant jusqu'à la racine des cheveux.

Après avoir enfilé une robe de chambre de velours noir, Roger de Montford se leva d'un bond.

— Dépêchez-vous de vous préparer, ordonna-t-il à Roseanna. Il faut partir assez tôt pour arriver à

Ravensworth avant la nuit. Mais si l'envie vous prend de traînasser, nous pourrons toujours dormir dans une inconfortable auberge de campagne.

— J'ai de multiples défauts, milord, mais pas celui d'être en retard, répliqua-t-elle en se hâtant de quitter à son tour le lit.

Avec surprise, Kate Kendall nota que sa maîtresse était en chemise de nuit. Elle examina à la dérobée les draps de lit : aucune tache de sang. L'air contrarié, elle se mordilla la lèvre : tout cela n'augurait rien de bon. Selon toute apparence, dès la première nuit, Lady Roseanna s'était refusée au devoir conjugal. Avec un tel mari, il ne fallait pourtant pas trop jouer avec le feu. Poussé à bout, cet homme pouvait devenir dangereux.

Dès que le baron fut sorti de la chambre, Roseanna éclata d'un rire triomphant.

— Si vous saviez quel régime je lui ai infligé cette nuit, confia-t-elle à ses servantes. Il n'a rien pu faire. Et c'est bien parti pour continuer.

— Il y a souvent loin de la coupe aux lèvres, milady, rétorqua Kate d'un ton sentencieux.

— Comme tu peux m'agacer avec ta manie de proférer à tout bout de champ des maximes ! « N'éveillez pas le chat qui dort », « Il n'y a pas de roses sans épines », « Araignée du matin, chagrin », et ainsi de suite...

Kate se contenta de dodeliner de la tête.

— Ne te fâche pas, Kate, et faisons la paix !

— Comme il vous plaira, milady.

— Je vais aller dire au revoir à mes parents. Je reviendrai ensuite pour que nous fassions ensemble mes bagages. Il faudra que je sois prête à l'heure fixée pour le départ. Je ne souhaite pas que mon seigneur et maître me reproche d'être en retard.

Avant de s'en aller, Roseanna devait saluer sa mère. Certes, elle continuait à lui en vouloir pour ces noces forcées. Mais la chose était faite à présent, personne ne pouvait plus rien y changer. D'ailleurs, amour et mariage ne semblaient guère compatibles dans la société où elle vivait. Comme elle avait été naïve d'espérer épouser Bryan, l'homme à qui elle avait donné son cœur ! Quelque seize ans plus tôt, un tel bonheur n'avait-il pas déjà été refusé à Joanna ?

En acceptant Roger de Montford pour gendre, ses parents avaient eu d'excellentes raisons : ils mariaient leur fille à l'un des barons les plus riches et les plus influents du royaume, à l'un des plus proches compagnons d'Edward IV.

Mais lui, quel était l'intérêt qui l'avait poussé à la prendre pour femme ? Certainement pas sa dot qui était assez modeste. Le fait qu'elle fût de sang royal ? Il l'ignorait selon toute vraisemblance. Quoi alors ? Cela restait pour elle un mystère.

Se hâtant le long des couloirs du palais, Roseanna parvint devant la chambre de ses parents. Elle frappa poliment à la porte.

— Entrez ! enjoignit la voix de Sir Neville.

Le châtelain s'était déjà levé et habillé. Lady Joanna, quant à elle, paressait encore au lit. Elle accueillit la visite de sa fille avec chaleur :

— Ma chérie, quelle bonne idée de venir nous voir ! Tu vas prendre le petit déjeuner avec nous. Allons, avance, montre-toi un peu ! Après tous tes pleurs et tes grincements de dents, tu sembles finalement avoir survécu à ta nuit de noces.

— Ça ne va pas mal en ce qui me concerne. Mais Ravenspur, le pauvre diable, est dans un piteux état !

— Qu'a-t-il ? Il est épuisé ?

— Non, il est simplement fâché : il a dû se contenir toute la nuit.

— Tu entends, Neville, comme ta fille peut parfois s'exprimer légèrement ?

— Elle tient cela de toi, ma chère.

Avec un bon sourire, le châtelain déposa un baiser sur le front de Roseanna.

— Tu vas beaucoup me manquer, tu sais, ma chérie.

— Vous aussi, père.

— Mais non ! Une fois que tu auras la haute main sur les écuries du baron, tu n'auras plus une seconde pour penser à nous.

— Et j'espère que tu ne te préoccuperas pas seulement d'élever des chevaux, ma fille, intervint Lady Joanna.

— Quoi ! Des enfants de Ravenspur ? N'y comptez pas !

D'un clignement d'yeux, la châtelaine fit comprendre à Neville qu'elle souhaitait s'entretenir seule avec sa fille. Sous un prétexte quelconque, celui-ci sortit de la chambre.

— Approche, Roseanna !

Écartant le pot de confiture qu'elle était en train de goûter, Lady Joanna prit tendrement la main de sa fille.

— Écoute-moi, ma chérie ! Tu es très jolie et intelligente. Si tu sais mener ta barque, ton mari ne tardera pas à accomplir tes quatre volontés.

D'un geste qui lui était familier, Roseanna releva fièrement le menton.

— Tu ne l'ignores pas, nous vivons dans un monde fait pour les hommes, continua sa mère. Ce sont eux qui commandent. Pourtant, si tu te montres assez habile avec Ravenspur, c'est toi qui exerceras en réalité le pouvoir.

Joanna fixa sa fille d'un air plus sévère.

— Mais ne pense pas en faire ton esclave en lui refusant ton corps.

— Je suis devenue Lady Ravenspur, rétorqua Roseanna avec une ironie amère. Cela suffit amplement à mon bonheur.

— Être mariée ne constitue en rien une garantie. Il peut à tout moment prendre une maîtresse. Et ce sera alors elle qui détiendra le pouvoir. Crois-moi, donne-toi à lui ! C'est le plus sûr moyen de le dominer. Du reste, tu ne le regretteras pas : Ravenspur est fort bel homme, ce doit être un amant hors pair.

La main de Joanna serra plus fort celle de sa fille.

— Malgré tout, je t'aime, ma fille. Et si par malheur les choses tournaient mal entre Ravenspur et toi, sache que Castlemaine te reste ouvert et que nous t'y accueillerons toujours de grand cœur.

Oubliant sa rancune, Roseanna se jeta dans les bras de sa mère et l'embrassa sur la joue.

Dans la cour du palais, le départ pour Ravensworth était imminent. Les lourds chariots contenant meubles et bagages de la nouvelle baronne de Ravenspur manœuvraient pour se mettre en file. Les nombreux chevaliers et hommes d'armes de Roger et Tristan de Montford étaient déjà montés en selle, et leurs montures piaffaient. Dans une voiture couverte, Roseanna s'était installée avec ses servantes et ses dames de compagnie. En tout, c'était une troupe de plus de cent personnes qui s'apprêtaient à gagner les terres du Nord.

Ravenspur allait mettre le pied à l'étrier quand Sir Bryan Fitzhugh s'avança vers lui.

— Milord, je vous demande de me faire la grâce de me prendre à votre service, déclara-t-il d'un ton fort humble.

Roger le toisa en silence. Cette supplique avait de quoi étonner. Que cherchait le damoiseau ? S'était-il mis en tête de suivre Roseanna pour continuer comme par le passé leurs amourettes ? Non, nul n'aurait été assez effronté pour nourrir pareil dessein.

— Vous êtes un chevalier de Castlemaine ? l'interrogea le baron en feignant de ne pas reconnaître son interlocuteur.

L'air piteux, Sir Bryan baissa la tête.

— On m'en a chassé, milord, sous prétexte que j'ai escorté Lady Roseanna quand elle s'est enfuie pour York.

— Ah oui, je vois qui vous êtes maintenant.

Ravenspur se disposait à repousser son extravagante requête, mais le jeune chevalier insista.

— C'est aussi grâce à moi, précisa-t-il à mi-voix, qu'un certain message a été transmis à vos hommes à l'abbaye de Selby.

L'information stupéfia le baron. Quel jeu jouait Sir Bryan Fitzhugh ? Il était peut-être plus prudent de le savoir et de garder un œil sur lui.

Cet argument emporta sa décision.

— Soit, je vous prends à mon service. Une épée de plus n'est jamais négligeable. Pour notre voyage à Ravensworth, je vous confie l'escorte des chariots de la baronne de Ravenspur. Vous veillerez à ce qu'ils ne ralentissent pas trop notre marche.

— Bien, milord.

Mettant un genou à terre, Sir Bryan lui jura allégeance d'une voix vibrante. Tant de ferveur déconcerta Ravenspur. S'était-il trompé du tout au tout sur le compte de ce jeune chevalier ? Finalement, n'avait-il servi que de paravent à Roseanna pour cacher sa flamme pour un autre, un gentilhomme de la cour par exemple ?

Le serment prononcé, baron et chevalier enfourchèrent leurs montures. Levant le bras, Ravenspur donna le signal du départ. La colonne de chariots, de voitures et de cavaliers s'ébranla.

Roseanna éperonna Zeus et se porta au niveau de la charrette où Kate avait pris place. Du coin de l'œil, elle aperçut alors Bryan. Son cœur bondit de joie. Il avait donc tenu parole et était entré au service de Ravenspur.

Leurs regards attendris se croisèrent. Par prudence, ils s'abstinrent toutefois de s'adresser la parole. Sir Bryan se contenta de porter la main sur son cœur en guise de salutation, et Roseanna lui répondit de la même manière.

Un peu plus tard, comme York disparaissait déjà dans le lointain, Tristan vint chevaucher aux côtés de sa belle-sœur afin de lui tenir compagnie.

— Roger a bien de la chance de vous avoir pour femme, déclara-t-il d'emblée. Ah, si Rebecca pouvait avoir votre vaillance !

— Ma vaillance ?

— Vous avez l'intention de faire une partie du trajet à cheval, n'est-ce pas ?

— J'irai ainsi jusqu'à Ravensworth.

L'expression de Tristan devint franchement admirative.

— Ne jetez donc pas la pierre à Rebecca si elle

voyage en voiture, poursuivit Roseanna. Vous le savez, elle est d'une constitution fragile.

— Je vous l'ai déjà expliqué, elle le fait exprès.

Et il haussa les épaules d'un air méprisant avant de héler son frère aîné qui s'approchait accompagné d'un cavalier fort grand et brun.

— Voici Kelly, dit le baron à sa femme. C'est le capitaine de mes hommes d'armes. Je l'ai chargé de veiller sur votre sécurité.

Roseanna lui adressa un bref signe de tête avant de s'empresser de détourner les yeux. L'homme possédait la même carrure puissante que Roger et Tristan. Comme eux, les traits de son visage étaient durs et émaciés. Et l'on aurait pu facilement le prendre pour leur frère. Il y avait cependant chez lui quelque chose de grossier, de brutal qui la mettait mal à l'aise.

Son regard se reporta sur Ravenspur. Il fallait l'avouer : caracolant sur son pur-sang noir, celui-ci avait fière allure. De souples bottes de cuir lui montaient jusqu'aux genoux et ses cuisses musclées serraient les flancs de sa monture. Un manteau pourpre flottait sur ses épaules, fermé au col par une rutilante agrafe de diamant en forme de R.

« R pour Roger ou pour Ravenspur ? » se demanda-t-elle.

Roger paraissait d'excellente humeur et souriait sans cesse.

— Lady Roseanna, reprit-il avec une grande courtoisie, me permettez-vous de chevaucher en votre aimable compagnie ?

Roseanna possédait un sens aigu de l'étiquette. Malgré son aversion pour son mari, elle entendait tenir dignement aux yeux de tous son rang de baronne de Ravenspur. Sauvant les apparences, elle réservait ses rebuffades pour leurs moments d'intimité.

— Tout l'honneur sera pour moi, mon seigneur et mari, répondit-elle en haussant la voix afin que chacun l'entendît à la ronde.

Tous deux poursuivirent le chemin côte à côte. Le bleu lavande et le pourpre de leurs manteaux se mariaient en une heureuse harmonie de couleurs. Roger couvait sa jeune femme de regards admiratifs. Sa longue chevelure était prise dans une résille de soie piquée d'améthystes. Les broderies de ses gantelets étaient rehaussées des mêmes pierreries. Comme elle était belle et lumineuse ! Un vrai bijou. Et ce bijou lui appartenait, c'était sa femme. Un sentiment de fierté immense l'envahissait.

Son attitude trop pressante finit par importuner et troubler Roseanna.

— Milord, il me faut vérifier que mes femmes font bon voyage, annonça-t-elle. Autorisez-moi à vous fausser compagnie.

Ralentissant le train de Zeus, elle fit en sorte qu'Alice, qui montait une petite jument baie, la rattrapât.

— Comment ça se passe, Alice ?

La jeune domestique soupira :

— La route est bien longue. Mais vous, milady, vous semblez déborder d'énergie. Les fatigues de ces derniers jours ne vous ont donc pas épuisée ?

— Bien au contraire, les réjouissances, les fastes de la cour du roi m'ont ragaillardie.

— Moi pas du tout, hélas. Je n'ai pas l'habitude du monde, je me suis sentie vraiment déroutée.

Sa maîtresse s'esclaffa joyeusement.

— J'adore faire de nouvelles expériences, Alice. En ce moment même, je pense aux châteaux où nous allons vivre. Ce soir, nous serons à Ravensworth, plus tard nous partirons nous installer au château de Ravenspur. C'est magnifique, paraît-il. Et je suis très impatiente d'y demeurer.

— Vous n'éprouverez pas la nostalgie de Castlemaine ?

— Quelle idée ! J'aurai bien trop à m'occuper. Je serai la châtelaine de Ravenspur, il faudra que j'apprenne tout ce qui concerne la bonne marche d'une maison.

— Vous vous en tirerez fort bien, j'en suis sûre.

— Et puis rassure-toi, Alice, Ravenspur n'est pas très éloigné de Castlemaine. Nous pourrons de temps en temps nous y rendre.

La jeune servante hocha la tête, l'air sceptique. Sur son visage aux traits tirés se lisait un mélange de résignation et de fatigue.

— Va rejoindre Kate dans la charrette, lui suggéra Roseanna. Il faut que tu prennes du repos.

— Et vous, milady ? Si vous avez besoin de mes services ?

Se rejetant en arrière, sa maîtresse éclata de rire.

— Regarde, Alice ! Plus de cent hommes m'escortent. S'il le faut, je ferai appel à l'un de ces braves.

Le voyage continua son cours. La longue colonne progressait à une lenteur souvent désespérante. Il fallut même s'arrêter deux ou trois fois à cause de divers incidents : une roue de charrette à remettre, des chevaux d'attelage récalcitrants qui refusaient d'avancer.

En fin d'après-midi, bizarrement, Roseanna éprouva l'envie de retrouver la compagnie du baron de Ravenspur. Quand elle le rejoignit, il chevauchait avec Tristan. Les frères de Montford étaient plongés dans une grande conversation. A en juger à leurs mines, leur propos était grave. Dès son arrivée, ils se turent.

Par courtoisie, Tristan laissa les nouveaux époux en tête à tête.

— Quel air sombre ! lança Roseanna, narquoise. Regretteriez-vous déjà notre mariage ?

— Bien au contraire, je vous trouve à chaque seconde plus belle.

Il rapprocha sa monture de l'étalon de Roseanna. Leurs corps se frôlèrent. Enlevant de son manteau le diamant en forme de R, il l'épingla au col de sa femme.

— Que faites-vous ? Me marqueriez-vous de votre initiale comme on marque du bétail ?

— N'est-ce pas aussi la vôtre, Roseanna ?

Il avait prononcé son prénom avec une extrême douceur. C'était presque une caresse.

— Et je vous fais volontiers cadeau de ce diamant, ajouta-t-il. Il ne me manquera pas, vous êtes le seul bijou dont j'ai besoin.

Un frisson parcourut le dos de Roseanna. Malgré elle, ces mots l'émouvaient.

— Merci, murmura-t-elle.

— Ce voyage traîne en longueur. Que diriez-vous de piquer un galop jusqu'à Ravensworth ? Nous n'en sommes plus éloignés que de quelques miles. Ainsi, nous y arriverions avant tout le monde.

Pour toute réponse, Roseanna éperonna Zeus. Tel l'éclair, l'étalon bondit en avant. En quelques secondes, il avait dépassé la tête de la colonne. Ravenspur se lança à sa poursuite.

Allant comme le vent, Zeus emportait sa cavalière penchée sur son encolure. La harassante journée de voyage n'avait pas diminué sa vivacité. Grâce à ses qualités, c'était elle qui gagnerait la course et parviendrait la première à Ravensworth.

A intervalles réguliers, elle se retournait pour voir où en était son poursuivant. Hélas, il revenait rapidement sur elle. Sa monture était encore plus fougueuse que Zeus. Bientôt Ravenspur se trouva à sa hauteur. La vitesse ayant arraché la résille de Roseanna, ses cheveux ondoyaient comme une traîne noire.

Les deux pur-sang galopaient flanc contre flanc. Le vent rabattit une mèche de cheveux de Roseanna contre le visage du baron. Longuement, il en respira le parfum. Puis, poussant de plus belle Tonnerre, il prit la tête en éclatant d'un rire de triomphe.

Lorsque Roseanna pénétra dans la cour du château, il l'attendait paisiblement, debout à côté de son étalon.

— Ma selle a tourné, mentit-elle tandis que de son regard altier elle défiait le baron.

— Vraiment ?

La leçon était à retenir : plutôt que d'admettre ses défaites, sa jeune épouse préférait tricher.

Des garçons d'écurie accoururent pour s'occuper de leurs chevaux.

— Je me charge moi-même de Zeus, décréta Roseanna. Après cette dure journée, il l'a bien mérité.

Ravenspur la félicita d'une telle initiative. C'était la première fois qu'il rencontrait une femme désireuse de prendre soin de son propre cheval.

— Suivez mon exemple, lui conseilla-t-il pourtant. Laissez mes écuyers s'en occuper. Vous en avez assez fait pour aujourd'hui.

Roseanna acquiesça, d'autant qu'elle était impatiente de découvrir le château de Ravensworth.

La bâtisse était une puissante forteresse édifiée quelques siècles plus tôt par les Normands. Construits en gros blocs de calcaire qui s'extrayait en abondance dans les carrières de la région, ses remparts donnaient une formidable impression de puissance. Un donjon carré s'élevait au-dessus de la porte du pont-levis.

Le premier étage du château abritait l'armurerie et les quartiers des soudards. Au second, il y avait une vaste salle à manger et un ensemble de pièces réservées aux domestiques. La chambre de Ravenspur se trouvait au troisième étage.

Flanqué d'un grand chien-loup fou de joie de le revoir, le baron entraîna sa jeune femme à l'intérieur du château fort. La visite commença par les cuisines. Il y régnait une activité bourdonnante, il y faisait chaud et d'agréables fumets chatouillaient les narines. Dans deux immenses cheminées, un veau, deux agneaux et un chevreuil cuisaient à la broche. Des poutres de bois pendaient des pièces de bacon, des jambons et d'autres salaisons. Sur les tables s'alignaient des fromages, des mottes de beurre, des miches de pain fraîchement sorties du four. Une plantureuse cuisinière démoulait une douzaine de tartes aux mûres. Attirée par l'odeur alléchante, Roseanna s'approcha.

— Voulez-vous goûter, milady ? proposa la pâtissière.

— Bien volontiers.

Ôtant ses gantelets, elle saisit la part de tarte qu'elle lui tendait. C'était délicieux.

Le baron et la baronne se rendirent ensuite au deuxième étage. Devant la porte de la salle à manger les attendait un homme d'un certain âge, solidement bâti, à l'expression autoritaire. Il s'agissait du chambellan de Ravensworth.

— Burke, j'ai le plaisir de te présenter ma femme, Lady Roseanna. Cette maison a trop longtemps manqué d'une présence féminine. Je souhaite que nous fassions les compromis nécessaires afin que la transition qui s'annonce se passe sans heurts.

Le chambellan s'inclina devant sa nouvelle maîtresse. Tout indiquait qu'il avait l'habitude de tenir fermement les rênes du pouvoir et qu'il n'était pas homme à les partager aisément.

Un sourire amusé apparut sur les lèvres de Roseanna : la confrontation entre Burke et Kate Kendall risquait de faire des étincelles.

Pour poursuivre la visite, Ravenspur proposa de grimper au sommet du donjon. On y jouissait d'un large panorama sur toute la région. Sur le chemin en lacet qui montait au château, ils aperçurent le reste de la troupe qui s'approchait.

— Il va falloir que vous descendiez accueillir vos gens, dit Roseanna. Pendant ce temps, je choisirai une chambre à ma convenance.

Ravenspur se tenait tout près d'elle et la fixait en silence. D'un doigt, il souleva son menton vers lui.

— Ainsi, vous entendez continuer à me refuser les plaisirs auxquels mon statut d'époux me donne droit ?

— Je n'ai aucun scrupule puisqu'on m'a forcée à me marier avec vous. Je vous l'ai clairement signifié hier soir : je ne veux pas vous appartenir charnellement.

A peine eut-elle prononcé ces mots que la bouche du baron capturait la sienne. Son baiser fut d'une violence sauvage.

— Je vous punirai en vous embrassant ainsi chaque fois que vous oserez me parler avec une pareille insolence.

Il la serra dans ses bras à lui couper le souffle.

— Si je voulais, je pourrais vous prendre ici, immédiatement.

Une peur panique gagna la jeune femme.

— Ce qui prouve bien que vous n'obéissez qu'à vos instincts de bête, lança-t-elle d'une voix nouée par l'angoisse.

— A qui la faute ? Vous êtes si belle et si désirable. Vous me rendez fou, à me frustrer de la sorte.

Ses mains saisirent le bord du décolleté de sa robe. D'un geste sec, il déchira le corsage jusqu'à la taille, dévoilant sa splendide poitrine.

— Comment osez-vous ?

Pour toute réponse, le baron se pencha, prit dans sa bouche l'un des mamelons roses et l'aspira avec force. En même temps, une main glissa sous ses jupes, remonta le long des cuisses. Longuement, il caressa le doux secret de sa féminité.

— Vous mettrez vos plus beaux atours ce soir pour le dîner, ordonna-t-il en la relâchant soudainement.

— Inutile de me le dire ! J'avais la ferme intention de faire le meilleur effet sur vos gens, qui sont aussi les miens maintenant.

Remontant les pans de son corsage, Roseanna se

dirigea vers l'escalier du donjon. Au seuil de la porte, elle se retourna.

— Vous me devez une nouvelle robe, Ravenspur.

Les yeux sombres du baron fixaient avec intensité le corsage déchiré.

— Vous valez beaucoup plus cher que le prix d'une toilette, milady.

11

« Sois maudit, Ravenspur ! » fulmina Roseanna, tremblante, tandis qu'elle dévalait l'escalier du donjon.

Les appartements du baron s'ouvraient devant elle, elle s'y réfugia. Là, avec des moyens de fortune, elle raccommoda tant bien que mal le corsage que cette brute avait déchiré. Après avoir remis son manteau sur ses épaules, elle inspecta les lieux. Elle se trouvait dans la chambre de Ravenspur. La pièce était vaste et confortable : un feu de bois flambait dans la cheminée ; ceint de rideaux, trônait un lit massif à baldaquin. Près de la fenêtre à croisillons, il y avait une table sur laquelle s'entassaient livres et parchemins. Ce qui éveilla sa curiosité. Elle s'approcha avec l'intention d'y jeter un œil. Puis la peur d'être surprise la retint au dernier moment.

D'autant que le temps pressait : il lui fallait choisir où loger durant son séjour à Ravensworth. Dans l'angle nord-est du troisième étage, elle découvrit une enfilade de deux pièces communiquant par une porte voûtée. La disposition des lieux la séduisit. La première chambre serait pour Alice et Kate, et la seconde pour elle. Mais les pièces, qui semblaient à l'abandon depuis bien longtemps, étaient nues. Cela nécessiterait beaucoup de travail afin de les aménager avant la tombée de la nuit. Il le fallait néanmoins.

Roseanna se mit en quête de ses servantes. Elle les trouva dans la cour du château. Après leur avoir indiqué où se situaient leurs appartements, elle leur donna ses instructions :

— Kate, prends avec toi quelques robustes valets, fais décharger les meubles de nos chariots et veille à ce que le tout soit porté dans nos chambres. Pour ma part, je vais demander qu'on y allume du feu. Quant à toi, Alice, tu es dispensée de ces travaux de force, ils te fatigueraient trop. Je te charge de découvrir où Rebecca loge quand elle séjourne à Ravensworth.

Roseanna réquisitionna un page qui, avec des braises chaudes prises dans un autre foyer, fit une flambée dans les cheminées des deux chambres. Ensuite elle l'envoya chercher quelques flacons de bon vin.

A sa grande surprise, vingt minutes plus tard, aucun meuble n'avait encore été amené. A bout de patience, Roseanna descendit voir ce qui se passait. Dans le grand hall d'entrée, au milieu d'un entassement de coffres, de piles de draps et de tapis, Kate Kendall tenait tête à Burke. La dispute qui les opposait semblait épique.

— Triple buse que vous êtes ! vociférait la vieille servante, les poings fermés sur les hanches.

Le chambellan ne se laissa pas démonter :

— Sombre idiote ! Fourrez bien ceci dans votre cervelle de linotte : c'est moi qui décide ici. Les meubles de la baronne de Ravenspur doivent être apportés dans les appartements de mon maître. Est-ce clair ?

— Ôtez-vous de mon chemin, bourrique, ou je vous réduis en bouillie !

Réprimant un fou rire, Roseanna s'avança.

— Y a-t-il un problème, monsieur Burke ?

Aussitôt, l'attitude du chambellan se modifia du tout au tout.

— Nullement, milady.

— Suivez-moi donc, je vais vous montrer où j'ai l'intention d'aménager.

Roseanna l'entraîna au troisième étage du château.

— J'ai décidé de prendre la chambre du fond, expliqua-t-elle. J'ai apporté de Castlemaine des lits, des meubles, des rideaux et de magnifiques tapisseries. Mais j'ai peur qu'il ne faille des siècles à Kate pour tout installer.

— Ce sera prêt ce soir, milady, je vous le promets.

— En êtes-vous bien sûr, Burke ?

— Laissez-moi faire. Quand vous vous retirerez après dîner, ces deux chambres seront en état, vous avez ma parole.

— Merci infiniment. C'est un grand soulagement pour moi de savoir que je peux compter sur votre aide.

De fait, les premiers coffres ne tardèrent pas à arriver sous la conduite de Kate Kendall.

— L'ignoble individu ! maugréait encore la vieille servante sous le coup de la colère. Je ne sais ce qui m'a retenue de... de lui arracher les yeux !

— Calme-toi, Kate, tout est arrangé.

Roseanna ouvrit l'un des coffres d'où elle retira quelques robes.

— Assemble mes plus beaux atours, Kate, que je puisse les mettre au dîner de ce soir. Tu m'accompagneras quand j'irai me changer dans la chambre de Rebecca, pendant que Burke et ses valets aménageront nos appartements.

Sa belle-sœur était couchée lorsque Roseanna arriva chez elle.

— Déjà au lit ? s'étonna-t-elle. Vous ne descendrez pas dîner ?

La fragile lady soupira longuement.

— Non, je n'ai pas faim, et surtout je suis morte de fatigue. Pourquoi ne pas vous faire monter un plateau ici ? Vous mangeriez à mes côtés.

— Vous n'y songez pas ! Ravenspur serait fou de rage. Il serait capable de venir me chercher et de me traîner par les cheveux jusqu'à la salle à manger. Voyez-vous, il tient à ce que je sois présente au repas de ce soir et dans ma plus belle toilette.

Rebecca étouffa un rire.

— Toutes les belles dames du château seront affreusement jalouses de vous, elles qui n'arrêtent pas de faire les yeux doux à Roger et à Tristan.

— Et leurs maris acceptent cela ?

— A vrai dire, les unes sont déjà veuves, les autres pas encore mariées. Et les époux des autres sont au loin, dans l'un des nombreux châteaux forts de Ravenspur.

Ce soir-là, elle éclipserait en beauté toutes les nobles dames. Dans ce but, Roseanna choisit elle-même avec un soin extrême sa tenue. Son dévolu se porta sur une robe d'un vert très tendre dont les manches transparentes étaient bordées de rubans d'argent.

Une fois habillée, Alice brossa longuement ses cheveux. Il fut décidé de les laisser flotter dans le dos. Un bijou d'argent imitant un papillon, que Lady Joanna avait confectionné, les dégagea sur une tempe.

Une idée subite traversa Roseanna. Dégrafant de son manteau le diamant en forme de R, elle le piqua entre ses seins. Et un sourire provocant s'épanouit sur ses lèvres : l'effet assuré. Pendant toute la soirée, les regards fascinés de Ravenspur ne lâcheraient pas la naissance de sa poitrine.

Sur les instances de leur maîtresse, Alice et Kate revêtirent elles aussi leurs plus belles robes. En tant que premières servantes de la nouvelle baronne, elles auraient droit ce soir aux places d'honneur. Volontairement, toutes trois pénétrèrent dans la salle à manger avec quelques minutes de retard, afin que leur entrée ne passât pas inaperçue.

Ravenspur, qui discutait avec son frère et le capitaine Kelly, leva la tête et accueillit Roseanna d'un sourire radieux. Allant à sa rencontre, il l'aida à s'asseoir sur l'estrade d'honneur, dans un fauteuil au haut dossier de bois sculpté. De son côté, il arborait un habit vert foncé. On aurait dit deux comédiens au théâtre costumés dans les mêmes coloris pour jouer le rôle des amoureux.

Avec une solennité toute particulière, le baron prit les mains de sa jeune femme et les porta à ses lèvres. Belles dames, chevaliers et jeunes pages, qui emplissaient la grande salle, applaudirent chaleureusement.

Levant le bras, Roger de Montford exigea le silence.

— A celles et ceux qui ne la connaissent pas

encore, j'ai le plaisir de présenter Lady Roseanna de Montford, baronne de Ravenspur.

Les ovations crépitèrent de plus belle. Levant sa coupe, chacun s'apprêtait à boire à la santé de la nouvelle baronne, quand Roger reprit la parole :

— Huit longues années, je suis resté veuf. Et je m'étais bien juré de ne jamais me remarier pour tout l'or du monde. Mais me revoici devant vous avec l'exquise Lady Roseanna, ma troisième et, si Dieu le veut, dernière épouse.

Un éclat de rire général ponctua ces propos.

— Savez-vous ce qui a permis qu'un tel miracle s'accomplisse ? Eh bien, c'est que j'ai eu un véritable *coup de foudre* pour Lady Roseanna. Quand je l'ai vue la première fois, en une fraction de seconde, ma vie a été bouleversée.

Émue plus qu'elle n'aurait voulu, Roseanna avait la gorge nouée.

— Et j'aimerais que chacun réserve l'accueil le plus cordial à la nouvelle baronne de Ravenspur !

Se mettant debout, les assistants frappèrent des pieds, tandis que Roger levait sa coupe et la vidait en l'honneur de sa jeune femme.

Son verre à la main, Roseanna se dressa pour prononcer à son tour quelques mots :

— C'est un immense plaisir de me trouver parmi vous et de boire à vous tous, nobles dames et vaillants chevaliers de Ravensworth et Ravenspur.

Ce toast fut salué par un tonnerre d'applaudissements. Et tous burent à la santé et au bonheur des nouveaux mariés.

On commença à servir le dîner.

— Bravo ! murmura Roger à l'oreille de Roseanna.

Vous vous en êtes sortie avec beaucoup de brio. Je suis très fier de vous.

Attirés par l'agrafe de diamant, ses yeux s'attardèrent sur les contours ronds et fermes de la poitrine de la jeune femme. Avec tant d'insistance qu'elle finit par en être mal à l'aise.

— On dirait que tu as envie de la manger, souffla Tristan à son frère.

— C'est bien le cas.

— Et si je proposais qu'après le dîner chacun participe dans la bonne humeur au coucher des jeunes mariés.

— Il n'en est pas question, Tristan, intervint Roseanna qui avait entendu cette dernière phrase.

— Votre nudité est un spectacle qu'il faut avoir vu au moins une fois dans sa vie.

— Si vous le faites, je vous tuerai, menaça-t-elle le plus sérieusement du monde.

Ce qui ne fit qu'accroître la gaieté de Tristan :

— Allons, ma chère belle-sœur, soyez généreuse, ne nous refusez pas ce plaisir.

Ravenspur s'en mêla :

— Occupe-toi plutôt de ta femme et laisse la mienne tranquille, veux-tu ?

— Ingrat, c'est moi qui l'ai apportée nue à tes pieds. L'aurais-tu déjà oublié ?

Le regard alarmé de Roseanna se porta sur l'un et l'autre frère.

— De quoi voulez-vous parler, Tristan ?

— Oh, de rien... juste une petite plaisanterie entre Roger et moi.

Le cadet des de Montford baissa néanmoins la tête d'un air coupable. Roseanna se tourna vers Ravenspur. Celui-ci se taisait, la mine sombre. Ce dîner n'était guère l'occasion de l'interroger. Mais elle se jura d'apprendre, tôt ou tard, ce qui s'était vraiment passé cette nuit-là à Belvoir.

Pendant le reste du repas, Roseanna garda un silence, sans accorder un seul regard à son mari. D'une façon aiguë, elle ressentait pourtant sa présence. Tout à côté d'elle, son corps massif semblait l'attirer. Et quand, sous la table, sa cuisse frôlait la sienne, elle tressaillait comme si on venait de la brûler.

Alors elle se mit à observer les autres femmes attablées dans la grande salle. Naturellement, aucune ne l'égalait ni en beauté ni en élégance. Mais certaines ne manquaient pas de charme et multipliaient les œillades à l'adresse des chevaliers assis à la table d'honneur. Ces belles dames n'hésitant pas à vider coupe sur coupe, leur attitude devenait de plus en plus licencieuse.

— Cela promet bien des corsages déchirés, murmura Roseanna à Tristan.

Celui-ci eut un rire fripon.

— Si l'on ne pousse pas la main un peu plus bas, précisa-t-il.

Elle s'adressa soudain à Ravenspur :

— J'en ai assez, milord. Puis-je me retirer ?

— Soit ! A condition que nous nous retirions ensemble.

— Il ne saurait en être question.

Ardents de désir, les yeux du baron la dévisagèrent.

— Et si c'était un ordre, milady ?

— Je suis votre femme et non votre esclave. Et je n'ai d'ordres à recevoir de personne. Ni de vous ni d'un autre.

— Comment osez-vous me parler sur ce ton ? s'indigna Ravenspur.

— J'ose, voilà tout !

La poitrine haletante, les joues en feu, Roseanna se laissait gagner par la colère. Dans un instant, elle serait hors d'elle et commettrait un esclandre. Alors, rejetant brusquement son siège en arrière, le baron la souleva dans ses bras.

Sidérés, tous les convives retinrent leur souffle.

— Passez sagement vos mains autour de mon cou, lui chuchota-t-il, et je vous promets de vous porter dans votre chambre. Sinon je vous emmène dans la mienne. Et là je vous apprendrai à vous comporter en épouse obéissante.

A contrecœur, Roseanna noua les bras autour de son cou. Et il l'emporta hors de la salle à manger. Sans effort, il gravissait les escaliers avec son fardeau. Comme malgré elle, elle se sentait grisée par une telle force.

Elle tressaillit soudain.

— Mais, milord, ce n'est pas le chemin de ma chambre.

— Bien sûr, puisque nous allons dans la mienne.

— Vous m'avez promis le contraire !

Ravenspur ricana.

— Les promesses sont faites pour ne pas être tenues.

D'un vigoureux coup d'épaule, il poussa la porte de sa chambre.

— Et vous êtes bien placée pour le savoir.

— Moi ? s'indigna Roseanna.

— Oui, vous qui vous souciez de vos serments comme d'une guigne.

— Je ne vous ai jamais rien juré... Excepté de faire votre malheur.

Le baron la déposa au milieu de la pièce.

— Et lors de notre mariage, ne vous êtes-vous pas engagée devant Dieu et les hommes à m'aimer, à m'honorer et à m'obéir ? demanda-t-il en prenant son visage dans ses mains.

Roseanna s'empourpra.

— Je ne peux vous aimer, milord. L'amour ne se commande pas. Mais je suis prête à honorer votre personne, votre nom et votre rang.

Ses cils battirent comme pour marquer sa bonne foi.

— Je suis prête aussi à me soumettre à vos ordres et à me comporter en épouse obéissante.

Un rire amusé accueillit cette déclaration.

— L'humilité ne vous va guère, Roseanna. Vous-même ne croyez pas un traître mot du petit couplet que vous venez de me débiter.

— Vous vous trompez. Vous n'avez qu'à me donner un ordre, j'obéirai sur-le-champ, vous verrez.

— Embrassez-moi !

Ravenspur attendit en vain qu'elle s'exécutât. La tête baissée, Roseanna demeurait obstinément immobile.

— Je vois, fit-il d'un ton devenu menaçant. Un baiser d'une femme à son mari n'est que le plus élémentaire de ses devoirs. Pourtant, vous me le refusez.

— Prouvez-moi que vous êtes un homme d'honneur. Si je satisfais l'une de vos exigences, vous me laisserez ensuite regagner ma chambre comme vous l'avez promis ?

Après tout, pour échapper à ses griffes, l'embrasser ne serait pas cher payé.

— Déshabillez-moi, commanda-t-il alors.

Le piège se refermait sur elle : il lui fallait tenir parole si elle voulait qu'il tînt la sienne. Timidement, elle leva les yeux et de ses doigts tremblants commença à déboutonner le pourpoint de Ravenspur. Le vêtement défait glissa sur les fourrures du parquet.

La prenant par la main, il l'entraîna vers le lit. A contrecœur, Roseanna le suivit. Mais elle n'avait pas le choix.

Assis au bord de la couche, le baron s'impatientait. Il la fixait de son regard sévère : elle devait continuer. Surmontant sa répulsion, Roseanna entreprit d'ouvrir sa chemise de soie. Quand ses doigts effleurèrent les poils bouclés de son torse, elle se mit à trembler encore plus fort. La chemise fut enlevée, découvrant le large thorax musclé à la sombre toison.

D'un geste brutal, il l'obligea à s'agenouiller devant lui. Venait à présent le tour des bottes. Après une profonde inspiration, elle se mit à la tâche.

Il ne resta bientôt plus à Ravenspur qu'une pièce de vêtement. Elle s'apprêtait à le dépouiller de son haut-de-chausses quand le baron captura ses mains et les baisa longuement avec une surprenante tendresse.

— Merci, Roseanna, murmura-t-il, ému.

Il se leva et la souleva dans ses bras.

— Je vais maintenant vous conduire dans votre lit comme je vous l'ai promis, ma chérie.

D'un signe, Roseanna lui indiqua le chemin à suivre. Après avoir traversé la première pièce, où Alice et Kate les regardèrent passer, effarées, ils pénétrèrent dans la chambre du fond.

— C'est donc ici que vous avez décidé d'installer votre tanière, se moqua Ravenspur.

M. Burke avait accompli un excellent travail : la chambre était confortablement aménagée. Des rideaux de velours étaient tendus aux fenêtres. Une épaisse fourrure jetée sur la couche servait de couvre-lit. Des tapisseries ornaient les murs. Dans un coin, derrière un paravent de cuir, il y avait même une baignoire sabot en faïence.

— Burke a pillé ma chambre pour assurer le confort de la vôtre, commenta le baron.

— Oui, et tout sera parfait une fois que vous aurez vidé les lieux.

— Comment, vous me chassez déjà ? Vous me permettez donc d'occuper ma nuit comme bon me semble ?

— Peu m'importe de quelle manière vous vous amusez, Ravenspur, pourvu que vous me laissiez en paix.

Quelques instants, ses yeux s'attardèrent sur le diamant qui brillait entre les seins de Roseanna.

— Pourquoi ne m'appelez-vous jamais Roger ? demanda-t-il soudain d'une voix triste.

— Pour moi, vous êtes Ravenspur. Un point c'est tout.

Il soupira, se mit à aller et venir dans la chambre sans se décider à en sortir.

— Savez-vous jouer aux échecs ou au trictrac, Roseanna ?

— Oui.

— Savez-vous bien jouer ?

— Évidemment ! Pourquoi cette question ?

— Voulez-vous que nous fassions quelques parties ensemble ?

— Non. Et surtout pas dans ma chambre ou dans la vôtre.

Un sourire féroce découvrit les dents blanches du baron.

— Rencontrons-nous alors en terrain neutre.

Roseanna hésita.

— Auriez-vous peur ? la défia-t-il.

— Moi, avoir peur ? Et de quoi ? D'être échec et mat contre vous ? Vous plaisantez !

— C'est donc entendu, nous jouerons un de ces soirs, conclut-il avant de prendre congé.

Dès que le baron de Ravenspur fut parti, Alice et Kate accoururent dans la chambre de leur maîtresse.

— Êtes-vous indemne, milady ? Il ne vous a pas brutalisée ? s'inquiéta la vieille servante avec des airs de mère poule.

— Ne t'inquiète pas, Kate, tout va bien, assura Roseanna en s'étirant d'un geste félin.

Quand elles eurent fini de la préparer pour le coucher, les servantes se retirèrent. Demeurée seule dans son lit, Roseanna se rappela l'attitude de Ravenspur. D'une certaine façon, il savait se montrer tolérant et acceptait la plupart de ses piques. C'était seulement lorsque ses provocations dépassaient les bornes qu'il y mettait un terme en l'embrassant de force. Cela se sentait, il possédait une grande expérience des femmes. Évidemment, puisqu'il avait été marié deux fois.

C'était étrange : pourquoi avait-il refusé si catégoriquement de lui parler de sa deuxième épouse ? Elle aurait aimé tout savoir. M. Burke devait déjà être chambellan de Ravenspur à cette époque. Peut-être accepterait-il de lui donner quelques renseignements à son sujet. Irait-il jusqu'à lui préciser dans quelles circonstances cette femme avait trouvé la mort ?

Ce fut sur ces questions que Roseanna s'endormit.

En tenue d'équitation, Roseanna pénétra dans la chambre de Rebecca.

— Il fait un temps magnifique. Je pars me promener à cheval. Voulez-vous vous joindre à moi ?

Bouffie de sommeil, la jeune lady, assise dans son lit, se frottait les paupières.

— Qu'est-ce qui vous prend de venir chez moi en pleine nuit ? bredouilla-t-elle tandis qu'elle esquissait un bâillement.

— Mais il est plus de huit heures !

Tirant les lourds rideaux, Roseanna laissa pénétrer dans la chambre la lumière d'une belle matinée d'automne.

— Voyez, votre mari est déjà levé.

Rebecca fit la grimace.

— Je dois vous avouer qu'il est rare que Tristan et moi passions nos nuits ensemble.

— Oh, pardonnez-moi. Je croyais pourtant que c'était le grand amour entre vous.

— C'est vrai, je suis follement éprise de lui. Mais Tristan n'éprouve qu'indifférence à mon égard.

— Cela n'a pas toujours été le cas, je suppose. Pourquoi vous aurait-il épousée autrement ?

Un air affligé se lut sur le visage de la fragile lady.

— C'est son frère aîné qui a insisté pour qu'il se marie avec moi. J'avais été assez naïve pour me laisser séduire et engrosser par Tristan.

— Vous avez un enfant ? s'étonna Roseanna.

— Oui, une petite fille. Elle est restée à Ravenspur avec sa gouvernante.

— Et elle ne vous manque pas ?

— Je la vois si peu en temps ordinaire. Ma santé est trop précaire, je ne peux m'occuper d'elle.

Roseanna s'approcha et lui prit la main.

— Ma chère belle-sœur, il faut vous reprendre. Vous affirmez être amoureuse de Tristan, pourtant vous ne faites rien pour lui plaire. Par peur de grossir, vous vous privez de manger. Et voyez le résultat : vous êtes sans cesse souffrante, clouée au lit.

— Il vous est facile de parler ainsi, vous qui êtes mince, pleine de vitalité et adorée de votre mari.

— Mince ? Pas tant que cela ! Mon tour de poitrine fait facilement le double du vôtre.

La frêle lady secoua la tête.

— Mais non, je suis bien plus grosse que vous. Je suis énorme, gémit-elle.

Saisie par une subite inspiration, Roseanna se dévêtit et entraîna sa belle-sœur devant un miroir où toutes deux examinèrent leurs reflets.

Rebecca était si blanche et menue qu'on aurait dit une chétive fillette de douze ans. Son ventre était creusé, ses côtes saillantes, ses seins ressemblaient à deux petites pommes. Le contraste avec les formes épanouies de Roseanna était frappant. Ses hanches puissantes se dessinaient selon des courbes voluptueuses, sa poitrine se dressait, haute et fière.

La comparaison était si nettement en sa défaveur que Rebecca fondit en larmes.

— Ne pleurez pas. Je n'avais pas l'intention de vous faire de la peine, mais simplement de vous montrer le mal que vous vous infligez.

— Que dois-je faire pour vous ressembler ?

— Ce n'est pas difficile, affirma Roseanna tout en se rhabillant. Il vous suffit de manger davantage et de faire un peu d'exercice. Au début, vous vous contenterez de trois repas légers par jour. Et promettez-moi de ne plus vous forcer à vomir.

— Je vais essayer, déclara Rebecca en ravalant ses pleurs.

— Parfait ! Bientôt, vous aurez retrouvé des forces et nous irons nous promener ensemble à pied ou à cheval. Vous verrez, l'énergie engendre l'énergie. Votre corps s'en ressentira vite, vous redeviendrez séduisante. Nous pourrons alors entreprendre la reconquête de Tristan.

— De quelle manière ? Faudra-t-il que je laisse un jeune chevalier me courtiser pour le rendre jaloux ?

— Inutile. Vous serez tellement resplendissante qu'il tombera à genoux devant vous.

Après un sourire d'encouragement à sa belle-sœur, Roseanna gagna le seuil de la porte.

— A présent, je vais faire une balade à cheval. Je passerai vous chercher en fin de soirée, nous descendrons ensemble pour le dîner. Et vous porterez votre plus jolie robe, si vous m'écoutez.

12

Le lendemain à l'aube, le plus jeune frère du roi, Richard, duc de Gloucester, arriva à l'improviste au château de Ravensworth. Il avait chevauché à bride abattue toute la nuit. Sans s'accorder un instant de repos, il s'isola dans la plus haute salle du donjon pour s'entretenir avec Roger de Montford. Il était porteur de nouvelles préoccupantes : la situation empirait de jour en jour.

— Edward continue à jouer les aveugles, il est pourtant évident que notre frère George complote contre lui. Je rentre d'une inspection sur la frontière écossaise. Warwick pousse Robin Mendell et ses bandes de rebelles à s'insurger ouvertement. De plus, George a épousé en secret la fille aînée de Warwick. Les rapports de mes espions sont formels : tous deux se sont alliés pour détrôner Edward. Il serait grand temps que le roi réagisse s'il tient à sa couronne.

Roger hocha la tête.

— Edward refuse de croire que son frère, avec lequel il a grandi, puisse être un traître.

— Ventrebleu ! Attendra-t-il que George et Warwick prennent les armes contre lui pour regarder enfin la vérité en face ?

— Hélas, c'est à craindre, Richard. A maintes reprises, je l'ai personnellement mis en garde contre les périls qui le guettent. Mais Edward préfère mener une politique d'attente. Néanmoins il serait essentiel, pour déjouer leurs plans, d'apprendre au plus vite où et quand nos ennemis comptent passer à l'action.

— D'après mes informations, Warwick aurait signé un accord avec les Écossais. Leur armée attaquerait l'Angleterre à la frontière. Sous prétexte de sauvegarder la nation en danger, Warwick décréterait l'état d'urgence et destituerait Edward au profit de George.

— Cela est habile. Le « faiseur de rois » a toujours été un fin stratège.

— Mais ce que je ne comprends toujours pas, c'est pourquoi il a misé sur George dont la personnalité est si inconsistante.

— Justement ! Il pense de la sorte pouvoir le manipuler à sa guise.

Le regard de Richard se porta au loin, sur les crêtes des collines violettes.

— Tu sais, Roger, je n'ai jamais aimé George. Lorsque nous étions enfants, il était jaloux de la tendresse que me portait Edward et me prenait comme souffre-douleur. Il cassait tous mes jouets dans le but de me faire pleurer.

— C'est vrai, acquiesça le baron. George a toujours été une petite peste.

— Je me souviens qu'à l'époque où notre père et notre frère Edmund ont été tués, George s'amusait à prophétiser : « Les premiers seront les derniers, les derniers seront les premiers. » Je n'avais que huit ans alors et je lui ai demandé le sens de cette formule. Il m'a répondu qu'il était destiné à régner, la meilleure preuve étant que l'un de ses frères aînés était déjà éliminé de la course au trône. Je lui ai rétorqué avec naïveté que si « les derniers sont les premiers », ce serait moi, Richard, le plus jeune, qui serait fatalement un jour roi d'Angleterre. Cela l'a rendu furieux. Il m'a envoyé son poing dans la figure et brisé deux dents. Depuis lors, je sais à quoi m'en tenir sur son compte.

Roger de Montford le fit revenir au présent :

— Edward a commis une grave erreur en voulant marier un frère de la reine à la fille aînée de Warwick.

— En effet. Il n'a pas compris à quel point le clan des Woodville est unanimement détesté. Westminster est devenu le repaire de tous les voleurs et de toutes les catins de la capitale. Si j'étais Edward, je jetterais sans hésiter George et Warwick dans un cachot de la Tour de Londres.

— Et une bonne moitié des Woodville, tant que tu y es !

Richard approuva en s'esclaffant. Mais son rire mourut soudain.

— Morbleu, Roger ! Il y a un espion dans tes murs, s'exclama-t-il en regardant en bas dans la cour du château. Cet individu est à la solde de George.

Roger s'approcha et aperçut Sir Bryan Fitzhugh qui glissait discrètement un billet à Roseanna.

— Ne t'inquiète pas, Richard, je le fais surveiller en permanence.

— Et qui est la ravissante créature qui se trouvait avec lui ?
— C'est ma femme.

Le cœur battant, Roseanna glissa le billet de Bryan dans son gant et se rendit aux écuries. Le vieux Dobbin, désormais passé à son service, était en train d'y seller Zeus.
— Je me trouve dans une situation bien inconfortable, Lady Roseanna, déclara-t-il en baissant la tête. J'ai reçu l'ordre de vous interdire de sortir à cheval sans être accompagnée d'un palefrenier. Je sais combien cette mesure va vous irriter. Mais ce n'est peut-être pas une si mauvaise idée : ces contrées sont infestées de voleurs de grand chemin, vous pourriez faire de mauvaises rencontres.
Roseanna le rassura avec bienveillance :
— Le temps de mes frasques de jeunesse est révolu, Dobbin. Me voici devenue une respectable épouse, j'accepte de ne plus me promener seule à cheval. D'ailleurs, tu as déjà choisi ce palefrenier, je suppose.
— En effet, milady.
Tournant les talons, Dobbin revint un instant plus tard avec un jeune homme solidement bâti, qui portait bottes et éperons.
— Je vous présente Kenneth, qui vous servira de garde du corps. C'est un gaillard qui sait manier l'épée.
— Bonjour, Kenneth.
Le nouveau venu examina Roseanna d'un œil circonspect.
— Bonjour, milady.
— Eh bien, voyons ce que tu es capable de faire, Kenneth. Aide-moi à monter à cheval.

Le palefrenier se baissa, les mains croisées. S'appuyant sur son épaule, Roseanna se hissa en selle.

— Doux Jésus, tu es plus solide qu'un roc.

Tous deux échangèrent un sourire : la glace était rompue.

Quelques minutes après, ils galopaient côte à côte à travers les collines. La nature avait revêtu les couleurs de l'automne : les fougères viraient au roux, au brun et au jaune. Au-dessus de leurs têtes, dans un ciel bas et gris, volaient des oies sauvages qui poussaient de longs cris aigus.

De temps en temps s'enfuyaient devant eux un lièvre ou une gélinotte apeurés. Au loin à l'ouest se profilait une haute chaîne de montagnes. Les Pennines, dont la ligne de crête évoquait la colonne vertébrale de quelque énorme dragon.

Après une heure de galop, les deux cavaliers laissèrent leurs montures se reposer et brouter l'herbe d'une prairie.

Zeus faisait l'admiration du robuste palefrenier.

— Votre cheval est un bel animal, déclara-t-il. Dans nos écuries, seul l'étalon noir du baron de Ravenspur soutient la comparaison avec lui.

— Je l'ai moi-même élevé, précisa Roseanna avec fierté.

— Ce que le vieux Dobbin raconte sur votre connaissance des chevaux est donc vrai, milady ?

— N'en doute pas !

— Et vous possédez aussi le magnifique étalon blanc qui vient d'arriver à Ravensworth ?

— Oui, c'est un pur-sang arabe, un cadeau d'Edward IV. J'attends beaucoup du résultat de ses croisements.

— Nous ne disposons pas, j'en ai peur, de juments dignes de lui.

— Je verrai, Kenneth. Et si tel est le cas, j'en achèterai. Je veux que les haras de Ravenspur deviennent réputés dans tout le royaume.

De retour au château, Roseanna trouva son mari et Tristan en grande conversation avec un hôte.

— Approchez, milady, que je vous présente Richard, duc de Gloucester.

La jolie baronne s'inclina respectueusement devant le nouveau venu.

— Sire, souffla-t-elle.

— Je vous en prie, relevez-vous, Lady Roseanna, et acceptez mes excuses de n'avoir pu être présent à vos noces.

Richard n'avait pas plus de dix-sept ans. C'était un jeune géant aux cheveux de ce roux auburn particulier aux Plantagenêts. Pour son âge, son expression avait quelque chose d'étonnamment grave et digne.

— Soyez le bienvenu dans notre château, prince Richard.

— Je suis très honoré d'être reçu par le baron de Ravenspur qui connaît les lois de l'hospitalité, milady. Je sais aussi quelle fidélité indéfectible l'attache à la personne de mon frère le roi.

Son regard fixant Roseanna avec plus d'insistance, il ajouta comme s'il lui adressait un reproche :

— La loyauté est la vertu que j'estime le plus au monde.

Aussitôt le billet de Bryan, resté glissé dans son gant, se mit à lui brûler la paume de la main. Hâtivement, elle battit en retraite.

— Serez-vous à mes côtés ce soir au dîner, prince Richard ? demanda-t-elle avant de s'en aller.

— Je l'espère, milady, si Roger ne s'en formalise pas trop.

Dès qu'elle se fut retirée dans ses appartements, Roseanna tira de son gant le billet de Sir Bryan. Il ne portait que ces quelques mots :

Je viendrai ce soir dans votre chambre après minuit. Je vous aime.

Non, il ne fallait pas accepter ce rendez-vous. Beaucoup trop risqué. D'ailleurs, pour quelle raison Bryan souhaitait-il la voir dans sa chambre ? Pour faire l'amour avec elle ? C'était hors de question. Elle ne désirait pas qu'il devînt son amant. Il devait rester le pur et beau chevalier qui l'aimait platoniquement et lui envoyait de jolis poèmes.

Se saisissant d'une plume, Roseanna inscrivit ces lignes sur un parchemin :

Ne venez pas. Il m'est impossible de vous recevoir dans ma chambre. C'est trop dangereux. Rencontrons-nous dans les couloirs du château ou aux écuries.

Elle finissait d'écrire quand on frappa à la porte.

— Entrez ! fit-elle.

C'était Alice qui lui apportait sa toilette pour le dîner.

— Tiens, prends ceci et va vite le porter à Sir Bryan Fitzhugh, ordonna-t-elle en lui tendant le billet. Et que personne ne te voie. Kate se chargera de m'habiller.

La jeune servante repartit avec le message, et Roseanna examina la robe d'un œil critique. Elle était en velours bordeaux, festonnée aux manches et à l'encolure de dentelles crème.

— Kate ! appela-t-elle. Viens me donner ton avis. J'ai envie d'enlever toutes ces dentelles pour que la robe soit unie. L'effet serait beaucoup plus original.

La vieille servante haussa les sourcils en bougonnant.

— Rouge et blanc forment un contraste parfait. Et des teintes claires mettent en valeur l'ébène de votre chevelure.

— Tu as raison, mais des perles disposées dans mes cheveux donneront le même résultat. Allons, Kate, aide-moi à défaire ces dentelles. Occupe-toi de l'encolure, je m'occupe des manches.

Elles se mirent à la tâche.

— Au fait, n'aurais-tu pas entendu quelques commérages sur le passé de Ravenspur ? s'enquit Roseanna. Et sur sa deuxième épouse plus précisément ?

— Non, rien de particulier. D'après ce que j'ai compris, le baron n'a pas eu de maîtresse attitrée durant ses années de veuvage. A l'occasion, il a fréquenté les prostituées quand le besoin s'en est fait sentir... Oh pardon, milady, j'ai dû vous choquer.

— Ne t'inquiète pas, Kate, j'étais au courant. A Belvoir, j'ai vu l'une de ces infâmes courtisanes, une certaine Cassandra. Mais je n'ai réalisé que le lendemain la nature du métier qu'elle exerçait. Pauvre ignorante que j'étais !

— Ce n'était qu'innocence de votre part. Une vertu toute naturelle chez une jeune fiancée.

Les dentelles furent enfin enlevées de la robe.

— J'aimerais être prête assez tôt, Kate, afin d'avoir le temps d'aller chez Rebecca. Je l'aiderai à se préparer pour le dîner. Tristan de Montford aussi est un amateur de catins, mais sa femme et moi avons décidé de le remettre dans le droit chemin.

L'air désapprobateur, Kate Kendall dodelina de la tête.

— Un de Montford ne vous suffit donc pas ! Vous voulez les deux maintenant. Attention, milady, la gourmandise est un vilain défaut qui se paie parfois très cher.

Parée de colliers de perles fines brillant dans ses cheveux, Roseanna se rendit dans la chambre de Rebecca. Au bord des larmes, sa belle-sœur contemplait une pile de robes.

— Je ne descendrai pas dîner, gémit-elle. Je n'ai rien de bien à me mettre.

Roseanna inspecta la garde-robe.

— Voilà qui vous ira à ravir ! décida-t-elle en décrochant une toilette de satin rose pâle. Vous y serez délicieuse. Et songez au tableau que nous offrirons toutes les deux, l'une en rose, l'autre en rouge.

— Ah, si seulement j'avais des perles à mettre dans mes cheveux, comme vous !

— On obtient le même effet avec des rubans. Je vais vous arranger ça.

— Le moment le plus éprouvant pour moi sera de pénétrer dans la grande salle, soupira Rebecca.

— Ne vous inquiétez pas, nous serons ensemble. Nous veillerons à arriver avec quelques minutes de retard : notre entrée ne passera pas inaperçue, je vous le promets.

Bouche bée, les convives attablés dans la salle à manger regardèrent Roseanna et Rebecca s'avancer, éblouissantes, vers l'estrade d'honneur. Le prince Richard les y accueillit avec grâce. Il avait troqué son rugueux vêtement de cuir pour un élégant justaucorps de velours noir et des chausses de satin blanc. Sur l'épaule, il portait fièrement son emblème, le sanglier blanc des ducs de Gloucester. Il dégageait une autorité et une majesté dignes d'un roi.

Avec une parfaite courtoisie, le prince baisa la main de Roseanna et la complimenta sur sa toilette. Puis il fit de même avec Rebecca, laquelle rougit un peu.

En maîtresse de maison, la jeune baronne de Ravenspur indiqua à chacun sa place : Richard fut prié de s'asseoir entre Roger de Montford et elle-même, Rebecca à sa gauche et Tristan à côté de sa femme. Bientôt, une conversation des plus animées s'engagea entre le prince et les belles-sœurs. D'excellente humeur, tous trois ne cessèrent de rire et de plaisanter tandis que les différents services se succédaient.

Tout en vérifiant si Rebecca s'alimentait comme il le fallait, Roseanna posait à Richard mille questions sur les mœurs à la cour de Westminster, sur les dernières modes vestimentaires.

— Pour les hommes, le dernier cri ce sont les chausses bicolores, expliquait le prince. Elles doivent aussi être fort étroites et collantes sans avoir peur de l'indécence. Sur les courtisans d'un certain âge, l'effet en devient franchement grotesque et pitoyable.

— Un sort auquel Ravenspur n'échapperait pas, commenta Roseanna avec un clin d'œil narquois.

— Oh ! que dites-vous là ? s'offusqua Richard, qui cependant pouffa de rire.

Les mines de Roger et de Tristan s'allongeaient au fur et à mesure que la conversation se poursuivait sans eux.

— Resterez-vous quelques jours à Ravensworth, Votre Grâce ? continuait la baronne.

— Hélas, non. Malgré les charmes de votre hospitalité, je repartirai demain aux aurores. Une importante mission me rappelle à la frontière écossaise.

— Pour rendre plus plaisantes vos dernières heures en notre compagnie, je vous propose que nous fassions venir les musiciens et que nous dansions.

— Bien volontiers.

Roseanna se pencha vers Rebecca.

— Le bal va commencer. Vous sentez-vous en de bonnes dispositions ?

La jeune lady acquiesça d'un signe de tête.

— Me promettez-vous de ne pas vous retirer avant d'avoir dansé au moins une fois avec le prince Richard ?

— Je vous le promets. J'attendrai même que Tristan daigne m'inviter.

Un discret sourire aux lèvres, Rebecca ajouta en un chuchotement :

— C'est inespéré. Pendant le dîner, il m'a caressé deux fois la main sous la table.

— Parfait ! Notre plan est en train de réussir.

Les musiciens venaient de s'installer. Une mélodie enjouée retentit sous les voûtes de la grande salle.

— M'accorderez-vous le privilège de me faire danser la première, Votre Grâce ? demanda Roseanna au prince.

— Avec grand plaisir. Mais appelez-moi donc Richard, j'aimerais tant que nous soyons amis.

— Oui, Richard.

Le prince et la jolie baronne formaient un couple merveilleusement assorti, et chacun les admira tandis qu'ils évoluaient au rythme de la musique.

— Si vous passez par Londres un jour, ne manquez pas de faire la nuit un tour sur la Tamise dans la péniche du roi, disait Richard à sa cavalière. Vous verrez, c'est follement amusant. Les courants sont très vifs, surtout sous les arches du pont de Londres. Mais il vous faudra vous munir d'un grand mouchoir imbibé de parfum, car, hélas ! les eaux du fleuve ont des relents nauséabonds.

— D'après ce que l'on m'a raconté, toutes les « rivières » sentent atrocement mauvais.

Son trait d'esprit fit éclater de rire Richard : en effet, le père de la reine s'appelait Lord *Rivers*. Un vieillard de soixante ans qui, malgré son âge, menait une vie de débauche notoire.

— En dépit de ma loyauté absolue envers Edward, je le confesse, je déteste la reine Elizabeth et tous les membres de son clan, déclara le prince qui avait retrouvé tout son sérieux.

— Pour quelle raison ?

Richard observa un long silence.

— Je vais vous citer un seul exemple, dit-il enfin. Il vous paraîtra peut-être insignifiant, mais pour moi, c'est le symbole de l'aversion que je ressens pour la reine. Elizabeth exige qu'en sa présence je m'agenouille et lui fasse le baisemain. Elle ne tolère cependant pas que mes lèvres effleurent même sa peau. Voilà toute la Woodville, une despote qui se veut intouchable.

— C'est curieux, je n'ai encore jamais rencontré personne qui l'aime.

Y compris le roi Edward, son père, lequel ne se privait pas de fustiger Elizabeth et sa famille.

Le bal battait maintenant son plein, les musiciens jouaient sans relâche. Avec une profonde satisfaction, Roseanna vit Rebecca danser tour à tour avec le prince Richard et avec Tristan. Mari et femme exécutèrent brillamment une gaillarde, cette danse à trois temps où le cavalier soulève par la taille ou les épaules sa partenaire assez haut pour que l'on voie ses chevilles et le bas de son jupon.

Saisissant Roseanna par la main, Ravenspur l'entraîna vers l'aire de danse.

— Je n'en ai pas envie, protesta-t-elle.

— Vous m'avez délibérément ignoré depuis le début de la soirée. Sachez que c'est une attitude qui comporte certains risques.

Le baron l'enlaça avec une telle violence qu'elle ne put résister et, malgré elle, fut obligée de suivre la cadence endiablée qu'il lui imposait. Les musiciens accélérèrent encore le rythme de la gaillarde. Au moment propice, Ravenspur la souleva et la maintint en l'air une bonne demi-minute.

— Je vous en supplie, s'égosilla-t-elle. Relâchez-moi !

Une compétition s'instaura alors entre les danseurs : c'était à qui tiendrait le plus longtemps à bout de bras sa cavalière. L'ambiance devint follement gaie. Le jeu finit même par amuser Roseanna.

— Reposez-moi, Ravenspur ! hurlait-elle en pleurant de rire, tandis que son mari lui chatouillait les côtes.

Il feignit de lui obéir mais, au moment où ses

pieds allaient reprendre contact avec le parquet, il la souleva de nouveau encore plus haut.

— Ravenspur, je vous en prie.

— Demandez-moi grâce !

— Soit. Grâce, Ravenspur !

— Et appelez-moi Roger !

Elle fit non d'un signe de tête.

— Très bien, vous l'aurez voulu.

A plusieurs reprises, il la projeta vers le plafond. Sa robe se soulevait autour d'elle, dévoilant ses dessous et ses bas.

— Roger, Roger ! s'écria-t-elle, vaincue.

Dès qu'il l'eut reposée sur le sol, il l'étreignit passionnément. Et tous deux cessèrent de rire. Ravenspur pencha la tête et sa bouche s'empara de la sienne. La réponse de Roseanna à ce baiser fut si prompte et si ardente que cela la surprit elle-même. Confuse, elle se détourna brusquement.

— Êtes-vous mienne ? murmura-t-il d'une voix très tendre.

— Jamais !

Alors elle s'enfuit en courant de la grande salle.

Hors d'haleine, elle pénétra dans la chambre d'Alice et de Kate. Seigneur Dieu, pourvu que Bryan ne soit pas venu au rendez-vous qu'il lui avait fixé ! Si par malheur Ravenspur le trouvait chez elle, il le tuerait sans hésiter. Heureusement, le jeune chevalier n'était pas dans sa chambre.

Ses suivantes enlevèrent les perles de ses cheveux, puis l'aidèrent à se déshabiller. Avant de se mettre au lit, Roseanna donna ses dernières instructions :

— Kate, si un visiteur se présente tard dans la nuit, interdis-lui l'accès à ma chambre, veux-tu ?

— J'y veillerai, milady.

Roger était déjà couché depuis longtemps, mais le sommeil le fuyait obstinément. Il s'adressait d'amers reproches. Jamais il n'aurait dû laisser la situation entre Roseanna et lui se dégrader à ce point. Dès leur nuit de noces, le mariage aurait dû être consommé. Par la force, au besoin. Cela n'aurait pas été la première fois qu'un mari aurait ainsi agi avec sa jeune épouse.

Mais voilà, Roseanna n'était pas une femme ordinaire. Elle était non seulement plus belle mais encore plus intelligente que les autres. Du sang royal coulait dans ses veines. Toutes les qualités physiques et morales des Plantagenêts se trouvaient réunies en elle.

Et il voulait la posséder, coûte que coûte ! A chaque battement de son cœur, son désir s'exacerbait. C'était comme une fièvre qui sans relâche lui brûlait le sang. L'image de son corps voluptueux l'obsédait. Pour la faire sienne, il aurait tout donné, sa fortune, son rang, sa vie.

Ravenspur se leva brusquement et enfila une robe de chambre. A grands pas, il se dirigea vers l'angle nord-est du château où se situaient les appartements de son épouse. La porte de la première chambre était fermée à clef. Il frappa. Une bougie à la main, Kate Kendall vint ouvrir.

— Qu'y a-t-il pour votre service, milord ?

— Je désire voir Lady Roseanna.

— Cela est impossible : elle s'est déjà couchée avec un fort mal de tête et n'attend pas votre visite.

— Si elle est souffrante, je dois être à son chevet.

La vieille domestique demeura inflexible :

— Cela ne serait pas courtois de la déranger alors qu'elle a besoin de repos.

Un horrible soupçon saisit alors le baron : et si Roseanna se trouvait en ce moment même au lit avec son amant ? N'avait-il pas vu Sir Bryan Fitzhugh lui transmettre un billet ce matin ? Peut-être lui fixait-il un rendez-vous galant pour la nuit.

Non, les fantômes de son passé ne pouvaient ressusciter ainsi ! Certes, sa deuxième épouse avait été une immonde catin, mais tel n'était pas le cas de Roseanna. Bien au contraire, elle incarnait toutes les perfections, c'était une rose sans épines.

Haussant les épaules, le baron s'en retourna.

— Bonne nuit, milord, le salua Kate Kendall tandis que le bruit de ses pas s'éloignait le long du couloir.

De retour dans sa chambre, le baron se versa une coupe de vin qu'il but d'un seul trait. « Demain soir, quoi qu'il arrive, elle sera enfin mienne », se jura-t-il.

13

Le lendemain après le prince Richard, ce fut Tristan de Montford qui, à la tête d'une forte compagnie de chevaliers et d'hommes d'armes, quitta le château. Sa mission consistait à gagner Ravenscar, une forteresse située à une quarantaine de miles de Ravensworth, sur la côte est. Tristan devait vérifier qu'il n'y avait ni concentration de troupes hostiles dans la région ni mouvements suspects de navires le long des côtes. Si tout paraissait normal, il regagnerait Ravensworth à la fin de la semaine. Alors, pour prévenir tout danger à l'ouest, les frères de Montford et leurs troupes feraient mouvement vers Ravenglass.

Au moment du départ, Rebecca descendit dans la cour souhaiter bon voyage à son mari.

— Vous allez beaucoup me manquer, avoua-t-elle. Si j'étais Roseanna, je n'hésiterais pas à vous accompagner et à braver tous les dangers à vos côtés.

Tristan effleura ses lèvres d'un baiser.

— Vous regagnez des forces de jour en jour, nous pourrons bientôt chevaucher de nouveau ensemble.

Ce propos à double sens fit rougir de plaisir la jeune lady.

— Revenez-moi vite, Tristan, je vous en supplie.

— J'aimerais déjà être de retour pour vous serrer dans mes bras, ma chérie.

Les chevaliers montèrent en selle. On échangea un ultime au revoir. Quand la cavalcade eut franchi le pont-levis, Rebecca remonta dans ses appartements.

De son côté, Roseanna, qui avait aussi assisté au départ, alla inspecter les écuries. Accompagnée de Dobbin, elle s'attarda longuement devant chaque stalle.

— Ravenspur possède quelques étalons de prix, conclut-elle à la fin de sa visite. Mais ce qui lui fait cruellement défaut, ce sont des juments destinées à la reproduction.

— Vous avez raison, approuva Dobbin. Et les rares dont il dispose sont loin d'avoir le pedigree de celle que vous avez amenée de Castlemaine.

— Laquelle est déjà pleine et devrait mettre bas au printemps prochain.

Le vieux Dobbin désigna la stalle d'une superbe jument alezane.

— Celle-ci également est grosse. Le responsable en est Tonnerre, l'étalon noir du baron de Ravenspur. Mais elle a déjà avorté une fois, d'après le maître écuyer.

Roseanna fronça les sourcils.

— Il faudrait en parler avec lui.

— Je vais le chercher, milady.

Quelques instants plus tard, Dobbin revint avec

un grand et solide gaillard qui paraissait de force à soulever un cheval.

— Je vous présente Tom, milady, le maître écuyer de ces lieux.

La baronne le gratifia d'un chaleureux sourire.

— Félicitations, Tom, vous accomplissez un excellent travail : ces écuries sont très vastes.

Tom sembla flatté du compliment.

— Nous nous occupons de plus d'une centaine de montures destinées aux hommes d'armes de Roger de Montford.

— De magnifiques destriers !

— Vous vous intéressez de très près à l'élevage des chevaux, m'a-t-on dit, Lady Roseanna.

— C'est exact. Et j'ai été à bonne école : le haras de mon père à Castlemaine a produit certains des plus beaux chevaux d'Angleterre. J'aimerais bien pouvoir en faire de même ici.

Elle indiqua l'alezane.

— Dobbin m'a appris que cette jument a eu un problème.

— En effet, acquiesça Tom. Et je crains fort qu'elle ne recommence cette fois-ci encore.

— Je connais parfaitement le problème. Il est possible d'y remédier. Il faut d'abord l'isoler dans une stalle bien chaude, lui laver tous les jours les flancs à grande eau et au savon, et la nourrir exclusivement de gruaux d'avoine.

— Et ce traitement lui évitera de perdre son petit ? demanda Tom, fort intéressé.

— Oui, avec un peu de chance. Mais en cas d'avortement, certaines dispositions sont toujours à prendre : il est nécessaire de désinfecter immédiatement la stalle, d'administrer un lavement à la jument et de la frictionner à l'huile d'olive. Naturellement, le plus important reste de brûler sur-le-champ le fœtus.

Impressionné par tant de science, le maître écuyer hochait gravement la tête.

— Quant à mon étalon arabe, conclut Roseanna, je ne vois plus qu'une solution pour lui : acquérir quelques juments de prix.

Tom se livra à une brève réflexion, puis annonça :

— Je sais où vous pourriez trouver votre bonheur, milady. Du côté de Middleham, les moines d'une abbaye élèvent de très beaux chevaux blancs assez semblables à votre pur-sang.

— Vraiment ? Alors j'irai leur acheter deux ou trois juments poulinières.

Comme elle tournait la tête, Roseanna aperçut un peu plus loin Sir Bryan qui sellait son destrier. Faussant compagnie au vieux Dobbin et à Tom, elle se dirigea vers lui. Tant pis si on les voyait ensemble, il était urgent de lui parler.

— Bryan, lui dit-elle à voix basse, votre billet m'a plongée dans le plus grand trouble.

— Mon cher amour, je souffre tant de ne pas vous voir.

— Comprenez-le, ma chambre vous est interdite. Surtout la nuit. Si par malheur on nous surprenait, nous serions accusés d'adultère.

Ces propos firent tiquer le jeune chevalier.

— Mais, belle dame, c'est le pur amour qui m'attire vers vous, non le désir des sens.

— Je le sais bien, Bryan, et c'est pour cette raison que je vous aime aussi. Mais notre inclination doit rester secrète. Si quelqu'un venait à l'apprendre, il pourrait nous dénoncer à mon mari et nous serions tous deux en danger de mort.

— Dans quelques jours, Ravenspur doit se rendre à son château de Ravenglass. Je ferai en sorte de ne pas être du voyage. Il sera alors facile de nous rencontrer.

L'arrivée de M. Burke, en quête de la baronne, écourta leur entretien.

— Lady Roseanna, commença le chambellan, mon maître m'a ordonné de vous servir ce soir un dîner en tête à tête. Je dois vous demander quel est le menu qui vous plairait.

— C'est trop aimable à lui ! commenta Roseanna, sarcastique. Et que me vaut un tel privilège ?

— Je crois que mon maître désire être seul avec vous pour jouer aux échecs ou au trictrac.

— Il m'a en effet lancé un défi à ce sujet. A quel jeu est-il le moins fort ?

— Eh bien...

Embarrassé, le chambellan se gratta le crâne, comme s'il craignait de trahir son maître.

— Je vous écoute, Burke, insista Roseanna.

— A vrai dire..., je n'ai encore jamais vu personne faire échec et mat au baron de Ravenspur. En revanche, au trictrac, où le hasard joue un rôle, son frère Tristan le bat très souvent.

Avec un air de conspiratrice, Roseanna lui adressa un clin d'œil complice.

— Entendu, monsieur Burke, vous disposerez donc un jeu de trictrac dans la pièce où Ravenspur et moi-même dînerons ce soir.

— Il sera fait selon votre volonté, milady. Et que désirez-vous manger ?

— Voyons... nous pourrions commencer par du

saumon fumé ou de la truite, puis un gibier à plume, si abondant en cette saison. Mais évitez le coq de bruyère, j'en ai horreur, de même que le faisan dont la chair a souvent un goût trop fort.

— Puis-je vous suggérer du perdreau ? Rien de plus savoureux qu'un perdreau bien dodu.

— Bonne idée, monsieur Burke !

— Et pour les boissons ?

— Vous servirez à Ravenspur son vin préféré. Quant à moi, je boirai de l'hydromel.

Son choix fut vivement approuvé par le chambellan.

— Vous ne serez pas déçue, milady, l'hydromel de Ravensworth est de première qualité. Il est fabriqué à partir de miel de bruyère, ce qui lui confère une saveur toute particulière. Je veillerai à en emporter quelques barils pour votre consommation personnelle, lorsque nous rentrerons dans le Midi.

— C'est une attention qui me touche, Burke.

Soudain pensive, Roseanna se tut un moment avant de lui demander à brûle-pourpoint :

— Parlez-moi de la deuxième épouse de Ravenspur ! Quel genre de femme était-ce ?

Pris de court, le chambellan hésita, décontenancé.

— Euh... c'était... une croqueuse d'hommes, si vous voyez ce que je veux dire.

— Pas précisément.

Il parut de plus en plus embarrassé.

— C'est si vieux tout cela, milady. Il y a bientôt neuf ans qu'elle est morte.

— Était-elle belle ?

— Excessivement sensuelle surtout.

Malgré elle, Roseanna sentit comme une pointe de jalousie lui piquer le cœur.

— Combien de temps a duré leur mariage ?

— Oh, pas bien longtemps, deux ans tout au plus.

— D'après ce qu'il m'a raconté, Ravenspur n'avait que quinze ans lorsqu'il s'est marié pour la première fois.

— En effet. Et son épouse était beaucoup plus âgée que lui. Leur union n'a pas été un mariage d'amour.

— Ce qui signifie que le second l'a été ?

La question était on ne peut plus délicate. Indécis, M. Burke se racla la gorge.

— Hum... mon maître était certainement fort épris de cette dame quand il a fait sa connaissance. Je regrette, mais c'est tout ce que je puis vous dire.

— Merci, Burke. Je devine combien ces confidences ont dû vous coûter.

Mille questions lui démangeaient encore la langue. Comme elle aurait désiré en savoir plus long sur cette « sensuelle » deuxième épouse dont Ravenspur avait été amoureux ! Toutefois, pour l'heure, le chambellan semblait bien décidé à ne plus en parler. Elle attendrait une autre occasion afin de l'interroger de nouveau.

— Burke, soyez gentil, faites porter de l'eau chaude dans ma chambre pour mon bain. J'aimerais ne pas sentir les écuries en dînant avec Ravenspur.

— Bien, milady.

Kate Kendall enveloppa sa maîtresse, qui sortait de sa baignoire, dans une épaisse serviette.

Suivie d'Alice, Roseanna ouvrit sa garde-robe. Ce

soir, il faudrait être terriblement séduisante. Plus que de coutume, sa toilette devait troubler Ravenspur. Et son choix s'arrêta sur la tunique de velours rouge qu'elle portait le soir mémorable de la visite d'Edward IV à Castlemaine.

— Oh, non ! se récria Alice, vous n'allez pas une nouvelle fois revêtir cette tunique sans chemise en dessous.

Roseanna lança un coup d'œil narquois à sa chambrière.

— Tu me donnes une idée. Je vais faire l'inverse et mettre la chemise blanche sans tunique.

Alice pâlit.

— Vous n'y songez pas ! Le tissu en est si léger que vous semblerez nue avec.

— Tant mieux !

Après avoir passé le fin vêtement brodé de fils d'argent, Roseanna alla se regarder devant le miroir. C'était parfait : sa tenue avait l'indécence qu'elle désirait. Sous l'étoffe transparente, l'on devinait les aréoles roses de ses seins. De quoi distraire Ravenspur, assurément.

Dans son dos, les lèvres pincées, Kate lui adressa une mimique de désapprobation.

— Voyons, cesse de bouder et va chercher mon coffret à bijoux.

La suivante rapporta la boîte de cuir contenant les écrins.

— Hier soir, annonça-t-elle d'un ton bourru, quand le baron de Ravenspur a voulu pénétrer dans votre chambre, je l'ai renvoyé en prétextant que vous aviez mal à la tête. Mais si vous dînez avec lui dans une telle tenue, il me sera impossible de lui interdire de nouveau votre porte avec la même excuse.

— Ah bon. Il est venu la nuit dernière et tu as réussi à le faire battre en retraite ! Toutes mes félicitations, Kate. Et tu recommenceras aujourd'hui comme demain. Sinon je te renvoie à Castlemaine.

Une brosse à la main, Alice se mit à démêler la chevelure de sa maîtresse. Celle-ci lui donna ses instructions :

— Ramène tous mes cheveux sur la gauche, que le cou et l'oreille soient bien dégagés. Tu les maintiendras sur la tempe avec cette broche de saphir.

D'un œil critique, Kate observait la scène.

— Ravenspur va vous voir jusqu'au nombril, maugréa-t-elle.

— Cela m'est parfaitement égal.

— Mieux vaudrait alors que je vous donne de la ciguë pour la verser dans son vin.

— Mais, Kate, je n'ai pas encore l'intention de tuer mon mari, plaisanta Roseanna.

— Ce n'est pas un poison mortel à petite dose, et cela tempérerait les ardeurs du baron.

— N'aie crainte, je saurai les contenir d'une façon ou d'une autre.

L'air déterminé, Roseanna se leva.

— J'y vais, je ne souhaite pas faire attendre mon seigneur et maître.

D'un pas leste, elle gagna l'alcôve où était prévu le dîner. Sur une précieuse table en marqueterie, M. Burke était en train de disposer une carafe de vin et un pichet d'hydromel. Devant la cheminée, le grand chien-loup de Ravenspur s'était déjà installé.

— Bonne soirée, milady, déclara le chambellan avant de se retirer.

Roseanna examina les lieux. L'alcôve était aménagée avec luxe. Tendue sur l'un des murs, une tapisserie superbe, dont l'exécution avait dû exiger des années de labeur, attira particulièrement son attention. Y était représentée une scène de banquet d'inspiration antique : au centre, un homme et une femme étaient en train de manger, servis par d'autres personnages, entourés par un groupe de musiciens qui jouaient.

La voix virile de Ravenspur résonna dans son dos :

— Il s'agit du banquet des dieux. L'aigle et le paon symbolisent l'union de Zeus et de sa femme Héra. Le dieu Pan conduit les musiciens, parmi lesquels on reconnaît Apollon jouant de la lyre. Le bel éphèbe qui sert du nectar aux convives est Ganymède, enlevé par Zeus changé en aigle. L'arc, les flèches et les ailes marquent la présence d'Éros, le dieu de l'Amour.

Roseanna se retourna vers lui.

— J'ignorais que vous étiez si érudit en matière de mythologie grecque, railla-t-elle.

Écarquillés, les yeux sombres du baron s'attardèrent sur le décolleté de sa robe qui laissait voir la naissance de ses seins.

— Oh, je ne suis pas un grand spécialiste, mais je voue un véritable culte à la beauté.

Tandis qu'il prononçait ces mots, il s'avança tout près d'elle.

— Merci d'avoir accepté de venir, Roseanna, murmura-t-il.

— Pourquoi ? Avais-je le choix ?

— Naturellement. Je ne suis pas un monstre qui exige d'être obéi en toute circonstance.

— Comment pouvez-vous affirmer pareille chose, vous qui m'avez forcée à vous épouser ?

— Un sort pire que la mort, n'est-ce pas ? se moqua-t-il gentiment.

Ce soir, le baron souhaitait éviter les querelles. Avec galanterie, il s'inclina devant elle, la prit par la main afin de la conduire jusqu'à la table. Lui ayant avancé un siège, il s'assit à son tour en face d'elle.

— Cessons de nous disputer, voulez-vous, ma chérie, et faisons honneur au succulent souper de M. Burke.

— Ce brave Burke ! Il est à votre service depuis des lustres et doit vous connaître sur le bout des doigts. Il sait peut-être même où vous avez enterré les cadavres de vos femmes ?

Ravenspur préféra ignorer cette pique.

— C'est en effet un vieux et fidèle serviteur. Je l'ai fait venir il y a vingt ans de Drogheda, notre terre en Irlande.

La surprise agrandit les yeux gris de Roseanna.

— Quoi, vous possédez un fief là-bas ?

— Il ne s'agit que d'une cinquantaine d'acres et d'un petit manoir, précisa-t-il tout en lui versant une coupe d'hydromel.

— Il paraît que le climat irlandais est idéal pour l'élevage des chevaux. Nous pourrions peut-être résider à Drogheda. Où est-ce situé précisément ?

— Sur la côte est de l'île, presque en face de Ravenglass. Il suffit de prendre l'un de nos navires, de traverser la mer d'Irlande en passant au large de l'île de Man et l'on arrive à Drogheda.

— Parce que vous possédez aussi des navires ? s'étonna-t-elle.

— Bien sûr. Aimez-vous naviguer, ma chérie ?

— Je n'ai jamais mis les pieds sur un bateau. Mais je vous l'avoue, l'idée d'aller en haute mer m'excite énormément.

Un sourire aux lèvres, Ravenspur tendit sa coupe vers elle.

— Il y a des choses bien plus excitantes dont vous n'avez pas encore fait l'expérience.

— Ne vous avancez pas trop, Ravenspur !

— Pourquoi fuyez-vous mon prénom comme la peste ? Auriez-vous peur de m'appeler Roger ?

— Moi, avoir peur ? Ne soyez pas ridicule !

Après le saumon fumé, M. Burke réapparut avec deux lourds plats d'argent. Il s'en exhalait un délicieux fumet. Sur l'un, il y avait quatre perdreaux cuits à la broche ; sur l'autre, encore des perdreaux mais cuisinés dans une sauce au vin avec champignons et marrons. Un panaché de légumes frais accompagnait le gibier.

L'excellent souper se déroula paisiblement. Après les poires du dessert, Burke apporta des bols remplis d'eau de rose et des serviettes chaudes pour que les convives se lavent les mains. D'un signe, Ravenspur lui fit comprendre de ne plus les déranger. Les coupes à la main, il se dirigea vers la table à jouer installée devant la cheminée. Roseanna l'y rejoignit, le cœur battant. Elle fixa intensément le damier où les pions blancs étaient d'ivoire et les noirs d'ébène.

La partie de trictrac pouvait commencer. Galamment, Ravenspur laissa sa jeune femme jouer la première. Roseanna agita les dés dans leur cornet, puis les fit rouler sur le tablier. Il en sortit un double-quatre : c'était de bon augure. Selon une tactique éprouvée, elle avança quatre pions chacun de deux cases. Le jeu la passionnait, elle y mobilisait brillamment ses facultés de calcul, de réflexion et de ruse. Toute son énergie se concentrait sur un seul but : gagner. A tout prix, il fallait réussir à rentrer ses quinze pions sur les six dernières lames avant son adversaire.

Lui, en revanche, jouait avec négligence, l'esprit ailleurs. Ce n'étaient pas les pions qui captaient son attention mais les formes voluptueuses de Roseanna sous la légère étoffe blanche de sa chemise. Au train où allaient les choses, la victoire de la jeune femme paraissait inéluctable.

— Nous n'avons pas fixé la nature de l'enjeu, fit-il remarquer alors que la partie approchait de sa fin.

— Une somme d'argent, cela va de soi.

— Pour quoi en auriez-vous besoin ?

— Pour acheter les juments poulinières qui font cruellement défaut à vos écuries.

— D'accord. Fixons la mise à cinq cents livres.

Le baron lui lança un regard moqueur.

— Disposez-vous d'une telle somme ?

— Bien sûr que non.

— Comment me paierez-vous alors ?

— La question ne se pose pas puisqu'il est clair que je vais l'emporter.

De fait, en quelques beaux coups de dés, Roseanna parvint facilement à rentrer tous ses pions. Un sourire de triomphe s'épanouit sur ses lèvres.

— N'oubliez pas que je joue avec un sérieux handicap, ma chérie, déclara Ravenspur.

— De quel handicap voulez-vous parler ?

— Votre beauté me distrait du jeu.

— Ne cherchez pas de mauvaises excuses ! Le

meilleur a gagné... Quelle sera la mise de la deuxième partie ?

Le baron réfléchit un instant.

— Des bijoux, proposa-t-il. Le rubis de ma boucle d'oreille contre votre broche de saphir.

Il défit sa boucle et la plaça sur le tablier. L'imitant, Roseanna dégrafa sa broche : dans un bruissement soyeux, ses cheveux retombèrent dans son dos.

— Ce n'est que pour le plaisir de contempler votre superbe chevelure que j'ai eu l'idée de cet enjeu, précisa le baron, les yeux brillants.

— Vous feriez mieux de vous concentrer sur la partie, Ravenspur.

Sans plus attendre, Roseanna lança les dés.

— Comment le pourrais-je alors que vous n'avez jamais été aussi désirable que ce soir ?

— Sottises !

— Vous avez même choisi cette toilette provocante dans le seul but de me troubler.

— Mensonge ! protesta-t-elle avec un petit rire nerveux.

— Vous y avez parfaitement réussi.

Roseanna mena cette deuxième partie de main de maître. Battu à plate couture, Ravenspur n'avait même pas réussi à mettre un seul de ses pions hors jeu. Et elle conclut brillamment par un double-six.

— Peut-être joueriez-vous mieux si l'enjeu vous tenait plus à cœur, le provoqua-t-elle.

— Choisissez-le vous-même, ma chérie.

— Zeus et Tonnerre ont chacun engrossé une jument. Celui qui emportera la troisième manche deviendra propriétaire du poulain de l'autre.

— D'accord !

Comme précédemment, ce fut Roseanna qui

gagna avec une facilité déconcertante. Grisée par cette série de victoires, elle fixa le baron dans les yeux avec insolence.

— Cette fois-ci, l'enjeu de la partie sera le jeu de la vérité, décréta-t-elle.

— A savoir que le gagnant posera au perdant une question à laquelle il sera obligé de répondre franchement ?

— C'est cela, Ravenspur.

Roseanna vida sa coupe d'hydromel puis, d'un geste décidé, agita le cornet à dés. Une quatrième fois, le baron perdit.

— Dites-moi donc ce qui s'est passé à Belvoir, le soir de ma venue, déclara Roseanna d'un air où joie et bravade se mêlaient.

— Eh bien, voilà...

Mais la voix de Ravenspur mourut aussitôt. Fasciné, il contemplait son visage, si beau et si expressif. De quelle manière adorable elle haussait l'arc délicat de ses sourcils ! Ses yeux passaient sans cesse du gris à l'améthyste, et l'étincelle de défi qui y scintillait les rendait encore plus magnifiques. Mais ce qu'il aimait le plus était sa bouche. On aurait dit une rose à peine éclose. Ses lèvres pleines et sensuelles étaient gonflées comme si des baisers passionnés les avaient dévorées.

— Je vous ai posé une question, rappela-t-elle, le tirant de sa rêverie.

— Comme promis, je vais vous répondre.

Naturellement, il n'était pas question de lui révéler de quelle manière humiliante son corps avait été exposé sans vergogne à la vue de ses chevaliers et des « demoiselles » de l'académie de Cassandra. Il passa donc sous silence cette péripétie.

— Tristan, commença-t-il, vous avait administré un narcotique et couchée dans mon lit dans le but de me faire une agréable surprise.

— Quand vous m'y avez trouvée nue, qu'avez-vous fait ? Souvenez-vous, vous devez me dire toute la vérité !

— Je vous ai tout d'abord longuement regardée.

Les joues de Roseanna s'empourprèrent.

— Comment avez-vous pu vous comporter d'une façon aussi répugnante ?

— Cela n'avait rien de répugnant, tout au contraire. Vous offriez un spectacle ravissant. De ma vie, je n'avais vu une créature aussi exquise.

— Et ensuite ?

— Je me suis allongé près de vous et je vous ai prise dans mes bras.

Muette, Roseanna le dévisageait avec une expression farouche.

— Je vous ai alors embrassée et caressée.

— Immonde individu ! fulmina-t-elle. Et vous avez probablement profité de la situation pour tenter d'abuser de moi.

— Non, Roseanna, je vous en donne ma parole, je ne suis pas allé jusque-là. A quoi bon baiser votre bouche, étreindre votre corps sans obtenir la moindre réponse ? Pour faire l'amour avec vous, j'ai décidé d'attendre votre réveil. C'est alors que j'ai découvert qui vous étiez : ma fiancée encore vierge.

— Détrompez-vous, je ne l'étais déjà plus ! lança-t-elle, furibonde.

Ravenspur tendit la main et lui prit le menton.

— Lorsque vous affrontez un adversaire, Roseanna, n'oubliez jamais ce principe : ne perdez pas votre sang-froid, sous peine de voir la victoire vous échapper irrémédiablement.

— Pourquoi ce conseil ? Pensez-vous être mon ennemi ?

— Pas le moins du monde. En revanche, vous semblez souvent me considérer ainsi.

Comme une langue de feu, le regard du baron descendit sur les formes voluptueuses de ses seins.

— Faisons une autre partie, proposa-t-il. Mais déterminons un enjeu plus stimulant.

— Et de quoi ai-je vraiment envie, selon vous ?

— Des terres de Drogheda pour y élever des chevaux. Si vous gagnez, elles seront à vous.

Elle ne put se retenir de rire : c'était vrai, il savait parfois lire dans son cœur.

— Mais si vous perdez, voilà ce que j'exige : une nuit avec vous.

— Une seulement ? railla-t-elle. Espérons que vous êtes plus adroit au lit qu'au trictrac !

Roseanna s'empara des dés. Déjà elle se voyait en Irlande, s'occupant de son futur haras. Mais elle déchanta vite : la chance avait changé de camp. Ravenspur accomplissait des prouesses, accumulait les doublets. De son côté, elle ne réussissait plus aucun beau coup.

A sa grande stupéfaction, les pions du baron parvenaient à leurs cases d'arrivée avec une précision mathématique. Il affichait maintenant une telle science du jeu qu'elle se demandait s'il l'avait délibérément laissée gagner les précédentes parties. Oui, hélas, telle avait été sa tactique : en perdant volontairement, il l'avait amenée à baisser sa garde pour mieux la surprendre ensuite. Et comme une idiote, elle était tombée dans le piège.

Déterminée à l'emporter coûte que coûte, Roseanna redoubla de concentration. Mais rien n'y fit. Les dés ne lui étaient plus favorables. Déjà Ravenspur avait rentré douze de ses pions, et elle trois seulement. La partie était jouée.

— Oh ! cria-t-elle soudain en se dressant, tandis que d'un revers de la main elle balayait le tablier.

Les pions volèrent dans la cheminée.

— Qu'avez-vous ? s'enquit avec flegme Ravenspur.

— Votre chien s'est frotté contre ma jambe, cela m'a fait sursauter. C'est bien dommage : nous ne saurons jamais qui allait gagner cette partie.

Se levant à son tour, le baron l'agrippa violemment par l'épaule.

— Nous savons très bien qui l'aurait emporté.

D'un regard hautain, Roseanna le défia.

— En galant homme, vous me laisserez le bénéfice du doute.

— Je ne suis pas un galant homme, mais un homme tout court avec des désirs d'homme.

Ses doigts s'enfoncèrent plus fort dans sa chair.

— Et savez-vous ce que je crois ? Je crois que cela ne vous déplaît pas que je vous courtise et vous fasse des avances tant que vous pouvez vous esquiver au dernier moment.

— Me courtiser n'est qu'un moyen de me traîner dans votre lit.

— Et j'y parviendrai, soyez-en sûre !

Elle tenta en vain de le repousser.

— Arrêtez, vous me faites mal !

— Et je vais vous faire plus mal encore. C'est une bonne raclée qu'il vous faut, suivie d'une nuit d'amour.

D'une brusque secousse, Roseanna parvint à se

dégager. Les larmes aux yeux, elle s'enfuit en courant de l'alcôve. La voix terrible de Ravenspur tonna dans son dos :

— Vous vous acquitterez de votre dette, dès cette nuit, sinon je vous ferai payer beaucoup plus cher !

14

Le visage baigné de larmes, la baronne regagna en hâte ses appartements.

— Qu'avez-vous ? s'inquiéta Kate en la voyant revenir dans cet état. La soirée a-t-elle mal tourné ?

Roseanna ravala ses pleurs.

— Pas du tout. Nous avons joué au trictrac et j'ai gagné toutes les parties, empoché toutes les mises : cinq cents livres, une boucle d'oreille en rubis, un poulain à naître, une terre en Irlande.

La vieille servante eut l'air sceptique.

— Ravenspur ne l'a pas emporté une seule fois ?

— Il a bien failli dans la dernière manche, mais j'ai volontairement renversé le jeu pour éviter de perdre.

Kate se racla la gorge.

— Si je comprends bien, vous vous êtes encore querellés ?

— Tu te trompes, nous nous sommes au contraire quittés en excellents termes.

Relevant la tête avec fierté, Roseanna se dirigea vers sa chambre.

— Toutefois, ajouta-t-elle avant de refermer sa

porte, si mon époux se présente au cours de la nuit, je refuse de le recevoir.

Le battant de bois fut claqué, le verrou tiré. Les deux domestiques se retrouvèrent seules ; Alice semblait terrorisée.

— Si le mari de Lady Roseanna cogne à la porte, que feras-tu ? demanda-t-elle d'une voix tremblante.

Kate éclata de rire.

— Rien, car c'est ton tour de garde ce soir.

— Moi, chasser le baron de Ravenspur ? gémit la jeune servante. Non, par pitié, je ne suis pas faite pour un tel rôle.

— Bien, Alice, je m'en chargerai. Mais tu te tiendras à côté de moi et tu approuveras tout ce que je dirai. Nous serons plus fortes à deux.

— Voyons, comment lui interdire de rendre visite à sa femme dans son propre château ?

— Écoute, ma petite, notre devoir est de servir Lady Roseanna et d'exécuter ses ordres. Et cesse de te ronger les sangs, après tout, rien ne dit qu'il viendra.

Croisant les doigts, Alice s'apprêta à se coucher. Après avoir enfilé un bonnet de flanelle et une chaude chemise de nuit, Kate moucha les chandelles. Il n'y avait pas une minute que toutes deux étaient au lit qu'on frappa violemment à la porte.

— On ne peut donc jamais être tranquille et se reposer ici ! grommela la vieille servante, se relevant de mauvaise grâce.

Elle alluma une bougie et, d'un pas traînant, alla entrebâiller la porte.

— Qui est-ce ?

— Morbleu, ouvre-moi, Kate ! lui répondit la voix

grondante du baron. Tu ne vas pas me laisser passer la nuit dans ce corridor.

— C'est que, milord, nous sommes déjà couchées.

— La peste t'emporte ! Obéis sans discuter ou tu le regretteras !

Bon gré mal gré, Kate s'écarta et le baron pénétra dans la pièce.

— Donne-nous de la lumière, ordonna-t-il à Alice.

Tirée du lit, celle-ci réussit à tâtons à éclairer un chandelier.

— Vous ne pouvez rester davantage, milord, notre maîtresse dort, affirma Kate avec aplomb. Elle ne veut être dérangée par personne. En outre, elle a verrouillé sa porte.

Les yeux de Ravenspur lancèrent des éclairs.

— C'est impossible : j'ai annoncé ma visite à Lady Roseanna. Elle m'attend.

Campée fermement devant lui, la robuste servante croisa les bras sur sa poitrine.

— Pardonnez-moi, monseigneur, mais voilà un mensonge. Sinon pour quelle raison notre maîtresse se serait-elle enfermée ?

Furieux, le baron fixa tour à tour Kate et Alice qui, prudemment, se tenait quelques pas en retrait.

— J'en ai assez, de vous voir jouer les cerbères, explosa-t-il. Demain, toutes deux, vous retournerez à Castlemaine. Vous pouvez déjà préparer vos malles.

Écartant brutalement Kate, il se rua sur la porte qui communiquait entre les deux chambres et l'enfonça d'un coup de pied. Sa massive silhouette se découpa dans l'encadrement, au moment où Roseanna était en train de passer sa chemise de nuit.

— Madame, c'est la dernière fois que je me rends dans vos appartements, tonna-t-il. Car désormais vous ne ferez plus chambre à part. Cette nuit même, vous coucherez dans mon lit. Suivez-moi !

Sa colère était telle qu'elle n'osa le contredire.

— Milord, il me faut un certain temps pour rassembler mes affaires, répliqua-t-elle, tentant de temporiser.

— Soit, je vous accorde cinq minutes.

Furibond, il traversa la chambre des servantes et sortit. C'était trop d'émotions pour la frêle Alice qui s'évanouit. Kate la rattrapa de justesse dans ses bras.

— Jésus Marie Joseph ! grommela-t-elle en la portant sur son lit. Cette petite a les nerfs bien fragiles. Il faut pourtant avouer que le baron avait tout l'air d'un démon surgi de l'enfer.

Elle entreprit de frictionner avec vigueur les joues blêmes d'Alice.

— Allez, mon agneau, c'est fini, réveille-toi ! Il n'y a plus rien à craindre, il est parti.

— C'est vrai ? bredouilla la jeune servante, en papillonnant des yeux.

Sur ce, Roseanna rejoignit ses domestiques qui lui annoncèrent la décision de Ravenspur à leur encontre.

— Quoi ! s'indigna la baronne. Il se permet de chasser mes propres servantes ! Cela dépasse les bornes ! Si vous repartez à Castlemaine, je repars aussi.

D'un pas nerveux, elle se mit à arpenter la chambre.

— N'en faites rien, supplia Kate. Ravenspur redoublerait de fureur. Mieux vaut lui céder. Et permettez-moi de vous faire remarquer que les cinq minutes qu'il vous a accordées sont depuis longtemps écoulées, milady.

— Rien ne presse : m'attendre lui permettra de se calmer.

Kate haussa les épaules.

— Si vous étiez plus habile, votre mari vous mangerait dans la main. On ne prend pas les mouches avec du vinaigre. Montrez-vous plus douce et vous le mènerez par le bout du nez.

La vieille servante avait probablement raison. Après quelques atermoiements, Roseanna se décida à gagner la chambre de son époux. Comme elle y pénétrait, un spectacle ignoble s'offrit à son regard : torse nu, Roger de Montford versait une coupe de vin à une jeune servante qu'il tenait par la taille. A demi dévêtue, la fille gloussait de plaisir.

Roseanna fixa le couple pris en flagrant délit. La lueur du feu, qui crépitait dans l'âtre, se reflétait sur son visage cramoisi de colère.

Elle se rua soudain sur la servante, lui arracha des mains la coupe qu'elle jeta dans la cheminée.

— Va-t'en, catin ! ordonna-t-elle.

Effarée, la jeune domestique détala sans demander son reste. Dès le lendemain, se promit Roseanna, elle la punirait en l'envoyant à Castlemaine.

— Vous m'êtes déjà infidèle ! lança-t-elle, furieuse, à son mari dès qu'ils furent seuls. Est-ce ainsi que vous tenez vos engagements ?

— Tenez-vous les vôtres ? Il y a presque une heure que je vous attends ici.

— Et vous profitez de mon retard pour me tromper avec la première servante venue ! Sachez-le,

Ravenspur, je ne supporterai pas une telle humiliation !

La colère la rendait encore plus belle : une étincelle de désir s'embrasa dans les prunelles du baron.

— Dans ce cas, honorez vos obligations de femme mariée. Jusque dans le lit conjugal. Et je vous promets ma fidélité. Sinon j'aurai le droit de coucher avec qui bon me semblera.

— Combien de fois faudra-t-il que je vous le répète : je ne vous aime pas, Ravenspur, il m'est impossible de me donner à vous.

— Peu m'importe ! Je ne demande qu'à exercer mes droits d'époux.

— Si je consens de temps à autre à partager votre couche, me promettez-vous de ne jamais me tromper ?

— Oui, répondit-il sans hésiter. C'est donc entendu ainsi, marché conclu ?

Indécise, Roseanna garda le silence de longues secondes.

— Oui, murmura-t-elle enfin.

Un sourire ravi illumina le baron.

— Oh, ma chérie ! s'écria-t-il en ouvrant les bras pour l'enlacer.

D'une main, Roseanna le repoussa.

— Pas si vite, Ravenspur ! Le moment est bien mal choisi : vous avez encore l'odeur de cette catin sur vous.

— Demain soir alors ?

Elle hocha vaguement la tête.

— Jurez-le ! insista-t-il. Si demain vous ne vous donnez pas à moi de votre plein gré, je vous prendrai de force. Et je ne parle pas à la légère, croyez-moi !

— Demain, je vous le jure.

Elle s'empressa de tourner les talons. A regret, Ravenspur la regarda s'éloigner. Sur le seuil de la porte, elle fit volte-face. Une ride d'amertume barrait son front.

— Et cette pauvre fille n'était même pas belle ! lança-t-elle en un ultime reproche.

Ce fut avec soulagement qu'Alice et Kate accueillirent le retour de leur maîtresse. L'une comme l'autre brûlaient d'apprendre ce qui s'était passé dans la chambre. Mais Roseanna resta évasive.

— Inutile de faire vos malles ! se contenta-t-elle d'annoncer. Nous ne partons plus. Vous pouvez vous coucher. Réveillez-moi plus tôt que d'habitude, demain sera une journée chargée.

Le lendemain matin, Roseanna descendit prendre le petit déjeuner dans la grande salle avec son mari. Sans préambule, elle lui déclara :

— Il faut que vous me fournissiez un homme d'escorte pour accompagner à Castlemaine une servante dont je n'apprécie pas le dévergondage.

Ravenspur acquiesça, impassible.

— Après le petit déjeuner, j'irai voir Dirk, un homme d'armes qui a toute ma confiance. Si vous avez du courrier pour Sir Neville et Lady Joanna, il se chargera aussi de le leur transmettre.

— Merci, milord.

Après une profonde inspiration, elle se permit d'ajouter :

— Naturellement, Alice et Kate, dont je ne peux me passer, restent auprès de moi.

— Naturellement.

Et il lui dédia alors un sourire d'une étonnante douceur.

Remontée dans ses appartements, Roseanna rédigea une lettre pour sa mère. Sa missive achevée, elle décida de raconter à ses domestiques les événements de la veille au soir.

— Finalement, Ravenspur a accepté de faire escorter à Castlemaine cette sale catin par l'un de ses hommes, un certain Dirk, conclut-elle.

Alice et Kate échangèrent un regard inquiet : leur maîtresse était bien nerveuse aujourd'hui. Ce qui était assez compréhensible : ce soir, sa vraie nuit de noces aurait enfin lieu.

— Veillez à ce qu'il y ait de l'eau chaude pour mon bain en fin d'après-midi, ordonna-t-elle ensuite. Je me laverai avant le dîner. Vous rassemblerez mes brosses, mes peignes et mes autres affaires de toilette pour les emmener dans la chambre de mon mari.

La baronne se rendit ensuite dans sa garde-robe afin de choisir une toilette. Dix fois, elle décrocha et raccrocha ses vêtements. Contrairement à son habitude, elle ne savait comment s'habiller. Elle remarqua alors la mine défaite de ses servantes.

— Pour l'amour du Ciel, cessez de faire ces têtes d'enterrement ! Venez plutôt m'aider à choisir ce que je mettrai ce soir. Tout spécialement, la chemise de nuit.

Alice en proposa une en piqué, d'un blanc virginal qui semblait approprié à la circonstance.

— Tu m'accompagneras dans la chambre de Ravenspur, lui annonça sa maîtresse.

La petite domestique blêmit.

— Non, pitié, Lady Roseanna, ne m'imposez pas un tel calvaire.

— Ne me refuse pas cette faveur. Je crains que

le baron n'apprécie guère les allures de dragon de Kate. D'autre part, je n'aurai besoin de toi que quelques minutes, le temps que tu délaces ma robe et que tu brosses un peu mes cheveux.

— Un peu de courage, mon agneau ! intervint énergiquement Kate. Une épreuve autrement pénible attend notre maîtresse.

Roseanna tressaillit.

— Est-ce vraiment aussi douloureux que ça, Kate ?

— La chose varie selon chaque femme. Bien sûr, si le mari a déjà une certaine expérience, c'est beaucoup moins difficile.

On entendit alors frapper à la porte.

— C'est sans doute Dirk. Donne-lui cette lettre, Kate ! Et veille à ce qu'il se mette en route avec la catin avant midi.

En fin de soirée, Roseanna se prépara pour le dîner. Après le bain, elle s'habilla. Sa tenue était simple et sobre : une cotte de soie abricot au col de guipure et aux longues manches bouffantes ; pardessus, une tunique couleur ambre que serrait à la taille une ceinture dorée. D'un grand anneau d'or, elle retint ses cheveux en arrière.

A son arrivée dans la grande salle, Ravenspur se leva, le regard brûlant de convoitise. Son cœur se mit à cogner plus fort dans sa poitrine. Malgré son anxiété, elle fit de son mieux pour paraître sereine.

Le baron l'accueillit en l'enlaçant familièrement par la taille. Ses doigts jouèrent avec les maillons de sa ceinture dorée, comme s'il était impatient de la déshabiller.

— Comme vous êtes élégante, milady ! Vous possédez tant de magnifiques parures que je ne sais quel cadeau vous offrir.

— Contentez-vous pour le moment de me régler vos dettes de jeu !

— Vous me combleriez en en faisant de même.

Feignant de ne pas entendre, Roseanna parcourut du regard la grande salle. D'un discret signe de tête, elle désigna l'un des convives.

— Cet homme est bien le capitaine Kelly, n'est-ce pas ? C'est étrange, je l'ai pris une seconde pour Tristan. La ressemblance est frappante : êtes-vous sûr de ne pas avoir de liens de parenté avec lui ?

— Pas à ma connaissance. A moins qu'il ne soit l'un des nombreux bâtards de mon père.

La jolie baronne se crispa : se permettait-il de l'insulter en faisant allusion à sa propre naissance ?... Non, il ne pouvait savoir qu'elle était la fille illégitime d'Edward IV. Et il essayait simplement de la choquer.

— La débauche semble une véritable tradition chez les de Montford, lança-t-elle, sarcastique.

Ravenspur accusa le coup. Comment se défendre de son accusation ? N'avait-elle pas vu à Belvoir Cassandra et les « demoiselles » de son académie ?

— Tristan a en effet cette réputation, concéda-t-il.

— Et Rebecca en souffre. Mais elle et moi avons entrepris de le guérir de son amour des catins.

— A propos, mon frère devrait être de retour demain de Ravenscar.

— Parfait !

Les épais sourcils noirs du baron se froncèrent.

— Pourquoi un tel enthousiasme ? Vous aurait-il manqué ?

— Nullement. Mais plus tôt il sera rentré, plus tôt vous partirez pour Ravenglass.

Aussitôt, le baron se rembrunit. Ses yeux fixaient sa bouche comme s'il brûlait d'y plaquer un baiser pour la punir de cette dernière insolence. Roseanna, déjà rongée d'anxiété, en fut troublée. Son couteau lui échappa des mains et tomba sur son assiette.

— Voudriez-vous une autre tranche de venaison, ma chérie ?

— Non, merci, je n'ai pas faim ce soir.

Ravenspur ordonna à un page de resservir une coupe de vin à sa jeune femme.

— Serait-ce pour me donner du courage avant la bataille ? s'enquit-elle, ironique.

— Plutôt de la flamme !

A sa grande satisfaction, les joues de Roseanna s'empourprèrent. Se livrer à ce genre d'escarmouche avec elle lui plaisait infiniment. Il y voyait le prélude de leur corps à corps amoureux, et son désir physique s'éveillait. Cependant, une fois avec elle dans sa chambre, il lui faudrait se maîtriser. Sinon cette nuit, dont il espérait tant, tournerait au fiasco.

Le dîner s'achevait, on vidait les dernières coupes. Le moment fatal approchait. Affolée, Roseanna chercha un moyen d'échapper au sort cruel qui l'attendait. Hélas, aucune idée ne lui vint.

La grande salle se vidait. Parmi les gens qui sortaient de table, elle aperçut Sir Bryan, son beau et tendre chevalier... Son cœur se serra. Si seulement ils avaient pu se marier ensemble ! Faire l'amour avec lui pour la première fois ne lui aurait pas inspiré l'affreuse peur qui la tenaillait maintenant. Il était tellement gentil et affectueux, aussi pur et innocent qu'elle-même, probablement. Et tous deux avaient le même âge.

Bryan franchit la porte voûtée et disparut. Son regard se reporta sur le visage sombre et dur de Ravenspur.

— Nous monterons dès que vous serez prête, Roseanna, murmura-t-il. Notre première nuit d'amour nous attend.

Elle le dévisagea avec un mélange de dégoût et de haine.

— Je ne serai jamais prête pour cela.

— Moi si, alors allons-y tout de suite !

Il lui saisit la main et la força à se lever de son siège. Bientôt, ils furent devant le seuil de sa chambre. L'épaisse porte s'ouvrit. Roseanna ferma les yeux : l'irréversible allait s'accomplir.

Au milieu de la chambre, tel l'autel du sacrifice, se dressait un immense lit en noyer massif et sombre. La chemise de nuit blanche de Roseanna dépliée y dessinait une insolite tache claire.

Dès qu'ils furent entrés, Ravenspur servit deux coupes de vin.

— Goûtez, il vous plaira, j'en suis sûr.

Roseanna recula d'un pas.

— Vous y avez sans doute versé un aphrodisiaque !

— N'ayez crainte, je ne suis pas du genre à utiliser un pareil procédé.

On entendit alors frapper discrètement à la porte, le baron alla ouvrir. C'était Alice, livide.

— Je viens aider ma maîtresse à se déshabiller, déclara-t-elle dans un filet de voix.

Un formidable éclat de rire lui répondit.

— Tu voudrais me priver de ce plaisir ! Je la déshabillerai moi-même.

— Pas question ! intervint Roseanna. Va te coucher, Alice, je me débrouillerai seule.

Une fois la petite domestique repartie, le baron prit Roseanna dans ses bras.

— Pardonnez-moi, ma chérie, mais j'insiste pour vous déshabiller. Il y a trop longtemps que j'attends cette nuit. Et nous ferons les choses exactement selon ma convenance.

— Quelles choses ? balbutia-t-elle, plus par peur que par réelle naïveté.

— Vous verrez.

Déjà il dénouait sa ceinture dorée. Puis la tunique jaune glissa le long de ses épaules : Roseanna se tint devant lui, pétrifiée, dans sa fine cotte de soie.

D'un bras Ravenspur enlaça sa taille, tandis que son autre main caressait la naissance de son cou.

— Vous n'avez pas peur, n'est-ce pas, mon amour ? lui souffla-t-il à l'oreille. Et qu'avez-vous choisi de mettre pour moi sous cette jolie cotte ?

Comme il commençait à retrousser le vêtement, Roseanna lui échappa et s'élança dans la pièce. En un éclair, il la rattrapa.

— Pourquoi chercher à fuir ? Craignez-vous d'être incapable de me satisfaire ?

Et pour mieux lui faire sentir l'évidence de son désir, il la poussa contre son ventre.

— N'avez-vous pas honte ? haleta-t-elle.

— Pour quelle raison ? C'est très naturel, vous savez.

Lui ayant enlevé sa cotte, il la porta jusque sur le lit où il l'allongea. Ses longs cheveux se répandirent autour d'elle comme de superbes flammes noires. Ébloui, le baron contempla la splendeur de son corps nu. Il se dévêtit à son tour.

— Vous n'avez pas peur, mon amour ? répéta-t-il en s'approchant d'elle.

— Moi, peur ? C'est un mot dont j'ignore le sens.

Et elle ouvrit soudain les jambes.

— Allez-y, je suis prête.

15

Figée et résignée, Roseanna évitait soigneusement de regarder le corps nu de son mari.

— Je suis prête. Dépêchez-vous un peu !

Que son innocence et sa maladresse étaient émouvantes ! Roger se promit d'agir avec douceur, sans précipitation, afin de ne pas la faire souffrir.

Il se coula dans le lit à ses côtés. Les reflets du feu dansaient sur sa peau laiteuse. Longuement, il la dévisagea et admira sa poitrine ronde et ferme, ses cuisses galbées.

— Qu'attendez-vous ? s'impatienta-t-elle. Faites ce que vous avez à faire et finissons-en !

— Non, Roseanna, il est hors de question de procéder ainsi. Si je vous pénétrais tout de suite, je vous blesserais. L'acte d'amour se prépare par des baisers et des caresses. Ils éveilleront votre corps qui s'ouvrira et sera alors prêt à me recevoir. Et je ne veux pas que vous restiez passive. Car mon plaisir dépend du vôtre, et le vôtre du mien.

Enlaçant alors sa taille, il captura sa bouche qu'il couvrit de baisers légers et tendres. La pression s'accentua sur les lèvres de Roseanna qui restaient hermétiquement closes.

Gagné peu à peu par une sensation de bien-être, son corps commençait à s'alanguir. La douceur voluptueuse des caresses de Roger, la chaleur du feu et le vin contribuaient à la détendre. Bientôt elle plongea dans un état proche de l'assoupissement.

Roger la pressa plus fort dans ses bras, et elle sentit son membre dressé le long de ses cuisses. Elle tressaillit, tentant de se dégager.

— N'ayez pas peur, Roseanna, lui souffla-t-il avant de l'embrasser avec plus d'audace.

A petits coups de langue, il dessina le contour de ses lèvres qui s'entrouvrirent. Il put enfin goûter sa bouche, douce comme le miel.

Tendrement, il enveloppa les courbes de sa poitrine, puis se fit de plus en plus insistant. Plongeant son visage dans la masse soyeuse de ses cheveux, il s'enivra à leur parfum. Jamais il n'avait éprouvé sensation plus délicieuse avec une femme. Elle était celle qu'il attendait depuis toujours, celle dont il rêvait depuis des années...

Sa main descendit sur le ventre de Roseanna puis s'insinua entre ses cuisses. Du bout des doigts, il effleura la douce moiteur de sa féminité. Roseanna frissonna, troublée.

— Non, Ravenspur, arrêtez, protesta-t-elle d'une voix rauque. Vous n'avez pas le droit.

— Soyez gentille, appelez-moi Roger, répliqua-t-il tandis que ses lèvres chaudes se posaient sur sa gorge.

Petit à petit, la caresse du baron se précisa. Par moments, sa main s'arrêtait, feignant d'hésiter, et la tension de Roseanna croissait.

Elle se mordit les lèvres pour ravaler un sanglot,

et toucha sa propre poitrine. Les pointes de ses seins étaient dures comme des éclats de diamant finement taillés. Sans doute n'était-elle pas faite comme les autres femmes : pourquoi éprouvait-elle un tel plaisir avec cet homme odieux ?

Elle aurait dû se révolter, le repousser. Mais elle n'en avait ni la force... ni l'envie.

La paume de la main de Roger parcourait avec une lenteur étudiée le renflement de son mont de Vénus. Redescendant, il introduisit un doigt entre les douces muqueuses roses. Un cri de joie faillit lui échapper. Il n'avait pas cru Roseanna quand elle lui avait affirmé avoir déjà eu des amants. La membrane l'empêchant de s'enfoncer davantage lui en apportait la preuve irréfutable : elle était encore vierge.

Comme pour l'en remercier, il déposa un baiser sur sa bouche avec une infinie délicatesse.

Haletante, Roseanna n'était plus qu'un long frisson. Tous ses sens réclamaient quelque chose, mais elle ne savait pas exactement quoi.

Le cœur battant à tout rompre, elle sentit Roger s'allonger sur elle. Ses cuisses s'ouvrirent un peu plus sous la pression des hanches puissantes et dures. Il venait de pénétrer en elle. Elle poussa alors un cri : une douleur intense la déchirait. Mais, aussitôt, la souffrance se transforma en un délicieux plaisir auquel elle s'abandonna complètement.

Inlassablement, Roger allait et venait dans le corps de Roseanna. Soudain ses mouvements s'accélérèrent. Avec un gémissement, il se répandit en elle. Un spasme secoua Roseanna. Ivre de bonheur, elle fut emportée par un abîme de plaisir.

Sa respiration saccadée s'apaisa peu à peu.

Comme mort, Roger gisait sur elle, la face enfouie dans ses cheveux. Après de longues minutes, il releva le visage et plongea son regard dans le sien.

— Ô mon amour, mon bel amour, murmura-t-il avec ferveur avant de se détacher d'elle et de rouler sur le côté.

— Vous m'avez contrainte à commettre de bien vilaines choses, Ravenspur, l'accusa-t-elle. Êtes-vous satisfait ?

Ses yeux encore dilatés la fixèrent avec une intensité prodigieuse.

— Je ne serai jamais satisfait, ma chérie. Voyez, j'ai encore envie de vous.

Le rouge de la honte monta au front de Roseanna. Elle se sentait coupable de s'être abandonnée, d'avoir éprouvé du plaisir. Elle ne voulait pas recommencer. Elle chercha à s'enfuir du lit, mais la main de Roger la retint.

Lui tournant brusquement le dos, elle cacha son visage dans l'oreiller. Roger enlaça ses hanches. Un désir fou de la posséder une seconde fois le brûlait. Puis son bon sens l'emporta : il avait eu la joie de déflorer Roseanna, mieux valait cesser pour cette nuit. Sagement, il renonça à la caresser encore.

Alanguis, tous deux ne tardèrent pas à sombrer dans le sommeil.

Comme à son habitude, le baron se réveilla de bonne heure. A ses côtés, son exquise jeune femme était encore assoupie. Avec tendresse, il la contempla durant de longues minutes. Enfin ses paupières frémirent. Elle s'étira, ouvrit les yeux. Désorientée, elle ne comprit pas tout de suite où elle se trouvait. Puis le souvenir de la nuit passée lui revint. Elle se mit à trembler, et des larmes perlèrent sur ses cils.

— Qu'avez-vous, mon amour ? s'inquiéta Roger en effleurant sa joue.

— Ne me touchez pas ! répliqua Roseanna d'un ton sec.

L'orgueil de Roger en fut blessé. Comment ! Il avait su éveiller ses sens, l'amener à la suprême jouissance, et elle le repoussait encore !

D'un poing rageur, elle essuya ses pleurs.

— Rien n'est changé entre nous, Ravenspur !

— Vous vous trompez, ma chérie, nous voici devenus amants. Vous m'avez comblé comme aucune autre femme. De votre côté, je crois que vous avez aussi éprouvé du plaisir, n'est-ce pas ?

— Comme avec n'importe quel autre homme auparavant !

— Cessez ce mensonge, Roseanna !

Rejetant la couverture, il désigna la tache de sang qui maculait le drap blanc.

— Et ça, qu'est-ce que c'est ?

— Espèce de porc ! hurla-t-elle. Vous m'avez pris ma virginité et vous êtes content de vous. A présent, je suppose que vous allez accrocher ce drap ensanglanté sur la plus haute tour du château pour donner à tous vos soudards la preuve de votre virilité ?

Devant cette flambée de colère, Roger ne perdit pas son sang-froid. Une lueur amusée éclaira même ses prunelles.

— Avoir fait l'amour vous met dans un tel état ? se moqua-t-il. Souhaitons que votre crise de nerfs soit passée ce soir, pour notre deuxième nuit.

Roseanna se redressa avec des airs de souveraine outragée.

— Mettez-vous bien ceci dans le crâne, Ravenspur : ce soir je dormirai seule.

Elle bondit du lit et sortit de la chambre en courant. Elle claqua la porte avec tant de violence et de hâte qu'un pan de sa chemise de nuit y resta coincé. Au risque d'en déchirer l'étoffe et de se retrouver nue, elle faillit tirer dessus. Mais la perspective de croiser sans vêtement un domestique la retint. Comme elle rouvrait le battant pour se libérer, un grand éclat de rire la salua. De rage, elle claqua la porte encore plus fort.

Roger se sentait gai comme un jeune homme après cette nuit d'amour. Sorti du lit, il appela Burke et lui demanda de faire monter de l'eau chaude pour sa toilette. Puis le chambellan lui choisit une tenue dans la garde-robe.

— Non, pas de noir, intervint Roger. Donne-moi plutôt mon justaucorps pourpre. Cette couleur conviendra mieux à mon humeur, je me sens aussi heureux qu'un roi aujourd'hui.

M. Burke demeura impassible. Mais, dans son for intérieur, il partageait la joie du baron. Jusqu'à maintenant, son maître n'avait pas eu beaucoup de chance avec les femmes. A vrai dire, il n'avait même connu que d'épouvantables sorcières, à commencer par sa mère. Grâce à Dieu, Lady Roseanna semblait capable de lui apporter enfin le bonheur. Et bientôt un héritier assurerait la lignée des de Montford.

Une fois habillé, Roger ouvrit une cassette, compta cinq cents livres qu'il versa dans une bourse de cuir.

Puis se tournant vers son chambellan :

— Si Tristan revient aujourd'hui, comme je le prévois, nous partirons demain pour Ravenglass. Tu prépareras mes sacoches de selle où tu rangeras des vêtements pour deux semaines.

Burke hocha la tête. Le baron de Ravenspur n'était pas homme à oublier ses devoirs de vassal. Pour la cause d'Edward IV, il n'hésitait pas à s'éloigner quelque temps de sa jeune femme bien-aimée, aussi cruelle que fût cette première séparation.

— Il sera fait selon vos ordres, maître.

Peu après, Ravenspur se dirigea vers les appartements de Lady Roseanna. Ce fut Kate Kendall qui lui ouvrit la porte. Bouche bée, la servante prit la lourde bourse de cuir qu'il lui tendait avec un clin d'œil.

— Pour mon épouse, expliqua-t-il. Elle l'a bien gagné.

Kate alla trouver sa maîtresse.

— Ravenspur est venu vous apporter l'argent qu'il vous doit.

L'indignation envahit Roseanna. Certes, il avait perdu ces cinq cents livres au trictrac, mais les payer maintenant, après leur nuit d'amour, c'était la traiter en catin.

— Oh, l'immonde individu ! éclata-t-elle en ravalant un sanglot.

Pour se changer les idées et éviter le baron, Roseanna partit à cheval, en compagnie de Kenneth, passer la journée à Richmond. Son palefrenier, qui connaissait bien la région, lui servit de guide. Ils visitèrent ensemble la ville. A l'époque de la domination normande, Richmond avait été une cité prospère et puissante. Sa formidable forteresse du XIe siècle en témoignait encore.

Quand ils rentrèrent, ils trouvèrent Tristan et ses hommes d'armes, de retour de Ravenscar. Fixé au lendemain, le départ pour Ravenglass se préparait déjà.

« Parfait ! » songea Roseanna. Ravenspur allait être fort occupé et il se passerait aisément d'elle pour dîner. Seule avec Alice et Kate, elle souperait dans ses appartements. Si elle pouvait échapper au baron cette nuit, elle en serait débarrassée pour une bonne quinzaine de jours.

Après un léger repas partagé avec ses domestiques, Roseanna se retira dans sa chambre et se coucha. Elle n'avait pas vu son mari de la journée et s'en portait fort bien.

Bientôt, le silence s'installa dans le château. Il devait être environ quatre heures du matin quand un bruit réveilla en sursaut Kate Kendall. Dressée sur son séant, elle eut le temps d'apercevoir Ravenspur qui se glissait furtivement dans la chambre de Lady Roseanna. Trop tard pour tenter de lui barrer la route. Résignée, la vieille servante haussa les épaules et replongea sous l'édredon.

Tirée de son sommeil, Roseanna distingua la haute silhouette de son mari debout à son chevet. Stupéfaite, elle voulut protester.

— Silence ! déclara-t-il d'une voix impérieuse.

Après s'être débarrassé de sa robe de chambre, il la rejoignit sous les couvertures.

— N'ayez crainte, je n'exige rien d'autre que de vous tenir dans mes bras. Je viens de faire un cauchemar : je rentrais de Ravenglass et vous n'étiez plus là. J'étais fou de douleur... Dans deux heures, il faudra que je me lève pour me mettre en route. Je veux passer le peu de temps qui me reste auprès de vous.

Dès qu'elle sentit le contact de sa peau, Roseanna se raidit et lui tourna le dos. Ce qui n'empêcha pas Ravenspur de s'allonger contre elle, la joue posée sur sa chevelure.

Quelques minutes plus tard, il dormait paisiblement.

A la chaleur de son corps, Roseanna se détendit peu à peu. Malgré elle, un trouble l'envahissait. Elle désirait cet homme... Seigneur Dieu, comment une telle chose pouvait lui arriver ? C'était abominable. Une onde ardente montait le long de ses cuisses, irradiait dans son ventre, se répandait dans sa poitrine, gonflant ses seins.

La sensation devint si aiguë, presque insupportable, qu'elle se mordit la lèvre pour ne pas gémir. De toutes ses forces, elle dut lutter afin de ne pas réveiller son mari et le supplier de lui faire l'amour.

Ravenspur se retourna dans son sommeil. Leurs corps n'étant plus en contact, la tension de Roseanna décrut. Elle espéra ainsi s'apaiser et s'endormir à son tour.

Ses bonnes résolutions s'écroulèrent vite. Éclairées par la pâle lueur de la lune, les larges épaules nues de Ravenspur la fascinaient. Elle avait envie de le toucher, de frotter ses seins, son ventre contre lui, de goûter avec sa langue la saveur salée de sa peau.

Incapable de se contenir davantage, Roseanna tendit la main et caressa son dos. Ravenspur se réveilla aussitôt.

— J'étais en train de rêver que vous m'aimiez, murmura-t-il avec un sourire.

Après un long baiser, sa bouche descendit vers les hanches de Roseanna, plongea dans la douce vallée de ses cuisses. Sa langue s'insinua au cœur de sa féminité. Elle voulut le repousser. Mais non, c'était bien cela dont elle avait envie.

La caresse d'une infinie volupté se prolongea. Ravenspur chercha le petit bouton de chair rose, l'aspira, le fit aller et venir entre ses lèvres. Avec une telle science que Roseanna, dont le corps s'était cambré, râlait de plaisir.

Soudain, tel un ouragan, une vague de plaisir se déchaîna en elle, et elle cria son prénom.

16

Dans la matinée, Roseanna rendit visite à Rebecca. La jeune lady arborait une mine radieuse. Son mari avait passé la nuit avec elle, et elle attendait maintenant avec impatience son retour de Ravenglass.

— Roger vous a-t-il dit combien de temps il resterait absent ? demanda-t-elle à Roseanna.

— Il ne m'en a pas parlé. J'ai cru toutefois comprendre que l'opération prendrait une dizaine de jours. Ou peut-être moins : Ravenglass ne se trouve qu'à soixante miles d'ici. A bride abattue, le trajet peut s'effectuer en une journée.

Un soupir satisfait échappa à Rebecca.

— Plus tôt ils reviendront, plus tôt nous pourrons regagner Ravenspur.

— Je partage votre sentiment, Rebecca. Je suis pressée de m'installer dans notre résidence principale.

— Vous vous y plairez énormément, j'en suis sûre. C'est tellement plus agréable qu'ici. Au printemps, les jardins tout fleuris embaument. L'immense parc, qui s'étend jusqu'au manoir où Tristan et moi logeons, vous offrira un terrain idéal pour pratiquer l'équitation. Ce n'est pas comme les sinistres landes d'ici, toujours battues par les vents.

Ensuite, Roseanna se rendit aux écuries afin de s'entretenir de nouveau avec Tom, le maître écuyer. Les cinq cents livres de Ravenspur lui permettraient d'acheter à l'abbaye une ou deux juments de prix.

En fin de soirée, elle préféra encore dîner seule dans ses appartements. Le repas fini, la curiosité la poussa jusqu'à la chambre de Ravenspur. Examiner les lieux de plus près, en son absence, lui permettrait de mieux comprendre la personnalité de son mari.

En pénétrant dans la pièce, la vue du grand lit à baldaquin, où il lui avait ravi sa virginité, la fit rougir. Toutefois, sans plus tarder, elle se mit à fouiller dans les coffres, les tiroirs et les armoires. Mais elle ne découvrit rien de bien significatif. Sa garde-robe était particulièrement riche et bien fournie. Chaque vêtement, rangé avec un soin méticuleux, était parfumé à l'ambre, au benjoin ou au santal.

Sous des apparences austères, Ravenspur aimait en fait le luxe, et son apparence ne lui était pas indifférente. En attestait le grand miroir au cadre doré, accroché à un panneau de la garde-robe. Son mari devait avoir l'habitude d'y contempler son image.

Le regard de Roseanna se reporta sur le lit. Soudain, avec une précision hallucinante, le souvenir de leurs ébats amoureux lui revint. Un frisson la parcourut.

Comme saisie par la panique, elle s'enfuit précipitamment. En passant devant une porte étroite menant à la barbacane, elle se trouva tout à coup face à Sir Bryan. Le jeune chevalier portait à la main une lanterne sourde. Après l'avoir déposée sur le sol, il serra Roseanna dans ses bras.

— Ô mon amour, si vous saviez comme mon cœur saigne de ne plus vous voir.

— Ne parlez pas ainsi, cher Bryan, vous me faites trop souffrir.

Il l'entraîna dans la pénombre de l'embrasure.

— Que faisiez-vous sur la barbacane à pareille heure ? s'étonna-t-elle.

Il hésita :

— Euh... je m'étais isolé afin... d'écrire des vers pour vous.

La jeunesse et la sincérité de Bryan l'attendrissaient toujours. Néanmoins, elle désigna la lanterne et poursuivit son interrogatoire :

— A quoi servent les volets de ce type de lampe ?

— On peut les rabattre afin d'éviter que les courants d'air ne soufflent la flamme.

— Ah, bon !

Mais Roseanna n'était pas dupe : les lanternes sourdes étaient utilisées principalement pour transmettre des messages pendant la nuit.

S'inclinant devant elle, le chevalier murmura très doucement :

— M'autorisez-vous à vous voler un baiser, Roseanna chérie ?

Son cœur se serra de pitié : pauvre Bryan, il ne faisait que réclamer les miettes qui échappaient à Ravenspur. Émue, elle lui offrit sa bouche. En se prolongeant, leur étreinte devint plus ardente. Mais, hélas, on pouvait à tout instant les surprendre.

— Nous serions mieux dans votre chambre, mon bel amour, suggéra Bryan.

Un instant, elle faillit céder. Enfreindre l'interdit comportait pourtant trop de risques.

— Non, c'est impossible. Descendez plutôt aux cuisines vous servir une boisson chaude. Je vous y rejoindrai. On croira notre rencontre due au hasard, et nous pourrons tranquillement discuter devant la cheminée.

Ainsi fut fait. Les deux jeunes gens se retrouvèrent devant l'âtre des cuisines, un grand bol d'infusion à la main.

— Ravenspur vous a-t-il violentée ? interrogea Bryan à brûle-pourpoint.

— Non, dit-elle, surprise. Pour quelle raison me demandez-vous cela ?

Le chevalier baissa prudemment la voix :

— C'est que j'ai appris une chose affreuse : il a assassiné sa deuxième femme, après l'avoir violée à coups de dague.

Elle tressaillit, horrifiée.

— Je n'en crois pas un mot, Bryan. De qui tenez-vous un tel mensonge ?

— C'est l'un de ses hommes d'armes qui m'a raconté toute l'affaire. Le baron a été jugé pour ce meurtre, il y a sept ans. Seule l'intervention d'Edward IV a permis de sauver sa tête.

— Si le roi l'a estimé innocent, c'est qu'il l'était.

— Rien de moins sûr : Sa Majesté ne pouvait laisser condamner à la peine capitale l'un de ses plus proches vassaux. De toute manière, il paraît que sa femme avait bien mérité son sort : elle accumulait les amants.

Roseanna frissonna. D'un coup d'œil, elle parcourut les cuisines. Grâce à Dieu, personne ne semblait leur prêter attention. Mais ce tête-à-tête avec le jeune chevalier pouvait-il éveiller les soupçons ? Et si on l'accusait elle aussi de tromper le baron ?

Comme pour la rassurer, Bryan effleura discrètement sa main.

— Mieux vaut nous séparer maintenant. La prochaine fois, rencontrons-nous en présence d'un ami commun.

— En effet, ce serait plus prudent.

Roseanna regagna sa chambre. Lorsqu'elle fut couchée, une sourde angoisse l'empêcha de s'endormir : les sanglantes révélations de Bryan allaient peupler sa nuit de cauchemars. Cependant, au moment où elle sombra enfin dans le sommeil, ce furent d'autres images qui affluèrent : les bras puissants de son mari l'enlaçaient, sa bouche la dévorait de baisers brûlants. Puis il s'introduisait en elle et l'emportait sur les rives du plaisir.

Au réveil, elle se remémora pourtant les propos de Bryan. Il fallait à tout prix en avoir le cœur net. A peine fut-elle habillée qu'elle se mit en quête de Burke. Le chambellan se trouvait au premier étage du château, dans une petite pièce qu'il appelait pompeusement son « bureau ».

Roseanna s'y glissa et referma précautionneusement la porte.

— Monsieur Burke, j'ai quelques questions à vous poser. Je vous supplie de me répondre, c'est très important.

Au ton tragique de la baronne, le chambellan devina la raison de sa visite.

— Je tâcherai de vous donner entière satisfaction, milady.

Roseanna entra immédiatement dans le vif du sujet :

— Est-il vrai, monsieur Burke, que Lady Janet, la deuxième épouse de Ravenspur, est morte assassinée ?

— Oui.

— Et qu'elle a été violée à coups de dague ?

Le chambellan hocha la tête.

— En effet, on a retrouvé un couteau à côté de son cadavre horriblement mutilé.

— Une arme appartenant au baron ?

M. Burke fut de nouveau obligé d'acquiescer.

— Et on l'a jugé pour ce meurtre ?

— C'est exact, mais il a été reconnu non coupable.

Les yeux gris de Roseanna fixèrent le serviteur avec davantage d'intensité.

— Selon vous, était-il innocent ? J'ai besoin de connaître la vérité, dites-moi tout ce que vous savez !

Après une profonde inspiration, le chambellan avoua d'une voix sourde :

— Le soir du crime, c'est moi qui ai fait la macabre découverte. Un moment plus tôt, j'ai vaguement aperçu quelqu'un sortir de la chambre de Lady Janet.

— Et vous avez reconnu qui c'était ?

— Non, je vous le jure. Je n'ai distingué qu'une silhouette dans la pénombre. Celle d'un homme grand et brun. C'est tout ce que je peux vous dire.

— Merci, monsieur Burke.

Roseanna sortit du bureau du chambellan. Cette conversation l'avait profondément ébranlée, des frissons glacés parcouraient son dos. Elle eut l'impression qu'elle allait s'évanouir. Elle se rua audehors pour prendre l'air.

Dans la cour du château, où quelques chiens s'amusaient à poursuivre les pigeons, elle alla s'asseoir sur la margelle du puits. Les idées se bousculaient dans son esprit. Non, l'homme que le roi et sa mère lui avaient choisi comme époux ne pouvait être un abominable criminel. « Et pourquoi pas ? rétorquait une petite voix railleuse. Le connais-tu vraiment ? Sais-tu de quoi au juste il est capable ? »

Perdue dans ses pensées, Roseanna ne s'était pas aperçue qu'il s'était mis à neiger. Un fin tapis blanc se déposait peu à peu à ses pieds. Soudain, elle se dressa : non, Ravenspur était innocent. Cet homme n'avait rien de cruel. La tendresse et le respect avec lesquels il la caressait le prouvaient.

Pour la première fois, elle osa se rappeler sans honte leurs nuits d'amour. Son attention, sa délicatesse... Comment aurait-il pu tuer une femme !

Ce fut comme si on lui avait ôté une pierre du cœur : sa peur se dissipa d'un coup. Le baron ne lui ferait aucun mal. Jamais. Il n'y avait rien à craindre de lui. Sauf qu'un jour il parviendrait peut-être à obtenir... son amour...

Chassant cette idée saugrenue de son esprit, la jeune femme regagna l'intérieur du château.

Deux heures plus tard, une petite troupe de cavaliers arriva à Ravensworth. A leur tête se trouvait Jeffrey Castlemaine, ce qui ravit Roseanna.

Frère et sœur tombèrent dans les bras l'un de l'autre.

— Jeffrey, quel bonheur de te revoir ! Te rends-tu compte ? Ravenspur est parti pour la côte ouest pas plus tard qu'hier et te voici aujourd'hui, comme par enchantement.

— C'est merveilleux ! s'esclaffa son frère. Je vous servirai de chaperon à Bryan et à toi : vous pourrez vous rencontrer sans vous cacher.

Roseanna se sentit tout à coup vaguement mal à l'aise : il semblait que l'arrivée de son frère obéissait à un plan prémédité.

— Tes hommes ont-ils été convenablement reçus ? demanda-t-elle en essayant de dissimuler son trouble.

— Oui, l'accueil a été excellent.

— Viens, allons te chercher une chambre confortable.

— Ce ne sera guère difficile : tout respire le luxe ici. Les autres châteaux de ton mari sont-ils aussi splendides ?

— Il paraît que Ravensworth n'est qu'un pauvre tas de pierres comparé à Ravenspur.

Roseanna ouvrit une porte.

— Entre, petit frère.

Ils se retrouvèrent dans une pièce cossue, au mobilier de chêne sombre et aux tentures de velours noir.

— Cette chambre te plaît ?

— C'est somptueux.

Il y avait une pointe d'envie dans le ton de Jeffrey. Était-il jaloux de Ravenspur ? Ou d'elle-même à qui toutes ces richesses appartenaient aussi maintenant ?

— Quelle chance tu as eue de faire aussi facilement fortune ! ajouta-t-il en la dévisageant.

— Aussi facilement ? N'oublie pas ce qu'il m'en a coûté, Jeffrey ! Je me suis mariée contre mon gré, j'ai dû renoncer à celui à qui j'avais donné mon cœur.

— Allons, ne te fâche pas, petite sœur, je disais ça pour plaisanter.

Elle haussa les épaules. Inutile de se quereller. Seule comptait la perspective de passer quelques jours agréables avec Jeffrey et Bryan.

Chacun eut en effet plaisir à reconstituer leur trio des jours heureux de Castlemaine. Cependant, tout ne se passa pas pour le mieux. L'attitude de Jeffrey avait quelque chose de puéril et d'agaçant : il jouait sans cesse les grands seigneurs. Lors des repas, il tenait à occuper la place de Roger de Montford, comme si c'était lui le maître, et harcelait à tout instant les valets pour qu'ils satisfassent le moindre de ses désirs.

D'autre part, le comportement de Kate Kendall à son égard n'arrangeait pas les choses. Aux petits soins avec lui, elle semblait prête à lui passer tous ses caprices. Naturellement, il s'ensuivit maintes altercations avec M. Burke.

En outre, Jeffrey et Bryan, dont l'amitié paraissait plus forte que jamais, ne se quittaient pas une seconde. Et parfois, lorsque Roseanna s'approchait d'eux, ils s'arrêtaient de parler, comme si sa présence les dérangeait. Que mijotaient-ils donc ?

Tandis qu'il chevauchait en direction de la côte ouest, Roger de Montford ne cessait de songer à Roseanna. Quelle chance d'avoir finalement épousé cette perle ! Sa jeune baronne était si belle avec sa longue chevelure noire dont le parfum l'enivrait, ses yeux gris magnifiques qui viraient parfois au violet, sa bouche pulpeuse comme une rose de velours. A cette seule pensée, un brûlant désir l'envahissait.

Arrivés à Ravenglass, Tristan et leurs hommes

s'adonneraient, comme d'habitude, à la débauche avec les servantes ou les catins du coin. Lui s'y refuserait. Il n'avait envie d'aucune autre femme. De plus, il avait juré de lui rester fidèle si elle se donnait à lui. Elle y avait enfin consenti. Et de quelle manière ! Son corps, qui semblait fait pour l'amour, s'était révélé d'une prodigieuse sensualité.

Pour être complet, le bonheur du baron n'exigeait plus qu'une chose, la plus difficile sans doute : l'amour de Roseanna. Et il se promit de tout faire pour le conquérir.

Harassés, chevaliers et hommes d'armes parvinrent au château de Ravenglass alors que la nuit tombait. Le trajet s'était effectué sans encombre. Aucun mouvement de troupes suspect dans la région. Dès qu'il se serait occupé des cargaisons ramenées par ses navires, le baron retournerait auprès de son épouse adorée. Ensuite ce serait le départ pour Ravenspur, son plus beau château, sa vraie maison, où il vivrait avec Roseanna.

Le lendemain, dès l'aurore, Roger de Montford descendit au port aménagé au pied de la falaise que dominait la forteresse de Ravenglass. Trois de ses navires marchands venaient d'y mouiller. Après un entretien avec chacun des capitaines, le baron ordonna que l'on commençât à décharger les soutes.

Le premier bâtiment revenait de Norvège d'où il ramenait de l'ambre et des fourrures : zibeline, vison, hermine, renard blanc. Ravenspur en préleva quelques-unes des plus précieuses à l'intention de Roseanna.

Les deux autres navires avaient mis le cap au sud. L'un avait écoulé de la bière blonde et du whisky irlandais en France, en Espagne et au Portugal, et rapportait une cargaison de vin. L'autre, parti avec de la laine, avait fait voile jusqu'aux côtes de l'Afrique. Il revenait de Tanger avec du cuir, des tissus, des parfums d'Orient et de l'ivoire. Ravenspur choisit pour Roseanna trois caftans de soie bariolés et un très joli coffret à parfum sculpté dans l'ivoire.

Au bout de trois intenses journées de labeur, les navires étaient déchargés, les marchandises enregistrées et stockées. Le baron décida de regagner Ravensworth dès le jour suivant.

Le petit déjeuner s'achevait dans la grande salle de Ravensworth. Jeffrey se pencha vers sa sœur :

— J'aimerais visiter le château de Middleham. Accepterais-tu de m'y accompagner à cheval ?

— Bien volontiers. J'en profiterai ainsi pour faire un crochet jusqu'à l'abbaye de Jervaulx qui se trouve à quelques miles de Middleham. Les moines y font l'élevage de chevaux blancs. J'aimerais leur acheter une ou deux juments.

Jeffrey fronça les sourcils, l'air contrarié.

— D'accord, nous passerons par Jervaulx, accepta-t-il après un instant de réflexion. Rendez-vous aux écuries dans une demi-heure.

Roseanna monta se préparer. De son côté, Jeffrey alla retrouver Sir Bryan.

— Il y a un léger contretemps, lui annonça-t-il. Mais finalement il se pourrait qu'il contribue au succès de notre plan. Ma sœur désire se rendre à l'abbaye de Jervaulx pour y acquérir des juments. Faisons en sorte qu'elle soit obligée d'y passer la nuit, le temps que le prisonnier soit mis en lieu sûr. Et nous pourrons rentrer demain à Ravensworth avec elle, sans éveiller les soupçons.

Cette proposition convint à Bryan.

— Il ne faut pas qu'on nous voie partir tous les trois ensemble, va nous attendre sur le chemin de Richmond. Tu imagines la surprise que ce sera pour ma très chère sœur !

— Jeffrey, tu ne te fatigueras donc jamais de jouer les entremetteurs ? s'esclaffa le jeune chevalier.

Une fois dans sa chambre, Roseanna revêtit une ample et chaude jupe d'amazone, une épaisse veste piquée et s'enveloppa d'un lourd manteau. Puis elle prit la bourse de cuir contenant les cinq cents livres que Ravenspur lui avait remise.

Alice arriva alors, portant une pile de draps repassés.

— Je vais me promener à cheval avec mon frère, dit Roseanna. Nous rentrerons probablement pour dîner. De ton côté, veille à ce que notre bonne Kate et M. Burke ne se querellent pas trop.

— Mais qu'y puis-je, milady ? Ils sont comme chien et chat : à peine avez-vous le dos tourné qu'ils cherchent à s'étriper.

La baronne éclata de rire.

— Soit, Alice, ne t'en mêle pas et laisse-les faire si ça les amuse.

Vingt minutes plus tard, en compagnie de son frère, elle chevauchait sur la grand-route du Sud. La capuche de son manteau s'était relevée et le vent soulevait sa chevelure. L'air piquant et grisant de ce matin d'hiver la rendait particulièrement joyeuse.

A un embranchement du chemin, campé sur sa monture, Sir Bryan les attendait. Quand elle l'aperçut, Roseanna se rembrunit.

— C'est toi qui as manigancé cette rencontre ? demanda-t-elle à Jeffrey sur un ton sec.

— Évidemment, petite sœur ! Je fais tout mon possible pour que vous puissiez tous deux roucouler en gentils tourtereaux.

Roseanna lui lança un coup d'œil furieux. A quoi cela servait-il que son frère s'obstinât à les jeter dans les bras l'un de l'autre ? Leur amour était sans espoir. Mieux valait désormais que Bryan cherchât à l'oublier et s'éprît d'une autre. Pour sa part, elle ne l'encourageait plus à lui faire la cour.

En début d'après-midi, les trois cavaliers parvinrent aux abords de l'abbaye de Jervaulx.

— Cela m'étonnerait que les moines acceptent de traiter avec une femme, déclara Jeffrey. Tu devrais me laisser m'en occuper, Roseanna.

— Il n'en est pas question : c'est mon affaire.

— Comme tu voudras.

— Le château de Middleham ne se trouve qu'à trois miles d'ici, intervint alors Bryan. Jeffrey et moi irons le visiter, tandis que vous achèterez vos juments. Nous repasserons vous prendre plus tard au monastère.

Aux portes de l'abbaye, les deux amis quittèrent la jeune femme et piquèrent des deux en direction de Middleham.

Un jeune moine, le frère Ben, vint ouvrir les grilles à Roseanna. En quelques mots, elle lui expliqua le but de sa visite.

— Seul le père supérieur est habilité à vendre les chevaux appartenant à la communauté, lui annonça-t-il.

Le saint homme, fort occupé par sa fonction, ne pouvait recevoir Lady Roseanna tout de suite. En attendant, frère Ben lui fit visiter le monastère et, en particulier, sa laiterie où les moines produisaient de savoureux fromages de chèvre, réputés dans toute la région.

Enfin le supérieur fut en mesure de s'entretenir avec la jeune femme. Vêtu d'une bure, il l'accueillit dans sa cellule. C'était un homme dans la force de l'âge, au visage décharné, dont le sourire découvrait de grandes dents blanches.

— Que puis-je faire pour vous, mon enfant ?

— Je suis Lady Ravenspur. J'élève des chevaux et j'aimerais acheter une ou deux de vos fameuses juments poulinières.

— Pourquoi le baron de Ravenspur ne s'en charge-t-il pas lui-même ?

— Il n'est pas au courant de ma démarche, je tiens à lui faire une surprise.

Tout en réfléchissant à sa proposition, le supérieur dévisageait la jolie baronne. Malgré son état religieux, il paraissait loin de demeurer insensible à ses charmes.

— Nous n'avons pas l'habitude de vendre nos chevaux, mais je consens à faire une exception pour vous, mon enfant.

— Vous ne le regretterez pas, je suis prête à y mettre le prix.

Les yeux rusés du père supérieur pétillèrent.

— J'y compte bien, mon enfant.

— Pouvons-nous aller voir vos bêtes ?

— Non, cela ne sera pas possible avant demain.

Roseanna eut l'air embarrassé.

— Je pensais être de retour ce soir même à Ravensworth, expliqua-t-elle. N'y a-t-il vraiment aucun moyen de conclure l'affaire dès aujourd'hui ?

— Hélas, non : notre troupeau pâture en liberté sur la haute lande de Middleham, à quelques miles de l'abbaye. Nous n'aurions pas le temps de rassembler les juments avant le crépuscule.

— Je comprends, soupira-t-elle. Il ne me reste plus qu'à vous demander l'hospitalité cette nuit. De même que pour mon frère et un chevalier de ses amis qui m'accompagnent.

— Je vous l'accorde, mon enfant, vous dormirez tous trois au monastère.

La couvant du regard, le saint homme prit congé de Roseanna.

Claquements de sabots et cliquetis d'éperons résonnaient dans la cour du château. Roger de Montford, son frère et leurs hommes d'armes étaient de retour à Ravensworth.

A peine à bas de sa monture, le baron préleva un coffre en cuir d'une sacoche de selle et se précipita jusqu'à sa chambre. Le coffre déposé sur son lit, il en sortit un superbe caftan de soie turquoise et des fourrures de renard blanc qu'il rangea dans sa garde-robe.

Déjà M. Burke avait fait apporter l'eau chaude pour le bain de son maître.

— Burke ! ordonna Roger qui s'était plongé dans le baquet fumant. Va dire à ma femme que j'exige qu'elle me rejoigne immédiatement.

Le chambellan fronça les sourcils, et le baron se reprit :

— Ou plutôt, prie-la de me faire la grâce de venir me tenir compagnie.

— Bien, milord.

Le domestique sorti, Ravenspur finit de se laver et enfila des vêtements propres.

Cinq minutes plus tard, le chambellan était de retour.

— Il semblerait que Lady Roseanna ne soit pas au château, annonça-t-il. Mais ses stupides femmes de chambre prétendent ne pas savoir où est partie leur maîtresse.

Saisi d'un sombre pressentiment, le baron tressaillit.

— Je vais aller moi-même leur parler.

Burke sur ses talons, Ravenspur gagna les appartements de sa femme.

— Où est-elle ? demanda-t-il à Alice et à Kate Kendall.

Naturellement, ce fut cette dernière qui prit l'initiative de répondre :

— Lady Roseanna a confié à Alice qu'elle partait avec Jeffrey faire une promenade à cheval et qu'elle ne rentrerait que pour le dîner.

— Son frère est à Ravensworth ?

— Oui, depuis une semaine.

Les yeux sévères du baron fixèrent la pauvre Alice qui tremblait comme une feuille.

— Et elle ne t'a pas dit où elle allait ?

Frissonnant de plus belle, la petite servante fut incapable d'ouvrir la bouche.

— Lady Roseanna n'a pas pour habitude de nous communiquer ce genre de détail, intervint Kate. Elle tient trop à son indépendance pour cela, vous êtes mieux placé que quiconque pour le savoir, milord.

Le visage de Ravenspur s'assombrit davantage. Son cauchemar lui revenait en mémoire : n'avait-il pas rêvé qu'à son retour de Ravenglass il ne retrouverait plus sa belle Roseanna ? « Seigneur Dieu, pensa-t-il, espérons que ce songe affreux n'est pas en train de devenir réalité! »

Il se tourna vers le chambellan.

— Burke, vérifie si Bryan Fitzhugh est dans les parages!

Puis s'adressant aux domestiques:

— Racontez-moi ce qui s'est passé ici durant mon absence!

Les deux servantes se consultèrent du regard.

— Rien de particulier, milord, fit Kate. Si ce n'est l'arrivée de Jeffrey. Et Lady Roseanna est restée tout le temps en compagnie de son frère.

— Et avec Sir Bryan, je suppose! Le joli trio! Ils ont dû s'en donner à cœur joie. Comme par hasard, Jeffrey Castlemaine a débarqué ici le lendemain même de mon départ.

Kate Kendall se mordit la lèvre: comment répondre à de telles accusations?

A son retour, Burke annonça qu'effectivement Sir Bryan ne se trouvait pas au château.

— Dis à Tristan de me rejoindre immédiatement, commanda le baron en gagnant l'aile où les chevaliers avaient leurs quartiers.

Il pénétra dans la chambre où logeait Bryan. A peine dissimulée dans un coin de la pièce, la lampe sourde attira vite son attention. Il n'y avait pas l'ombre d'un doute: elle avait été utilisée afin de communiquer au frère de Roseanna la date de son départ pour Ravenglass. Poursuivant sa fouille, il découvrit un message plié dans la poche d'un pourpoint.

A cet instant, Tristan le rejoignit.

— Lis ceci, ordonna-t-il en lui tendant la feuille de papier.

— « La personne sera emprisonnée au château de Middleham. »

— Roseanna a disparu avec son frère Jeffrey et Sir Bryan. Et ce message constitue notre seule piste : nous devons d'urgence nous rendre à Middleham.

— Combien d'hommes veux-tu ?

— Une vingtaine et des chevaux frais.

La petite troupe de cavaliers conduite par le baron de Ravenspur stoppa devant le château de Middleham. Curieusement, avant même d'avoir demandé la permission d'entrer, le pont-levis s'abaissa devant eux. Les attendait-on ? Était-ce un piège ? Non, on les avait tout simplement pris pour d'autres dans l'obscurité.

Une fois à l'intérieur de la forteresse, le baron et ses hommes tirèrent leurs dagues et cernèrent les sentinelles.

— Pour qui avez-vous baissé si vite ce pont-levis ? questionna Ravenspur en plaçant son couteau sous la gorge du chef des gardes.

— Pour... pour la patrouille de nuit, milord, répondit l'homme tout tremblant.

— Une prisonnière a-t-elle été amenée ici aujourd'hui ?

— Non, je vous le jure.

— A la bonne heure !

De toute évidence, les gardes n'étaient au courant de rien. Mieux valait changer de tactique. Le baron remit sa dague au fourreau, aussitôt imité par ses hommes.

— Excusez cette entrée en matière un peu brutale, dit-il aux gardes. Ne vous inquiétez pas, nous voulions juste plaisanter un peu.

Tout en s'éloignant, il prit Tristan à part.

— Nous allons demander l'hospitalité à Middleham pour cette nuit, chuchota-t-il. Et si Roseanna y est retenue prisonnière, nous la délivrerons.

Les hommes conduisirent leurs chevaux aux écuries. Elles avaient été récemment nettoyées : devant les bâtiments s'accumulaient de hauts tas de crottin. Il y avait donc eu ces derniers jours beaucoup de visiteurs à Middleham. Roger eut l'intuition que cela ne pouvait avoir qu'un rapport direct avec le complot contre Edward IV.

Le châtelain de Middleham était connu pour l'amitié qui le liait à Warwick. Et ce fut avec une courtoisie glacée qu'il accueillit le baron de Ravenspur et sa troupe. Néanmoins, il ne put refuser de leur accorder l'hospitalité. Car telle était la règle entre féodaux.

Dès que le silence s'installa dans la place, Roger et Tristan se glissèrent hors de leurs chambres et ratissèrent la bâtisse des douves au sommet du donjon. Nulle trace de Roseanna. Le baron s'était peut-être inquiété trop vite. A cette heure, son épouse était vraisemblablement rentrée saine et sauve à Ravensworth.

De toute façon, il prendrait des mesures dès le lendemain pour mieux assurer sa sécurité. Et en premier lieu, que cela lui plût ou non, il éloignerait son frère Jeffrey.

Frère Ben guida Roseanna jusqu'à sa cellule. Dans la pièce nue, il n'y avait qu'un étroit lit de fer. Au-dessus, sur le mur blanchi à la chaux, se détachait un crucifix. Les dernières lueurs du jour filtraient par une haute lucarne.

Peu après, le jeune moine revint en compagnie de Bryan.

— Votre frère couchera dans la cellule voisine, annonça-t-il. A présent je dois vous quitter, c'est l'heure des vêpres.

Bryan et Roseanna restèrent en tête à tête.

— Pourquoi vous a-t-il appelé mon frère ? s'étonna Roseanna. Où est Jeffrey ?

— Il n'est pas revenu avec moi. Par hasard, il a rencontré Northumberland à Middleham, ils ont décidé de faire route vers le Sud ensemble.

— Pourquoi un départ si précipité ? Mon frère était-il fâché contre moi ?

— Nullement. Il a agi par pure délicatesse. Il voulait que nous nous retrouvions seuls, vous et moi, Roseanna chérie.

Bryan lui prit la main et la porta à ses lèvres. Puis il l'enlaça. Sa tête s'inclina lentement vers elle, il s'empara de sa bouche. Roseanna n'osa lui refuser un baiser.

Cependant, elle ne réagissait pas de la même façon qu'autrefois. Elle n'était plus émue en présence de Bryan, son cœur ne s'emballait plus comme avant. Désormais, le garçon la laissait presque insensible. Pour cette raison précisément : ce n'était qu'un garçon. Elle avait connu depuis un homme. Et elle-même n'était plus une jeune fille. Ses désirs s'étaient transformés pour devenir ceux d'une femme de chair et de sang.

D'ailleurs, si Bryan l'aimait vraiment, aurait-il permis à Ravenspur de l'épouser ?

A la pensée de son mari, un sourire attendri apparut sur ses lèvres.

Le prenant pour un signe d'encouragement, le jeune chevalier l'entraîna vers le lit. Roseanna résista.

— Non, Bryan, n'oubliez pas que nous sommes dans un lieu saint, protesta-t-elle en désignant le crucifix au mur.

Elle lui pressa les mains avec gentillesse.

— A demain et bonne nuit.

Penaud, le chevalier se retira.

Le lendemain matin, les moines ramenèrent des pâturages une douzaine de superbes juments blanches. Lady Roseanna put les examiner longuement. Après avoir étudié avec soin la dentition de chacune, elle choisit les deux plus belles.

Mais comme le père supérieur ne demandait que cent cinquante livres par tête, elle put acquérir une troisième bête. Et il lui restait encore cinquante livres.

Folle de joie, elle se précipita aux écuries où Sir Bryan était en train de seller son cheval, afin de lui annoncer la bonne nouvelle.

Aux premières clartés de l'aurore, Roger de Montford et sa petite troupe quittèrent le château de Middleham. Dès que le pont-levis fut relevé derrière eux, le baron confia à son frère :

— Je suis certain que les comploteurs se sont réunis ici. Il faut que tu partes immédiatement à York avertir le roi et le convaincre de rentrer au plus vite à Westminster. Il compte trop d'ennemis puissants dans la région : Northumberland et Stanley sont déjà derrière Warwick. Quant à Somerset et au comte de Lincoln, ils peuvent à tout instant basculer dans le camp des félons.

Prends six hommes avec toi et partez sur-le-champ.
Les frères de Montford se séparèrent.

Tandis que le baron de Ravenspur s'approchait des murailles de Ravensworth, il priait de toutes ses forces pour que Roseanna soit rentrée indemne.

17

Deux heures plus tard, Roseanna, Bryan et les trois juments blanches regagnaient Ravensworth. Entouré de quelques hommes d'armes, le baron accourut dans la cour du château. Il écumait de rage.

— Morbleu, madame, d'où venez-vous ?

— Vous me demandez des comptes sur mes faits et gestes ! De quel droit ?

— Je suis votre mari. L'auriez-vous oublié ?

Son regard noir se fixa, menaçant, sur Sir Bryan.

— Puisque vous tenez tant à le savoir, répliqua Roseanna, ce chevalier et mon frère m'ont accompagnée à l'abbaye de Jervaulx où j'ai acheté pour vous ces trois magnifiques juments.

— Votre frère ? Il brille par son absence. Tant mieux pour lui, du reste, je me serais permis de lui tirer comme il faut les oreilles. Et je vous interdis de le revoir dorénavant.

Furibonde, Roseanna éperonna Zeus qui bondit devant Ravenspur et rejoignit les écuries.

Dès qu'elle fut hors de vue, Roger de Montford désigna Bryan et ordonna à ses soudards :

— Emparez-vous de cet homme !

Dans les écuries, l'arrivée des trois juments blanches fit sensation.

— Coran va être ravi ! s'enthousiasmait le vieux Dobbin, tout en déliant les longes du licol des bêtes.

En connaisseurs, Tom et Kenneth flattaient le flanc des juments.

— Vous avez bien choisi, milady : elles sont de toute beauté.

Roseanna se chargea elle-même de desseller Zeus et de l'étriller, avant de lui servir la généreuse ration d'avoine qu'il avait amplement méritée.

Comme elle gravissait l'escalier conduisant à ses appartements, la haute silhouette de Ravenspur se dressa devant elle.

— J'aimerais vous parler, déclara-t-il d'une voix dure.

— Laissez-moi d'abord le temps de me laver, milord.

— Votre bain attendra, suivez-moi !

D'autorité, il l'entraîna dans sa chambre. Les poings sur les hanches, Roseanna lui fit face.

— Allez-y, crachez votre venin !

L'expression du baron s'adoucit un peu.

— J'ai été très inquiet, Roseanna.

— Comment pouvais-je deviner que vous rentreriez si tôt ?

— La plus élémentaire des prudences aurait été d'indiquer votre destination à Burke ou à l'une de vos servantes. Pourquoi ne l'avez-vous pas fait ?

Roseanna négligea sa question.

— Le soir de nos noces, vous m'avez promis que je serais libre d'aller et venir à ma guise, lui rappela-t-elle, cinglante.

— Et je ne vous conteste pas ce droit. Cependant, je vous le répète, il aurait été plus raisonnable de dire, avant de vous en aller, le but de votre promenade.

— C'est vrai, concéda-t-elle. Comprenez pourtant que vous m'humiliez en m'accablant de reproches devant vos hommes.

Et elle ajouta avec une moue dépitée :

— Et moi qui espérais vous faire une surprise en vous offrant ces juments. Vous pourriez au moins m'en être reconnaissant.

Le baron s'approcha d'elle et glissa ses doigts dans ses cheveux.

— Je vous en suis très reconnaissant, Roseanna, et j'aimerais vous le prouver sur-le-champ.

Il s'empara de ses lèvres dans un long et profond baiser qui la laissa pantelante. Puis il dégrafa sa chemise, dénudant ses seins. Sa langue parcourut délicatement, tour à tour, les tendres mamelons jusqu'à la faire gémir de plaisir.

Elle tenta pourtant de se dégager.

— J'ai un bain à prendre, Ravenspur.

— Vous refusez-vous encore à moi ?

— Pour le moment, oui, et...

Sa bouche se pressa sur la sienne, l'empêchant de poursuivre.

Il l'emporta sur le lit. Avant qu'elle ait pu protester, sa jupe d'amazone rejoignit sa chemise. Nue, à l'exception des bottes de daim lui montant jusqu'à mi-cuisses, Roseanna offrait un tableau d'une sensualité irrésistible.

Se mettant à genoux, Ravenspur plongea la tête entre ses jambes. Voluptueusement, sa langue explora la tendre vallée au goût de miel.

— Non... non, arrêtez ! supplia-t-elle.

Mais il ne semblait pas l'entendre. Bientôt, haletante, les reins cambrés, Roseanna geignait sous ses exquises caresses. Elle poussa un cri rauque, un spasme la secoua.

Debout, le baron la contemplait, un sourire attendri aux lèvres.

— Moi aussi, j'ai des cadeaux pour vous, ma chérie. Je vous les donnerai après votre bain, je crois qu'ils vous plairont.

— Pensez-vous ainsi vous faire pardonner ?

— Je l'espère.

Une fois lavée et changée, Roseanna retourna dans la chambre de son mari.

— Où sont mes cadeaux ?

— Là, fit Ravenspur en désignant le coffre en cuir. Vous n'avez qu'à vous servir.

Les précieuses soieries ramenées de Tanger éblouirent Roseanna. Outre trois caftans, l'un pourpre, l'autre turquoise et le dernier jaune pâle, il y avait aussi une très belle robe d'un blanc éclatant avec un turban assorti incrusté de topazes et d'or.

Derrière son dos, Ravenspur s'était dépouillé de son pourpoint et de sa chemise.

— Essayez ces soieries, je suis sûr qu'elles vous iront à ravir.

Quand elle se retourna, la vision de la poitrine nue de son mari la laissa bouche bée.

— Dépêchez-vous, insista-t-il. J'aimerais vous voir dans l'une de ces tenues exotiques.

Le choix de Roseanna se porta sur la robe blanche et sur le turban aux topazes. Ainsi parée, parviendrait-elle à ensorceler son époux, à en faire son esclave, comme sa mère le lui avait conseillé le lendemain de leur mariage ?

On frappait à la porte, Dirk pénétra dans la chambre.

— Selon vos ordres, le prisonnier a été mis au cachot, annonça-t-il en tendant à son maître un gros trousseau de clefs. Pour plus de précaution, nous avons aussi bouclé son cheval.

Ravenspur approuva d'un hochement de tête.

— Qui avez-vous emprisonné ? interrogea Roseanna dès que l'homme d'armes se fut retiré.

Le baron resta silencieux.

— Qui est ce prisonnier ? s'obstina-t-elle.

— Ça ne vous regarde pas.

Un sombre pressentiment traversa l'esprit de Roseanna.

— Il s'agit de Sir Bryan, n'est-ce pas ?

A contrecœur, le baron acquiesça.

— Je le soupçonne d'être impliqué dans un complot, expliqua-t-il. Et je juge préférable de le mettre quelques jours hors d'état de nuire.

— Bryan, un traître ? C'est absurde ! Vous agissez par pure jalousie, admettez-le !

Ravenspur l'agrippa par les épaules et la fixa droit dans les yeux.

— Aurais-je des raisons d'être jaloux, madame ?

— Aucune, et c'est pourquoi vous allez relâcher Sir Bryan immédiatement.

— Pas question.

— Et de quoi est-il coupable, selon vous ? De m'avoir accompagnée à l'abbaye avec mon frère ? Accusez aussi Jeffrey de trahison, pendant que vous y êtes.

— Votre frère est également un félon.

Les yeux de Roseanna s'agrandirent de stupéfaction.

— Soit vous mentez, soit vous êtes devenu complètement fou.

— Nullement. Jugez vous-même !

Il prit dans la poche de son pourpoint un billet qu'il lui tendit.

— Lisez, je vous en prie.

— « La personne sera emprisonnée au château de Middleham. »

Incrédule, elle interrogea le baron du regard.

— A mon retour de Ravenglass, en constatant votre absence, j'ai fouillé la chambre de Sir Bryan. Et j'y ai trouvé une lanterne sourde et ce message. Le gentil damoiseau avait signalé mon départ à votre frère. Tous deux vous ont ensuite éloignée d'ici pour vous tenir à leur merci.

— Ils ne m'ont pas conduite à Middleham.

— En effet. Cela ne leur a pas été nécessaire, l'abbaye de Jervaulx a servi aussi bien leur plan.

Roseanna poussa un soupir excédé.

— Je ne comprends rien à ce que vous racontez. Et je vois mal pourquoi on aurait utilisé ma personne dans un complot.

— La raison en est simple : vous êtes la fille naturelle du roi.

Elle demeura bouche bée.

— Comment ? Vous savez qu'Edward IV est mon père ? s'étonna-t-elle enfin.

— Oui, Roseanna. Le roi n'a jamais eu de secrets pour moi, c'est un vieil ami.

— Ah, je comprends ce qui vous a poussé à m'épouser finalement. En fait, vos belles déclarations d'amour servaient de paravent à vos ambitions.

Elle se rua sur lui et martela de ses poings serrés sa poitrine.

— Vous êtes ignoble, Ravenspur ! Ignoble !

— Assez ! s'exclama-t-il en lui emprisonnant les mains. Une telle réaction n'est pas digne de votre rang.

La relâchant, il déposa le message et les clefs sur la table de nuit.

— Si Bryan Fitzhugh peut prouver son innocence, rassurez-vous, il n'aura rien à craindre.

— Libérez-le sans délai, je me porte garante de sa fidélité.

— Non, c'est impossible.

— Vraiment ? Alors, adieu !

Roseanna se précipita vers la porte. Avant d'en claquer le battant à toute volée, elle se retourna pour lancer, furieuse :

— Désormais, je ne vous adresserai plus la parole.

De retour dans ses appartements, elle s'empressa de raconter à Alice et Kate la dernière infamie de Ravenspur.

— Imaginer Bryan en train de croupir au fond d'un cachot me fend le cœur, conclut-elle avec un gros soupir.

Compatissante, la vieille servante dodelinait de la tête.

— Un si gentil garçon ! Mais tout cela est en grande partie de votre faute, milady. Vous auriez dû vous montrer plus prudente : votre escapade avec le jeune chevalier a fatalement confirmé les soupçons de votre mari. Il est sans doute convaincu que Sir Bryan est votre amant et veut s'en débarrasser.

Roseanna se tordit les mains.

— Ravenspur n'aura pas le dernier mot, siffla-t-elle entre ses dents. S'il le faut, j'aiderai Bryan à s'évader.

— On n'attrape pas les mouches avec du vinaigre, milady, je vous l'ai souvent dit.

— Pour l'amour du Christ, épargne-moi tes sempiternels proverbes, Kate !

Exaspérée, la baronne se retira dans sa chambre qu'elle arpenta d'un pas nerveux, comme une lionne en cage. Il était pourtant vrai qu'elle avait vu Bryan redescendre de la barbacane, une lanterne sourde à la main, et que le lendemain son frère était arrivé à Ravensworth. Mais ce n'était probablement qu'un jeu, il n'y avait pas de quoi fouetter un chat. Ravenspur aurait dû le comprendre et s'en amuser. Et voici que le cruel baron les accusait de trahison ! C'était grotesque.

Kate avait raison sur un point : tenter de délivrer Bryan aurait été une erreur. Il ne fallait pas s'opposer de front à Ravenspur. La séduction était sans doute une meilleure arme pour le faire céder.

Puis elle hocha la tête d'un air découragé. Ravenspur ne se laisserait pas aussi facilement manipuler : il ne manquait pas de clairvoyance et avait l'expérience des femmes et de leurs manèges.

Une solution germa alors dans son esprit : si elle proposait un marché à son mari ? Elle lui donnerait ce qu'il voudrait, une nuit d'amour par exemple, en échange de la liberté de Bryan.

Le cœur battant la chamade, Roseanna se précipita chez Ravenspur. Celui-ci la reçut avec un froncement de sourcils mi-amusé, mi-dubitatif.

— J'ai quelque chose à vous dire, Roger.

Il s'esclaffa, railleur :

— Je croyais que vous ne vouliez plus me parler ?

— Cessez de vous moquer et écoutez-moi : c'est de la plus haute importance.

Le baron reprit son sérieux.

— De quoi s'agit-il, Roseanna ?

Elle resta silencieuse. Une soudaine timidité la retenait de lui avouer les termes du marché qu'elle avait imaginé. Et Ravenspur la fixait d'une manière de plus en plus insistante. Son regard parcourait les formes de son corps, s'attardait sur sa bouche, ses seins, son ventre. Elle se sentit soudain toute nue devant lui.

— Je suis venue vous proposer un marché, déclara-t-elle enfin.

— Ayant un rapport avec les malheurs de votre gentil chevalier ?

— En effet, je souhaite vous racheter sa liberté.

— Et comment me paierez-vous ?

Relevant subitement les yeux, Roseanna lui décocha une œillade langoureuse.

— Demandez-moi ce que vous voudrez.

En un éclair, le baron fut près d'elle. Ce qu'il souhaitait par-dessus tout, c'était son amour. Mais la chose était, hélas, impossible... du moins pour le moment.

— Je désire que vous me montriez un échantillon de ce dont vous êtes capable.

— Soit !

Se dressant sur la pointe des pieds, Roseanna enlaça sa nuque et l'embrassa sur la bouche, tout en appuyant ses seins contre son torse nu.

— Eh bien, quel est votre verdict ?

— Pas mal. Le marché est accepté : Sir Bryan Fitzhugh sera libre demain matin... si vous m'accordez encore un peu plus.

S'étant versé une coupe de vin, Ravenspur alla nonchalamment s'allonger sur le lit.

— Maintenant, séduisez-moi, Roseanna.

Elle hésita un instant, puis esquissa un fin sourire : elle relèverait un tel défi !

Elle s'assit sur un tabouret à quelque distance de la couche, pour lui permettre de la voir tout entière. Se penchant en avant, elle enleva ses mules dans un geste harmonieux, révélant la naissance de sa poitrine. Puis elle retroussa ses jupes au-dessus de la taille, et dévoila ses longues cuisses blanches.

La gorge serrée, Ravenspur ne perdait pas une miette du spectacle. Une jambe levée, sa ravissante épouse défaisait sa jarretière, le bas glissa à ses pieds. Avec une lenteur étudiée, elle ôta ensuite sa robe et sa culotte de satin qu'elle jeta d'un geste théâtral par-dessus son épaule. Il ne lui restait plus que sa chemise sous laquelle transparaissaient ses formes terriblement excitantes.

Roseanna se dévêtit enfin complètement. Debout, elle s'offrit immobile au regard ardent du baron. Relevant sa chevelure au-dessus de sa nuque, elle la laissa ensuite retomber sur ses reins en une cascade soyeuse.

Dans le coffret d'ivoire, elle prit une fiole d'essence de rose. Se retournant face à Ravenspur, elle s'aspergea de parfum jusqu'aux endroits les plus intimes de sa personne. Elle enfila ensuite le caftan pourpre et esquissa une danse lascive à la mode orientale. Finalement, elle salua : son numéro de séduction était terminé.

D'un bond, Roger la rejoignit. Ses lèvres brûlantes capturèrent les siennes. Entrouvrant la bouche, Roseanna s'abandonna.

Après l'avoir dépouillée du caftan, il l'emporta sur le lit.

— Aimez-moi, Roseanna, chuchota-t-il tandis qu'il l'attirait sur lui.

Sans hésiter, elle lui enleva son haut-de-chausses. Quand il fut nu devant elle, un rire ravi s'échappa de sa gorge. Elle contemplait ses muscles puissants et déliés, ses larges épaules, sa poitrine et son ventre durs et lisses. Son membre dressé la fascinait.

Avec une audace dont elle ne s'imaginait pas capable, elle osa le prendre dans sa bouche. Sa langue en parcourut toute la longueur, dessinant des traînées de feu. Roger gémissait de volupté.

Soudain, il se redressa et s'allongea sur elle. Les hanches rivées aux siennes, il se glissa dans son corps. Avec une intensité croissante, il s'enfonça plus profondément, tout en murmurant contre sa peau :

— Je te veux, Roseanna, je te veux pour toujours, je t'aime, je t'aime...

Tandis que son mouvement de va-et-vient s'accentuait, Roseanna se sentait emportée par un éblouissant plaisir. La puissance de son assaut la rendait sourde et aveugle au monde extérieur. Tout à coup, il lui semblait que le château s'écroulait : une jouissance d'une violence inouïe les entraînait dans son tourbillon.

Les autres fois, après l'amour, Roseanna avait eu une attitude plutôt dure et hostile. Tel ne fut pas le cas cette nuit-là. Un bras autour de la taille de son mari, elle lui effleurait tendrement la peau du bout des doigts.

— Qu'est-ce que c'est ? questionna-t-elle en remarquant sur ses fesses deux petites plaques dures.

Le baron s'esclaffa :

— Ce sont des callosités, ma chérie, dues au frottement de la selle. Mais je n'en souffre pas. Ce n'est pas comme à l'époque où je servais Warwick. Il nous arrivait de rester des semaines entières sans descendre de cheval. Votre père a alors enduré le même martyre que moi.

— En ce temps-là, vous saviez qu'il était l'amant de ma mère ?

— Oui. Et j'ai regretté qu'ils ne puissent se marier. Cela aurait servi le royaume et évité les divisions suscitées par le clan des Woodville.

— Vous aussi vous détestez la reine ? Comme tout le monde ! Je ne m'explique pas comment mon père peut l'aimer.

— Il ne s'agit pas d'amour à proprement parler. Pourtant, elle exerce une emprise indéniable sur lui.

Roseanna eut un rire entendu.

— Comme le dit mère, Elizabeth le tient par en dessous de la ceinture. La reine doit être exceptionnellement douée au lit.

— Je ne le crois pas : c'est au contraire une femme froide, à qui le sexe est indifférent, mais qui est passée maîtresse dans l'art de la manipulation. Elle laisse Edward la tromper à sa guise, pour exploiter ensuite sa culpabilité et lui soutirer argent et places en faveur des membres de sa famille. Dieu soit loué, vous n'êtes pas une femme de son genre !

Roseanna se crispa.

— Qu'en savez-vous ? demanda-t-elle, sur la défensive.

— Vous, vous êtes terriblement sensuelle.

— Vraiment ?

— Oui, par exemple, quand je caresse votre poitrine, elle se fait encore plus ronde et ferme. Dès que je les touche, vos mamelons deviennent durs. J'adore sentir vos seins répondre à mes caresses. Voulez-vous que je vous montre ?

Ses cils papillonnèrent.

— Je ne dis pas non.

Et ils firent à nouveau l'amour avec plus de fougue et d'emportement encore.

Épuisé et heureux, le baron allait sombrer dans le sommeil quand il entendit la voix de Roseanna :

— Nous sommes bien d'accord, vous allez relâcher Sir Bryan ?

Il entrouvrit les yeux et grommela :

— Puisque vous ne l'avez pas oublié malgré ce que nous venons de vivre ensemble, il aura la tête tranchée sur le billot.

L'horreur glaça le sang de Roseanna. Parlait-il sérieusement ? Hélas, oui. Par jalousie, Ravenspur condamnait Bryan à mort.

Pendant plus d'une heure, elle demeura immobile à guetter la respiration de son mari : il dormait profondément. Il était temps de passer à l'action. A tâtons, elle trouva sur la table de nuit le trousseau de clefs et le message. Le cœur cognant dans sa poitrine, elle sortit du lit avec mille précautions. Elle resta debout, sans bouger, l'oreille dressée : Ravenspur n'avait pas réagi, il continuait à dormir paisiblement. Sans prendre la peine de se rhabiller, elle se glissa hors de la pièce, sur la pointe des pieds.

Réveillée brusquement, Kate Kendall faillit pousser un cri en apercevant un corps nu qui traversait sa chambre.

— Cache-toi sous l'édredon, murmura sa maîtresse. Et oublie que tu m'as vue.

A la hâte, Roseanna se vêtit de chauds bas de laine, d'une tenue d'équitation en velours, chaussa une paire de bottes et s'enveloppa d'un manteau. Elle noua à sa ceinture une bourse de cuir contenant tout l'argent qui lui restait.

Fait étrange, au moment de commettre l'irrémédiable, elle se sentait parfaitement calme.

Les caves du château, où se trouvaient les cachots, avaient un aspect sinistre et empestaient l'humidité et la pourriture. Une lanterne à la main, Roseanna s'avançait lentement sous les voûtes basses. La flamme vacillante d'une bougie projetait une vague lumière dans la cellule occupée par le prisonnier. Elle s'en approcha, mais une silhouette massive surgit soudain de l'ombre.

— Roger ! s'exclama-t-elle, terrorisée.

L'homme s'avança et elle reconnut le capitaine Kelly.

— Seigneur, comme vous m'avez fait peur ! Je vous avais pris pour mon mari : vous vous ressemblez tellement.

Kelly la dévisageait en silence. Dans ses prunelles brillait une lueur où se mêlaient convoitise et méchanceté. Une intuition traversa alors l'esprit de Roseanna : c'était lui que M. Burke avait vu sortir de la chambre de Lady Janet, la nuit du meurtre !

Sans vergogne, le capitaine tendit la main et pressa sa poitrine. Roseanna n'osa protester.

— Vous venez libérer votre amant, milady. Je fermerai les yeux si vous me promettez de vous montrer généreuse à mon égard lorsque je l'exigerai.

Elle n'avait malheureusement pas le choix : d'un signe de tête, elle accepta le sordide marché. Kelly s'éclipsa. Tremblante, elle fit jouer la clef dans la serrure. Avec un grincement, la porte de la cellule s'ouvrit.

— Dieu soit loué, c'est vous, Roseanna !

Pâle mais souriant, Bryan s'extirpa de la geôle. Après une brève étreinte, ils se précipitèrent aux écuries.

— C'est parce qu'il a trouvé ceci dans vos affaires que Ravenspur vous a envoyé au cachot.

Roseanna lui tendit le billet.

— Dites-moi la vérité, Bryan, aviez-vous l'intention de me retenir prisonnière à Middleham ?

Le chevalier s'esclaffa, sardonique :

— Bien sûr que non. Ce n'était pas vous que le message désignait, mais le roi.

Elle le considéra avec horreur. Ravenspur avait donc raison : Bryan était un traître. Et Jeffrey aussi, probablement.

Poussant un juron, Sir Bryan constata que la stalle de sa monture était solidement cadenassée.

— Prenez la fuite sur Zeus, vous le laisserez à Castlemaine.

Évidemment, favoriser l'évasion du félon constituait une faute très grave. Cependant, elle l'avait aimé naguère de tout son cœur, et elle refusait d'avoir son sang sur les mains.

Quand Bryan esquissa un geste pour la prendre dans ses bras, elle se recula avec une expression horrifiée.

— Partez vite avant que l'alarme ne soit donnée !

En quelques instants, le chevalier sella Zeus et, piquant des deux, s'éloigna au galop.

Un moment après, le vieux Dobbin s'avançait dans les écuries d'un pas traînant.

— Que désirez-vous à pareille heure, milady ? grommela-t-il.

— Mon pur-sang arabe. Où est-il ?

— L'arrivée des nouvelles juments a trop excité Coran : j'ai préféré l'isoler dans la petite écurie d'à côté. Venez, je vais vous montrer.

— Pas la peine, Dobbin, je trouverai toute seule. Tu peux retourner te coucher.

Roseanna découvrit en effet le pur-sang dans un petit bâtiment annexe. Elle entreprit de harnacher la bête qui piaffait d'impatience. Elle devait s'enfuir elle aussi, mais son plan était encore vague. Le mieux, lui semblait-il, était d'aller voir son père Edward IV et de tout lui raconter. Avant de trouver un moyen de parvenir jusqu'à lui, l'abbaye de Jervaulx lui offrirait un abri sûr.

Au petit matin, Roger ouvrit un œil. A côté de lui, la place était vide. Sur la table de nuit, le message et le trousseau de clefs avaient disparu. Tel un forcené, il se leva, s'habilla et descendit quatre à quatre l'escalier jusqu'aux caves : la cellule du prisonnier était vide, bien sûr !

Il courut aux écuries. La monture de Bryan Fitzhugh se trouvait encore enfermée dans une stalle. Mais Zeus et Coran manquaient. Sacrebleu ! Le chevalier félon et sa jeune épouse avaient fui ensemble !

Le baron fit appeler Dirk.

— Qui était chargé de la garde du prisonnier ? l'interrogea-t-il, furibond.

Piteusement, le jeune homme baissa la tête.

— Personne, milord, bredouilla-t-il.

Dirk fut sauvé d'une sévère réprimande par l'arrivée précipitée dans la cour du château d'une petite troupe de cavaliers, avec Tristan de Montford à leur tête.

— Le roi a été fait prisonnier, hurla-t-il du haut de sa monture.

Roger sentit sa gorge se serrer.

— Rejoins-moi dans mes appartements, indiqua-t-il à son cadet.

S'adressant ensuite au capitaine Kelly :

— Mobilise cent hommes et des chevaux !

Dès qu'ils furent seuls, Tristan expliqua l'affaire à son frère :

— Quand je suis arrivé à York, Edward en était parti depuis deux semaines. Mais au lieu de rentrer directement à Londres, il a voulu passer par Nottingham afin de vérifier l'avancée des travaux de réfection des murailles. C'est là qu'il a appris que Warwick s'apprêtait à l'attaquer.

« En quelques jours, le roi a réussi à lever une petite armée, à laquelle se sont joints Pembroke, Devonshire et leurs compagnies d'archers écossais. L'ennemi étant trop supérieur en nombre, Edward a refusé le combat et essayé de négocier. Warwick l'a emmené dans son château où il le somme de convoquer le Parlement à York.

— Le roi serait donc retenu au château de Warwick ? En es-tu bien sûr ?

— Sans l'ombre d'un doute.

Le baron de Ravenspur se mit à arpenter la chambre comme un fauve en cage, plongé dans ses réflexions. Le message de Sir Bryan disait que le prisonnier serait conduit à Middleham. Pourtant, le choix du château de Warwick paraissait beaucoup plus judicieux, parce que c'était assez proche de Coventry, le fief du père de la reine Elizabeth, Lord Rivers, qu'Edward IV avait nommé général en chef de ses armées. Le plan de Warwick consistait sans doute à abattre d'abord cet influent personnage.

La décision du baron de Ravenspur fut alors prise : avec Tristan, il ferait route vers Coventry et rallierait l'armée du roi. D'autres grands féodaux du royaume, fidèles à la couronne, agiraient de même : Hastings, Herbert, Stafford, Norfolk. Ils se retrouveraient en force pour affronter la faction adverse. Le sang coulerait de nouveau mais avec de la chance le roi serait sauvé.

Quant à la sale petite canaille qui s'était évadée de ses cachots en enlevant pour la seconde fois Roseanna, il regrettait amèrement de ne pas lui avoir tranché immédiatement la tête !

18

A Jervaulx, Roseanna mentit aux moines pour justifier sa deuxième visite : elle revenait leur acheter d'autres juments ; elle désirait aussi que l'abbaye fournît toute l'année Ravensworth en fromages. Dieu lui pardonnerait ces mensonges, c'était pour une bonne cause.

D'après les derniers mots de Bryan, son père devait être prisonnier au château de Middleham : il lui fallait donc s'y rendre. Sur un étendoir de la buanderie, elle s'empara d'une robe de moine. Ainsi travestie, elle se déplacerait sans éveiller les soupçons.

Sous prétexte d'aller voir elle-même les juments pâturant sur les hautes landes, Roseanna repartit bientôt de Jervaulx. Dès qu'elle fut parvenue à quelque distance du monastère, elle enfila par-dessus ses vêtements la longue robe blanche. Avec le capuchon rabattu sur la tête, tout le monde la prendrait pour un moinillon.

Le soleil commençait à peine à décliner lorsque les créneaux de Middleham se profilèrent devant elle. La chance fut avec Roseanna : dissimulée derrière un bouquet de bouleaux, elle ne tarda pas à voir le pont-levis s'abaisser pour laisser entrer une compagnie de cavaliers. Cerné de soldats, le roi en faisait partie.

Lentement, Roseanna s'avança vers eux. Son père allait-il reconnaître le pur-sang arabe dont il lui avait fait cadeau ? Ce fut le cas. D'un geste, le roi demanda que la troupe fît halte et tira de sa bourse une pièce d'or.

Edward IV était célèbre pour sa grande charité; aussi ses gardes ne virent aucune malice quand il s'approcha du moine, feignant de lui donner l'aumône.

— Que puis-je pour vous aider? chuchota Roseanna dès qu'il s'arrêta à sa hauteur.

Le roi eut un bref hochement de tête.

— Personnellement, je n'ai pas grand-chose à craindre, répondit-il tout bas. Mais Warwick a juré la perte de la reine, ses jours sont en danger. Sois gentille, ma jolie rose, cours prévenir Elizabeth: qu'elle se mette en lieu sûr!

Roseanna prit la pièce d'or qu'il lui tendait tout en lui adressant un clin d'œil. Le roi rejoignit la troupe qui franchit le pont-levis de Middleham.

La jeune baronne se retrouva seule. Le jour allait bientôt tomber. La mission que son père lui avait confiée lui parut tout à coup au-dessus de ses forces: Londres, où elle n'était jamais allée, était si loin, à plusieurs centaines de miles; par ces temps troublés, le chemin serait semé d'embûches et elle n'était qu'une femme sans défense.

Que faire ? Retourner à Ravensworth implorer le pardon de son mari ? Roger prendrait énergiquement l'affaire en main et chercherait à libérer le roi.

En revanche, accepterait-il de voler au secours d'Elizabeth Woodville qu'il haïssait ? Rien n'était moins sûr.

Il lui fallait donc chevaucher seule jusqu'à Londres. Il aurait été plus sage de passer la nuit à Jervaulx et de ne se mettre en chemin que le lendemain. Mais chaque seconde comptait : mieux valait partir tout de suite.

Sans plus tergiverser, Roseanna éperonna Coran qui s'élança au galop en direction du Sud. Malgré la faim et le froid, l'intrépide baronne chevaucha sans trêve jusqu'à ce qu'apparaissent les lumières d'une ville. C'était York. Elle y trouverait facilement une auberge. Et pourquoi ne pas descendre plutôt au *Fighting Cock*, là où Ravenspur les avait surpris, Bryan et elle, quelques mois auparavant ?

Dans la cour de l'auberge, Roseanna se débarrassa de sa robe de moine et confia Coran à un garçon d'écurie.

— C'est un pur-sang arabe, lui expliqua-t-elle fièrement. Prends-en le plus grand soin, donne-lui ta meilleure avoine et une stalle bien chauffée.

Après avoir remis au palefrenier une pièce d'argent, Roseanna pénétra dans la salle commune de l'auberge. L'atmosphère y était toujours aussi enfumée et bruyante.

Le patron du *Fighting Cock* accourut sur ses courtes jambes. D'un air altier, la nouvelle venue déclina son identité :

— Je suis Lady de Montford, baronne de Ravenspur. Je veux ta meilleure chambre et de quoi souper.

L'aubergiste l'avait reconnue : de si beaux et longs cheveux noirs ne s'oubliaient pas aisément. Avec un sourire servile, il s'inclina devant elle.

— A votre service, milady.

A peine fut-elle installée dans la chambre à l'étage que les échos d'une querelle s'élevèrent en bas.

— Que se passe-t-il ? demanda-t-elle à la servante qui lui apportait un demi-chapon à la broche, une fiasque de vin et une tarte aux pommes.

— Oh, belle lady, les esprits s'échauffent ces temps-ci : il y a plus de rumeurs qui circulent que de prostituées sur le pavé d'York un vendredi soir. A ce qu'on raconte, Warwick aurait fait prisonnier le roi et voudrait le remplacer par son frère George.

La fille d'auberge se signa prestement.

— Dieu en préserve l'Angleterre !

Au rez-de-chaussée, la querelle s'apaisait. La servante s'apprêta à ressortir de la chambre.

— Demain matin, réveille-moi à cinq heures, lui ordonna Roseanna.

— Oui, sans faute, belle lady.

Une fois son souper terminé, la baronne se coucha. Épuisée par la harassante journée, elle s'endormit aussitôt.

L'aube blanchissait à peine l'horizon lorsqu'elle reprit sa chevauchée vers Londres. Elle traversa les villes de Doncaster et de Newark. Castlemaine n'était plus très loin, elle fut tentée d'y faire un saut pour embrasser Sir Neville et Lady Joanna. Mais le temps pressait. En outre, comment réagirait sa mère en apprenant qu'elle tentait de sauver la Woodville, sa rivale détestée ?

C'était une belle journée d'hiver ensoleillée. Si le voyage continuait à se dérouler sans encombre, elle pourrait être à Cambridge en fin de soirée. Hélas, dans le courant de l'après-midi, le train de

Coran faiblit nettement. Elle s'arrêta pour inspecter ses sabots : il lui manquait un fer. Avec stupéfaction, elle découvrit que les autres fers étaient d'argent. Comment le roi avait-il pu avoir une idée aussi généreuse et extravagante ?

A l'entrée du village suivant, il y avait heureusement un maréchal-ferrant. Roseanna fit remplacer tous les fers de Coran. Bien sûr, elle conserva précieusement les trois demi-cercles d'argent qu'elle glissa au fond d'une de ses sacoches. Cela représentait une petite fortune qui ne lui serait pas inutile, une fois à Londres.

Quand le maréchal-ferrant eut terminé sa besogne, la nuit tombait : elle décida donc de dormir à l'auberge du village.

Au réveil, Roseanna ne se sentait pas bien. Une affreuse nausée lui ôtait toutes ses forces. Doux Jésus, qu'avait-elle ? Allait-elle pouvoir continuer sa chevauchée vers Londres ? Elle vomit plusieurs fois et cela la soulagea quelque peu.

Pour se revigorer, Roseanna mangea quelques biscuits secs, but une grande coupe de vin avant de se remettre en chemin. Un pâle soleil d'hiver montait dans le ciel, la journée s'annonçait encore sereine. Si la chance continuait à lui sourire, elle atteindrait Londres en fin d'après-midi.

Elle pénétrait dans les faubourgs de la grande cité lorsque le temps se gâta subitement : un vent glacial se mit à souffler en rafales et des trombes d'eau s'abattirent.

Trempée jusqu'aux os, la jeune baronne parvint enfin aux abords de Westminster. Ayant confié Coran à un palefrenier des écuries royales, elle courut jusqu'au palais sous la pluie battante. Là, elle demanda à un garde d'être immédiatement conduite devant la reine.

Roseanna semblait rescapée d'un naufrage en haute mer. De grosses gouttes d'eau ruisselaient de son manteau sur le précieux tapis rouge.

Le garde la toisa d'un air bourru.

— Va-t'en d'ici, drôlesse, et vite, ou je t'envoie au cachot.

— J'ai un message urgent à transmettre à Sa Majesté. De la part du roi.

Le soldat demeura inflexible. Pointant sa hallebarde, il l'obligea à reculer. Effondrée, Roseanna s'affala sur une marche de l'escalier, la tête dans les mains, prête à sangloter.

A cet instant, une compagnie de gardes s'approcha pour la relève. Le chancelier du palais royal la conduisait.

— Cette pauvre fille veut voir la reine, l'informa le soldat.

— Mais Sa Majesté se trouve à Greenwich en ce moment. Jette-la dehors !

Roseanna se releva, furieuse.

— Idiot ! lança-t-elle au garde. Tu ne pouvais pas me dire plus tôt que la reine n'était pas là ?

Titubante de fatigue, elle gagna les écuries et la stalle où patientait Coran. Il lui aurait fallu se remettre en selle et galoper jusqu'à Greenwich. Mais elle était à bout de forces. Épuisée, elle se laissa glisser sur la paille. « Si près du but et pourtant si loin », pensa-t-elle, avant de tomber dans un lourd sommeil.

Au matin, Coran la réveilla en sursaut en lui reniflant les pieds. Roseanna se leva d'un bond. Trop vite, sans doute : la sensation de nausée éprouvée la veille se manifesta de nouveau. Un haut-le-cœur la gagna, elle vomit, courbée au-dessus du foin.

— Ravenspur, marmonna-t-elle, que m'avez-vous fait ?... Un enfant ?

L'idée fut vite balayée de son esprit. Le moment était mal choisi pour se poser une telle question. Une course de vitesse était engagée : elle devait prévenir la reine avant que ses ennemis ne passent à l'action.

Elle harnacha Coran et s'éloigna du palais de Westminster. Les rues bondées de Londres s'ouvraient devant elle. En cette heure matinale, une cohue bruyante, bigarrée de passants et de marchands ambulants, envahissait la capitale.

Des vendeurs de lait, munis de hauts bidons métalliques et de louches, criaient à tue-tête :

— Il est frais, mon lait, il est frais !

Des marchands de coquillages rivalisaient pour attirer le client :

— Huîtres, moules, praires, bigorneaux, clovisses, tritons, trompettes, tous les fruits de la mer !

De vieilles femmes en guenilles proposaient des bouquets de lavande, d'autres des « brodequins et bottes d'hommes morts », à bas prix.

Des charrettes à bras chargées de fruits, légumes, volailles, charbon de Newcastle, allaient et venaient dans un formidable tohu-bohu.

En guise de petit déjeuner, Roseanna acheta un pot de crème cuite au four. Puis elle entra dans la boutique d'un orfèvre, qui accepta les fers à cheval d'argent.

Un peu plus loin, elle trouva un magasin de vêtements féminins d'occasion. Une robe de velours écarlate la séduisit. Elle fit aussi l'acquisition d'un manteau de satin bleu. Se présenter devant la reine nécessitait un minimum d'élégance.

La marchande lui indiqua le chemin pour Greenwich : le plus simple était de prendre une barge sur la Tamise. Roseanna se rendit à l'embarcadère le plus proche. Le fleuve, quoique large et aux eaux courantes, empestait le poisson pourri et les latrines publiques. Écœurée, elle se pinça le nez. La puanteur devait être insupportable en été.

En même temps embarqua une bande de jeunes nobles aux tenues extravagantes : ils rentraient à la cour après une nuit de débauche dans les bas-fonds londoniens. Ils eurent vite fait de remarquer la jolie baronne solitaire et lui lancèrent maintes œillades. Finalement, le plus audacieux l'aborda, se pavanant d'un air conquérant. D'un coup de chapeau au velours parsemé de brillants, il la salua avec une courtoisie ostentatoire.

— Puis-je vous servir, madame ?

Un clin d'œil galant accompagna sa question.

— Je crains que vous ne soyez pas de taille, rétorqua Roseanna avec son sens de l'humour et de la raillerie habituel.

La pointe stupéfia le jeune noble, tandis que dans son dos ses amis éclataient de rire.

La barge accosta enfin au débarcadère de Greenwich. Comme la bande de gentilshommes se rendait au palais, Roseanna n'eut qu'à leur emboîter le pas.

Lord Hastings, le grand chambellan du roi, étant dans le Nord en compagnie d'Edward IV, c'était Montague qui le suppléait dans ses fonctions. De longues heures s'écoulèrent avant que Roseanna ne parvînt à obtenir une audience de lui.

Enfin Montague daigna la recevoir. C'était un

petit homme aux manières cérémonieuses et très prétentieux. Il n'y avait qu'une seule façon d'approcher Sa Majesté la reine, lui expliqua-t-il : c'était d'assister à son dîner. En effet, tous les soirs, le repas de la souveraine avait lieu en public, selon une mise en scène digne d'une pièce de théâtre. Et une foule de curieux, nobliaux de province et visiteurs étrangers, s'y pressait.

A l'heure du dîner, Roseanna prit place dans les rangs des spectateurs. L'entrée solennelle de la reine l'impressionna vivement. C'était la première fois qu'elle la voyait, et immédiatement elle la trouva fort belle. Elizabeth Woodville était grande, élancée, lumineuse comme une perle. Malgré la coupe ample de sa robe argentée, chacun pouvait deviner que Sa Majesté attendait un enfant.

Vers la fin du dîner, Roseanna accosta Lady Margery, l'une des dames d'honneur de la reine.

— Je porte un message secret pour Sa Majesté de la part d'Edward IV, lui dit-elle à l'oreille. C'est une question de vie ou de mort.

Sans hésiter, Lady Margery la mena jusqu'à Elizabeth, à qui elle répéta les propos de l'inconnue. Le regard hautain de la reine se fixa sur Roseanna. Qui pouvait être cette toute jeune femme chargée par le roi de lui apporter un message ? Une nouvelle maîtresse d'Edward ?

S'avançant d'un pas, Roseanna lui fit une profonde révérence.

— Votre Grâce, je vous demande instamment de bien vouloir m'écouter.

— Qui es-tu ? l'interrogea Elizabeth, glaciale.

— Lady Roseanna de Montford, troisième femme du baron de Ravenspur.

Aussitôt la reine fut soulagée : la dernière épouse de Roger de Montford ne pouvait être une catin du roi.

— Suis-moi ! ordonna Elizabeth.

Roseanna se rangea avec les dames d'honneur. Gracieusement, la procession quitta la salle à manger et gagna les appartements privés de la reine. Elizabeth s'installa dans un fauteuil aux coussins de brocart.

— Je t'écoute, dit-elle à Roseanna.

— Votre Grâce, mon message ne contient malheureusement pas de bonnes nouvelles : le roi a été fait prisonnier et conduit au château de Middleham. Je peux en témoigner, car je l'ai vu de mes propres yeux.

La reine fronça les sourcils.

— Naturellement ! enragea-t-elle. C'est encore un coup de cette vipère de Warwick, mon plus implacable ennemi.

— Selon le roi, il faut vous mettre d'urgence à l'abri : Warwick a décidé de vous abattre.

— Quoi, ce sale bâtard oserait lever la main sur moi ?

— D'après votre époux, il a même l'intention de vous faire assassiner.

A ces mots, un murmure angoissé parcourut les dames d'honneur. D'un geste de la main, Elizabeth leur imposa le silence.

— Ne vous inquiétez donc pas, nous prendrons les mesures nécessaires : dès demain, nous quitterons Greenwich pour nous réfugier dans notre abri de Westminster.

Les portes s'ouvrirent soudain sur Montague qui, tout essoufflé, se précipita dans la pièce.

— Majesté, le bruit court que le roi est retenu prisonnier. De sanglantes émeutes ont éclaté à Londres.

Jusqu'alors assez sereine, la reine se rembrunit.

— Que dit-on encore, Montague ?

— Que Warwick est passé à l'offensive, dans le but de faire couronner George.

— Cent fois, j'ai conseillé à Edward d'enfermer son frère et son oncle dans une geôle de la Tour de Londres, il n'a jamais voulu m'écouter. Et voilà le résultat !

Roseanna se permit d'intervenir :

— N'attendez plus, Votre Grâce, gagnez Westminster cette nuit même ! Demain il sera peut-être trop tard.

Le visage d'Elizabeth était plus pâle qu'un linge.

— Mes petites filles chéries, mes princesses, murmura-t-elle avec une tendresse inattendue de la part d'une femme aussi sévère, je ne veux pas que Warwick vous tue. Mon devoir est de vous sauver, ainsi que l'enfant que je vais bientôt mettre au monde.

Elle se tourna vers Montague.

— Fais prévenir ma mère, qu'elle nous rejoigne ! Nous partirons dès qu'elle sera là, d'ici une heure ou deux.

Dans un complet désordre, les dames d'honneur s'éparpillèrent, affolées : certaines se ruèrent à la nursery y chercher les trois petites princesses, les autres vers la chambre de Sa Majesté pour faire ses malles.

— Qu'on ne me laisse pas seule ! protesta la reine alors que la pièce se vidait.

— Si vous le permettez, Votre Grâce, je reste avec vous, proposa Roseanna.

Les différents portraits qu'on lui avait brossés d'Elizabeth Woodville avaient toujours été accablants. Pourtant, la reine suscitait chez elle de l'admiration. Certes, elle était probablement d'une ambition excessive, mais c'était son instinct maternel qui prévalait en ce moment. Elle semblait attacher beaucoup plus de prix au sort de ses enfants qu'au sien.

En outre, il fallait du courage pour, à trente ans passés, être enceinte dans l'espoir de donner un héritier mâle à la couronne d'Angleterre.

« Moi aussi, je porte peut-être un enfant », songea Roseanna. Comme la reine, elle saurait le défendre bec et ongles contre l'adversité.

Un peu plus tard, on annonça que la barge royale était à quai et attendait Sa Majesté. Mais Elizabeth refusa de partir sans sa mère. Ce fut alors que Montague arriva en courant, porteur d'une autre mauvaise nouvelle :

— Votre mère vient d'être arrêtée pour sorcellerie, Votre Grâce !

Instinctivement, la reine porta les mains sur son ventre, comme pour protéger son enfant à naître.

— Mon Dieu, mon Dieu ! s'exclama-t-elle, livide.

Il était temps de fuir Greenwich. Une nuée de valets armés de torches accompagna Sa Majesté, les trois petites princesses et le reste de la cour jusqu'à la rive de la Tamise où était amarrée la barge royale.

Les rameurs s'activèrent et l'embarcation s'éloigna rapidement au fil du fleuve. Quand ils longèrent Dowgate Hill, où Warwick possédait une demeure, Elizabeth Woodville cracha par-dessus bord en lâchant un horrible juron à l'adresse du « faiseur de rois ». Puis, peu après être passée sous les arches du pont de Londres, la barge s'immobilisa au pied de l'escalier conduisant à Westminster.

Dans les sous-sols du palais, un réduit secret avait été aménagé. La reine et sa suite y trouvèrent refuge. A quelques minutes près, Elizabeth était perdue : vers minuit, des soldats portant la livrée écarlate de Warwick investissaient Westminster.

Dans l'abri, les jours succédèrent aux jours, monotones.

La nuit, Roseanna s'endormait difficilement : la pensée de son mari l'obsédait. L'envie de faire l'amour avec lui la tourmentait. Oui, Ravenspur lui manquait. Elle avait besoin de lui, de sa tendresse. Désormais elle n'était plus aveugle : elle l'aimait. Quelle stupidité d'avoir aussi longtemps méprisé un homme de sa trempe au profit du mièvre Sir Bryan ! Et dire qu'elle avait mis en péril leur amour pour libérer le félon ! Le baron devait terriblement lui en vouloir. Lui pardonnerait-il un jour ?

Quelques nouvelles parvenaient à filtrer de l'extérieur. On apprit ainsi avec horreur que Warwick avait fait décapiter John, l'un des frères de la reine, ainsi que Lord Rivers, son père, grand connétable du royaume.

Le choc provoqua l'entrée en couches prématurée d'Elizabeth, qui commença par une abondante hémorragie utérine. On porta Sa Majesté au lit qui, tout en criant de douleur, continuait à insulter Warwick, ce fils de catin.

Roseanna, qui s'était attachée à la personne de la reine, accourut à son chevet. Comme ses cris et ses invectives redoublaient, elle lui prit la main.

— Calmez-vous, Majesté ! Au lieu de hurler, vous devriez essayer de me parler.

— Et de quoi ?

— De vous, Votre Grâce, et de votre famille.

— Si tu veux.

La reine lui adressa un pâle sourire et commença :

— Nous étions très pauvres, ma mère ayant épousé par amour un noble désargenté qui lui a fait douze enfants, six garçons et six filles. Mes parents m'ont mariée très jeune à Sir John Grey Lancastre, de qui j'ai eu deux fils. A sa mort, sa famille m'a dépouillée de tous les biens dont je devais légitimement hériter. J'étais veuve et ruinée, avec deux jeunes enfants à élever. Pour m'en sortir, il ne me restait plus que ma beauté.

« Oh, je sais, on me traite d'intrigante, de mégère assoiffée d'or et de pouvoir. C'est que l'on ne me pardonne pas d'être devenue reine d'Angleterre alors que je n'étais rien. Les difficultés des premières années de ma vie m'ont servi de leçon et endurcie. Exceptionnellement belle à l'époque, je suis parvenue à m'introduire à la cour et à plaire à Edward. Par calcul, j'ai refusé de devenir sa maîtresse. S'il me voulait dans son lit, il fallait qu'il y mette le prix, c'est-à-dire qu'il m'épouse.

« Évidemment, cette vipère de Warwick s'est opposée à notre mariage. Quoique déjà sur le trône, Edward continuait à redouter l'autorité de son oncle : nous nous sommes mariés en secret. Ensuite...

Une fulgurante douleur empêcha Elizabeth de continuer : ses contractions s'accentuaient. Penchée sur elle, Roseanna lui épongeait le front. Jamais elle n'aurait imaginé qu'enfanter puisse être aussi douloureux. Dans quelques mois — elle en avait désormais la certitude —, ce serait elle qui endurerait de tels tourments.

Elizabeth Woodville avait beau passer pour la plus infâme des créatures, elle n'était plus maintenant qu'une femme comme les autres.

Le travail se poursuivit le lendemain, et le surlendemain encore. L'hémorragie avait repris de plus belle. Puis, grâce à Dieu, la délivrance survint : c'était un garçon. Un héritier pour le royaume.

Malgré une apparence fragile, Elizabeth Woodville était forte comme un bœuf : en quelques jours, elle fut rétablie.

En même temps, une bonne nouvelle se propagea : les tentatives de Warwick avaient provisoirement échoué. Aux quatre coins du royaume, à Londres en particulier, le peuple insurgé s'y était opposé. Le « faiseur de rois » avait dû renoncer à convoquer le Parlement afin de destituer Edward IV.

Richard, le frère du roi, secondé par Hastings et Ravenspur, avait libéré le souverain captif à Middleham et l'avait ramené en triomphe à York. Edward IV avait aussitôt démis Warwick de toute fonction à la tête du royaume, et nommé le loyal Richard grand connétable d'Angleterre, une charge bien lourde pour un garçon qui n'avait que dix-huit ans.

19

La semaine suivante, le roi et les seigneurs fidèles à sa cause entrèrent triomphalement dans Londres. Enthousiaste, le peuple salua le retour de son souverain bien-aimé. Dans les rues décorées pour l'occasion, des milliers et des milliers de Londoniens accueillirent Edward IV aux cris de « Vive le roi ! » et « Dieu sauve l'Angleterre ! »

Pressé d'embrasser son fils qui venait de naître, Edward se rendit directement au palais de Westminster. Les trois petites princesses, folles de joie, coururent au-devant de leur père, qui les serra sur sa large poitrine.

Roseanna arrivait à leur suite. Dès qu'il l'aperçut, le roi s'approcha et la prit à part.

— Quel plaisir de voir tous mes enfants réunis ! lui chuchota-t-il affectueusement. Ma délicieuse rose, c'est grâce à toi qu'Elizabeth a eu la vie sauve, sois-en remerciée de tout cœur !

— Je n'ai fait que mon devoir, Sire. Et cela m'a permis de découvrir quelle femme exceptionnelle est la reine. Je comprends mieux maintenant pourquoi vous l'avez épousée.

Le rire tonitruant d'Edward IV éclata sous les ogives du vestibule de Westminster.

— Tu es bien la seule à penser ainsi ! Mais au fait, que fait Elizabeth ? Pourquoi n'est-elle pas là pour m'accueillir ?

— Il faut lui pardonner, Sire : on est en train de la coiffer. Elle ne veut paraître devant vous que dans l'éclat de sa beauté.

— Voilà qui m'honore.

Le roi jeta un coup d'œil derrière son épaule.

— Ravenspur ! lança-t-il à tue-tête. Où se cache-t-il, le bougre ? Viens donc embrasser ta femme !

La panique gagna Roseanna. Le baron était là ! La silhouette massive de Ravenspur se détacha du groupe d'hommes qui accompagnaient le souverain. Son regard sombre la foudroya.

— J'attends vos explications, madame !

Toute tremblante, elle leva les yeux vers lui. Bizarrement lui revint à l'esprit le moment où, dans l'intimité, elle avait découvert les durillons sur ses fesses. Un sourire amusé apparut sur ses lèvres.

— Mes explications ne seront pas de la même nature selon que vous pensez me punir ou m'embrasser.

A peine eut-elle prononcé ces mots que le baron la saisit dans ses bras. Sa bouche s'empara ardemment de la sienne. Avec ce baiser, il témoignait devant tous qu'il lui pardonnait.

Se frottant contre lui, Roseanna répondait à sa caresse avec une fougue qui révélait son nouvel amour pour lui.

D'un œil bienveillant, le roi contemplait le couple.

— Il semble urgent de vous trouver une chambre avec un bon lit dans Westminster, observa-t-il en riant.

— Non, Sire, fit Roseanna. Il y a beaucoup plus pressé : Ravenspur doit m'accompagner chez le meilleur tailleur de Londres. Je veux être la dame de la cour la plus élégante.

D'un regard, elle provoqua son mari.

— Car il est temps, mon cher, que vous dépensiez l'immense fortune pour laquelle je vous ai épousé.

Roger de Montford s'esclaffa.

— Elle est vraiment incorrigible, remarqua-t-il à l'intention du roi.

Ce dernier semblait ravi.

— A toi de faire son éducation, mon bon Roger.

— Hélas, je ne sais pas si je suis de taille.

Se hissant sur la pointe des pieds, Roseanna lui souffla dans le creux de l'oreille :

— Vous l'êtes, milord, je peux en témoigner.

Ce soir-là, pour fêter le retour du roi, un grand bal fut organisé au palais de Westminster. Dans l'immense salle consacrée aux festivités officielles, la reine Elizabeth siégeait à la place d'honneur. Sa Grâce resplendissait dans une somptueuse robe d'un blanc virginal, incrustée de pierres précieuses. Au sommet de sa tête scintillait une couronne d'or. Toute trace des souffrances liées à son accouchement avait disparu de son beau visage lisse.

Des membres du clan Woodville, frères, sœurs et fils, l'entouraient, tandis que le roi, débonnaire, allait d'un groupe à l'autre et se mêlait à ses courtisans.

Tout de noir vêtu, le baron de Ravenspur contrastait avec les autres gentilshommes, dont les chausses et les pourpoints chamarrés étaient à la dernière mode. On aurait dit un grand corbeau égaré dans un troupeau de paons.

Pour sa part, Roseanna était splendide et elle le savait. Sa robe, achetée le jour même, avait coûté une fortune. Tout en soie rose, elle possédait de jolies manches bouffantes ajourées, sous lesquelles on devinait sa cotte d'un rose plus foncé. Son profond décolleté découvrait les rondeurs de sa poitrine. Ses superbes cheveux flottaient dans son dos, retenus seulement sur les tempes par deux bijoux en forme de papillon.

Tandis qu'ils partageaient une timbale de vin, Roseanna glissa à son mari :

— Si notre séjour à la cour doit se prolonger, il faudra que vous m'achetiez d'autres toilettes.

Le baron la dévisagea de son regard ardent.

— Vous aurez toutes les robes que vous voudrez, mais nous ne resterons pas bien longtemps à la cour. Nous partirons pour Ravenspur immédiatement après le baptême du prince héritier. Et, hélas, nous ne passerons ensemble que deux semaines dans notre château, car ensuite...

Il hésita.

— Ensuite ?

— Je serai obligé de vous quitter : le royaume est toujours en danger. Il est prévu que Richard fasse mouvement vers le Nord pour prévenir toute attaque de l'Écosse. Hastings a été chargé de pacifier les Midlands. Et moi, je me rendrai au pays de Galles où l'insurrection continue de menacer.

La gorge nouée, Roseanna tressaillit : et s'il mourait en guerroyant sans voir l'enfant qu'elle mettrait au monde dans sept mois ?

Tendrement, Roger lui prit la main.

— A Ravenspur, vous serez en sécurité. En outre, ce n'est pas trop loin de Castlemaine. Vous pourrez toujours y faire un saut de temps à autre, quand vous vous sentirez trop seule.

— En fait, se moqua Roseanna, si vous tenez à m'éloigner si vite de la cour, c'est que vous avez peur que l'un de ces charmants gentilshommes ne me séduise.

— C'est bien possible : avez-vous remarqué comment tous ces nobles seigneurs vous regardent ? Si je n'étais pas à vos côtés, ils se jetteraient sur vous comme des loups sur une biche.

La jolie baronne haussa les épaules.

— Oh, vous exagérez !

— Nullement, vous êtes belle à faire damner un saint. Quand vous danserez, prenez garde : votre cavalier pourrait vous attirer dans un coin. Votre décolleté est si profond, il n'aurait pas grand mal à dénuder vos seins... Voulez-vous que je vous montre ?

Les joues de Roseanna s'empourprèrent.

— Dieu soit loué, vous rougissez encore ! Si vous demeuriez un mois à la cour, vous ne sauriez plus le faire.

Le roi et la reine ouvrirent le bal. Sous l'œil indulgent de Roger, Hastings,. Herbert, Stafford et Richard — le tout nouveau grand connétable du royaume d'Angleterre — invitèrent tour à tour à danser sa ravissante épouse. Mais quand Thomas Grey enlaça la taille de Roseanna et l'entraîna dans un tourbillon endiablé, il fronça les sourcils, irrité. Les deux fils de la Woodville avaient la mauvaise réputation d'être de redoutables coureurs de jupons. Avec eux, la vertu de toute femme était menacée.

Avant la dernière note du morceau, Ravenspur arracha Roseanna des bras de Thomas Grey.

— Ça suffit ! A moi de danser avec vous, madame.

— Eh, baron, toujours à couteaux tirés ! ricana le cavalier évincé.

Cette attaque faisait allusion à l'assassinat de la deuxième épouse de Roger de Montford.

— Quoi ! Vous le laissez vous insulter sans réagir ? s'étonna Roseanna tandis qu'elle évoluait, guidée par son mari.

— Provoquer en duel un fils de la reine est impossible. Et puis, que m'importe les propos de ce freluquet, tant qu'il ne pose pas ses pattes sur vous.

Roger la pressa plus fort dans ses bras et la belle baronne frémit.

— J'ai terriblement envie de vous, lui chuchota-t-il à l'oreille.

— Je le sais.

— Et vous aussi en mourez d'envie.

Pour toute réponse, les yeux gris de Roseanna se levèrent, brillants de désir. Roger s'arrêta net de danser. Se moquant de l'étiquette qui exigeait que nul ne se retirât avant le roi et la reine, il l'entraîna hors de la salle de bal. Main dans la main, ils gagnèrent l'aile du palais où se trouvait leur chambre.

Ils se déshabillèrent. Nu le premier, Roger porta sa femme sur le lit où il acheva de la dévêtir. Ses lèvres remontèrent des chevilles jusqu'à l'intérieur des cuisses, traçant le long de sa peau douce un sillon de feu. Un gémissement échappa à Roseanna quand elles se refermèrent sur sa rose secrète.

Nouant les mains derrière sa nuque, elle tenta d'attirer Roger sur elle. Son désir était si intense qu'elle ne souhaitait pas de préliminaires. Mais le baron résista : il ne délaisserait pas la fleur avant que le bouton n'en soit éclos. Du bout de la langue, il agaçait le petit bouton de chair avec une telle science qu'un spasme de plaisir secoua bientôt Roseanna.

— Je vous en prie, Ravenspur, supplia-t-elle.

Les yeux clos, elle avait enfoui sa tête dans l'oreiller.

— Je vous en prie, je vous en prie...

— Je sais ce que vous voulez, mais je refuse de vous posséder comme une catin.

Délicatement, il prit son visage entre ses mains.

— Regardez-moi, Roseanna, et avouez que vous m'aimez !

— Non ! Non !

Roger frotta son membre dressé contre ses cuisses.

— C'est de cela que vous avez envie, n'est-ce pas ?

Le corps arc-bouté, elle agrippa ses hanches pour qu'il pénétrât en elle.

— Si vous vous donnez à moi sans m'aimer, vous vous comportez comme une vulgaire prostituée. Est-ce ainsi que vous souhaitez que je vous traite ?

— Bien sûr que non, Ravenspur.

— Je m'appelle Roger.

— S'il vous plaît, Ravenspur...

— N'as-tu donc pas de cœur ? Pourquoi ne veux-tu pas m'aimer... au moins un peu ?

La voix du baron était hachée par l'émotion : les résistances de Roseanna s'effondrèrent. Des larmes attendries lui montèrent aux yeux.

— Oui, Roger, je vous aime... J'ignorais qu'il était possible d'aimer à ce point.

— Oh, ma chérie, ma chérie !

Cet aveu l'emplissait de joie. Fou de bonheur, il se glissa en elle. Il était dur et chaud, Roseanna poussa un cri et s'accrocha à lui, enfonçant ses ongles dans sa nuque, éperdue de plaisir.

La tête enfouie dans le creux de son épaule, il déposait des baisers ardents sur son cou. Elle embrassait sa joue, son oreille. Sa peau avait un délicieux goût de sel. Il s'enfonça plus profondément en elle, allant et venant selon une cadence de plus en plus endiablée. Quand le plaisir la submergea, elle cria son prénom.

L'extase était si forte qu'elle crut un instant s'évanouir. Elle l'entendit gémir plus fort, le sentit trembler et se raidir. Puis il retomba sur elle, son haleine brûlante contre son cou, son corps en sueur contre le sien comme s'ils n'étaient qu'une seule et même chair.

— Oh, Roseanna, Roseanna, je t'aime tellement ! souffla-t-il sur sa peau.

— Moi aussi, Roger.

Dans ses bras, elle se sentait merveilleusement bien. Chérir cet homme, lui donner un enfant, voilà le bonheur auquel elle aspirait depuis toujours.

Roger l'étreignit plus tendrement.

— Tu sais, mon amour, j'ai failli devenir fou quand j'ai compris que tu avais fait évader Bryan Fitzhugh. J'ai ensuite constaté que Zeus et Coran n'étaient plus à l'écurie : j'étais persuadé que vous aviez fui ensemble.

— Pardonnez-moi, Roger, d'avoir aussi mal agi. Vos soupçons étaient fondés : Sir Bryan était impliqué dans le complot contre le roi. Mais je l'ignorais encore au moment où j'ai ouvert la porte de son cachot. Je craignais que vous ne le fassiez décapiter, parce que vous imaginiez qu'il était mon amant.

Avec gentillesse, il lui mordilla le lobe de l'oreille.

— C'est vrai, j'étais excessivement jaloux de lui, de sa jeunesse, de son visage d'ange. Je me disais qu'il incarnait pour toi l'idéal masculin.

— Vous m'avez sans doute trouvée bien sotte et naïve.

— Et j'ai dû passer à tes yeux pour un vieux mari jaloux.

Roseanna le fixa de ses grands yeux gris.

— J'aimerais partir pour Ravenspur le plus tôt possible afin d'être seule avec vous.

— Si Edward y consent, nous quitterons Londres dès demain. A présent, il faut dormir. Bonne nuit, mon amour.

Au matin, Roger réveilla Roseanna d'un long et tendre baiser.

— As-tu fait de beaux rêves, ma chérie ?

— Oui, et savez-vous de quoi j'ai rêvé ?

Son visage devint grave.

— De l'enfant que j'attends : je suis enceinte.

— Quoi ? Est-ce une mauvaise plaisanterie, Roseanna ?

Brutalement, il s'était rembruni. Cette nouvelle lui inspirait de la répugnance. Comme c'était blessant ! Des larmes coulèrent sur les joues de Roseanna. Outragée, elle se leva d'un bond.

— La peste vous emporte, Ravenspur ! C'est quand je ne vous résiste plus et que je suis la plus vulnérable que vous choisissez de me rejeter.

— Roseanna...

— Taisez-vous ! décréta-t-elle rudement.

Le baron baissa les yeux, incapable de s'expliquer. Une intuition traversa l'esprit de Roseanna : il la soupçonnait d'être enceinte de Bryan !

— Pensez-vous que cet enfant n'est pas de vous et que je vous ai été infidèle ? questionna-t-elle avec brusquerie.

— Vous seule le suggérez, madame.

L'air peiné, Roger se leva et passa dans le cabinet de toilette.

De grandes réjouissances devaient se dérouler toute la semaine au palais de Westminster, pour fêter la naissance du prince héritier de la couronne d'Angleterre. Toutefois, Roger de Montford demanda à Edward IV la permission de ne pas assister au baptême.

Comme à son accoutumée, le roi se montra débonnaire.

— Fais ce que tu veux, mon bon Roger, ce n'est pas moi qui t'en tiendrai rigueur. En revanche, ton absence et celle de ma jolie rose déplairont à la reine.

— Je juge plus prudent d'éloigner Roseanna de la cour tant qu'elle est dans les bonnes grâces d'Elizabeth. Car, dès que celle-ci apprendra qu'elle est ta fille, son attitude changera du tout au tout et elle la traitera en ennemie.

Edward soupira.

— Elle a bien d'autres chats à fouetter en ce moment : elle crie vengeance et veux que je châtie impitoyablement tous les coupables. A ce propos, j'aimerais avoir ton avis, Roger : comment traiter Northumberland ? C'est le frère de Warwick, mais il m'est resté fidèle. Je suis tenté de récompenser sa loyauté. Ce serait une bonne politique : « diviser pour régner » est une maxime que j'ai adoptée. Mais évidemment, Elizabeth enrage à l'idée que je puisse faire la moindre faveur à l'un des frères de Warwick.

— Tu n'as qu'à honorer son fils en lui donnant un duché. Northumberland s'en satisfera et la reine ne pourra pas en être offensée.

Edward acquiesça.

— Et pour mieux amadouer Elizabeth, je vais confier à son frère Anthony le titre de Lord Rivers, que la mort de leur père a laissé vacant.

L'air grave, le baron dévisageait son souverain. Brusquement, il lui demanda :

— Et que penses-tu faire de George ? Le jeter en prison ?

— Derrière des barreaux, on aurait vite fait de le supprimer. Ce que je ne souhaite pas. Certes, il a tenté de me trahir, mais il demeure mon frère. Je préfère fermer les yeux.

Roger de Montford et sa femme chevauchaient à la tête d'un groupe de chevaliers et de soldats qui se rendaient de Londres au fief de Ravenspur, sur la côte est du comté de Lincoln. Chacun le savait : le séjour dans l'agréable château serait de courte durée. Bientôt, il faudrait repartir en expédition vers le sauvage pays de Galles.

La journée était fort belle, tout indiquait que le printemps serait précoce cette année. Les arbres, que l'hiver avait dépouillés, recommençaient déjà à bourgeonner, et les oiseaux construisaient leurs nids dans les branches.

Au soir du deuxième jour, Ravenspur apparut, et Roseanna fut surprise par le charme exceptionnel des lieux.

« C'est un véritable palais ! » songea-t-elle, ravie.

En effet, le château de Ravenspur était un plaisant édifice, construit dans un style précurseur de la Renaissance. En forme de H, son plan possédait des symétries harmonieuses. Il était agrémenté de vastes terrasses extérieures entourées de jardins. Sur les murs en brique rose grimpait du lierre. Tout autour s'étendait un immense parc, des daims en liberté y paissaient sous les frondaisons.

Tristan, tenant en selle devant lui sa petite fille, vint à leur rencontre.

— Ah, voilà Becky, je suppose ! s'écria Roseanna en caressant la jolie tête blonde de l'enfant. Tu me parais en grande forme, ma chérie.

Becky agita joyeusement ses boucles dorées.

— Hélas, il n'en va pas de même pour sa mère, soupira le cadet des de Montford. Heureusement que vous arrivez, Roseanna, votre présence fera plaisir à Rebecca.

— J'irai lui rendre visite demain, et je lui ramènerai Becky si vous acceptez de me la confier jusque-là.

D'un regard, Tristan interrogea Roger qui acquiesça.

— C'est d'accord. Tu seras bien sage avec Roseanna, n'est-ce pas, Becky ?

— Oui, papa, je te le promets.

La baronne tendit les bras à l'enfant qui s'y blottit, ravie.

Dans le château, les chevaux furent conduits aux écuries où le vieux Dobbin accueillit sa maîtresse avec chaleur.

— Prends le plus grand soin de Coran, lui conseilla-t-elle. Il vaut son pesant d'or.

— N'ayez crainte, milady, il sera traité comme un prince.

Puis le maître écuyer se pencha vers Becky et lui adressa un clin d'œil.

— Viens avec moi, ma petite, je vais te montrer quelque chose qui va te plaire.

Dobbin entraîna Roseanna et la fillette dans un recoin de l'écurie. Installée sur la paille, une épagneule au regard plein de tendresse était entourée de sa portée de chiots âgés de dix semaines. Émerveillée, Becky battit des mains.

— Qu'ils sont mignons ! S'il vous plaît, est-ce que je pourrais en prendre un pour moi ?

Roseanna donna son accord. Avec un sourire radieux, la petite fille attrapa le plus adorable des chiots et le berça dans ses bras.

Sur le seuil de la porte d'entrée du château, Alice et Kate étaient accourues pour saluer la baronne.

— J'ai tellement de choses à vous raconter que je ne sais par quel bout commencer ! s'exclama Roseanna, tout en embrassant ses domestiques.

L'air désapprobateur, Kate fixait la fillette tenant le chiot contre sa poitrine.

— Naturellement, ça va uriner partout ! grommela-t-elle.

— Mais je ne fais plus pipi dans mes culottes ! protesta Becky.

— Rassure-toi, chérie, Kate ne parle pas de toi mais du petit chien, intervint Roseanna. Et à présent, Alice et Kate, faites-moi visiter le château de fond en comble.

L'aile est du premier étage abritait les cuisines et la buanderie ; et l'aile ouest les quartiers des hommes d'armes. Au deuxième étage, d'un côté logeaient les chevaliers avec leur famille, de l'autre les domestiques. Au troisième se trouvaient la grande salle destinée aux bals et aux fêtes, plusieurs salles à manger, une série de chambres pour les hôtes de passage et une nursery.

Les appartements privés de Lord Ravenspur occupaient l'aile ouest du quatrième et dernier étage : une salle de séjour, une bibliothèque aux rayonnages garnis de centaines de volumes et une vaste chambre.

Roseanna et ses deux servantes y pénétrèrent. Au centre se dressait un immense lit à colonnes. Il était tellement surélevé qu'on l'avait doté d'un petit escalier de bois à trois marches, qui permettait d'y accéder plus commodément.

En face du lit, trônait une monumentale cheminée de marbre blanc, la couleur dominante des lieux avec le rouge et le noir. Une profusion d'objets d'art, ramenés par les navires du baron de leurs expéditions, embellissait la pièce. Dans un coin, Roseanna remarqua un magnifique paravent incrusté de nacre et de lapis-lazuli, derrière lequel était placée une baignoire en émail rouge.

Roseanna admirait la chambre de son mari quand une toux discrète la fit se retourner : M. Burke se tenait sur le seuil.

— Soyez la bienvenue à Ravenspur, milady, je vous y souhaite beaucoup de bonheur.

— Merci, c'est très gentil.

— Je me suis permis de vous choisir une chambre dans l'aile est pour les nuits où...

Le chambellan toussota de nouveau.

— ... vous désireriez être seule.

— Parfait, monsieur Burke. Becky et moi y dormirons ce soir. Pouvez-vous nous y conduire ?

La chambre séduisit d'emblée Roseanna, tout en teintes tendres, blanc et rose. Décidément, son mari avait du goût !

Roseanna décida d'y passer la soirée, elle dînerait avec la petite Becky et se coucherait de bonne heure. Elle chargea le chambellan de transmettre à son mari un billet afin de le prévenir.

Le message contraria Roger : sa femme envisageait-elle de faire encore chambre à part, même à Ravenspur ? Il s'inclina pourtant : Roseanna était enceinte et venait d'effectuer un harassant voyage à cheval, il était bien normal qu'elle voulût se reposer.

Quelle aurait été la tête du baron si, à cet instant, il avait pu voir Roseanna ! Elle était en train de jouer à chat perché avec Becky, et toutes deux s'amusaient et riaient comme de petites folles. Excité, le chiot s'en donnait à cœur joie, il courait aux quatre coins de la chambre, s'élançait pour leur mordiller les mollets, tout en poussant des aboiements aigus.

Après le jeu, Roseanna donna un bain à la fillette, puis la borda dans le grand lit. Kate avait monté un plateau chargé de victuailles. Toujours d'humeur légère, la baronne et la petite fille dînèrent ensemble.

Alice vint ensuite préparer sa maîtresse pour le coucher. Tandis que sa camériste démêlait ses cheveux, Roseanna lui conta par le menu ses aventures à Londres, lui parla de la reine Elizabeth et de tout ce qu'elle avait aperçu et entendu à la cour.

A travers les rideaux de sa chambre, les premières lueurs de l'aube filtraient peu à peu : Roger n'avait pas fermé l'œil de la nuit. Dormir sans Roseanna lui était désormais insupportable. Son désir pour elle, plus violent que jamais, l'avait empêché de trouver le sommeil.

S'étant tourné et retourné longtemps dans son lit, il se leva soudain : il devait la voir tout de suite. Prestement, il enfila des hauts-de-chausses, une paire de bottes, une chemise de lin et, à grands pas, prit le chemin de la chambre de Roseanna. Un étonnant spectacle l'y attendait : sa femme, en chemise de nuit en soie, et Becky, riant aux éclats, se poursuivaient autour du lit, le bébé épagneul sur leurs talons.

Puis Roseanna s'allongea sur le dos, et s'amusa à soulever l'enfant à bout de bras. Le tableau était charmant.

— Si j'ai une petite fille, j'aimerais qu'elle te ressemble, Becky.

— Ce sera un garçon, intervint le baron en s'avançant dans la pièce.

— Viens jouer avec nous, oncle Roger, l'invita Becky.

A la grande surprise de Roseanna, il les rejoignit sur le lit et commença à faire des chatouilles à sa jeune nièce.

— Alors, mon poussin, comment va-t-on ce matin ?

La petite fille gigotait, tordue de rire.

— Surtout, oncle Roger, ne chatouille pas le chien. Autrement, il fera pipi sur le lit.

— Quoi ? Tu n'as pas encore sorti cette bestiole pour qu'elle fasse ses besoins ?

La saisissant à bras-le-corps, il la déposa sur le parquet.

— Allez, dépêche-toi de l'emmener, on dirait que ça presse.

— Demande à Alice de t'accompagner, Becky ! ajouta Roseanna.

L'enfant quitta la chambre avec le chiot. Le baron et la baronne se retrouvèrent seuls, allongés sur le lit.

— Je croyais que vous détestiez les enfants. Est-ce seulement celui que j'attends qui vous fait horreur ? lança-t-elle, amère.

Au lieu de lui répondre, Roger la contemplait : ses lèvres pulpeuses étaient si sensuelles, sa chemise de nuit à demi retroussée révélait ses superbes jambes galbées. Son désir s'intensifia. L'agrippant par les épaules, il l'attira tout contre lui. Roseanna se raidit instantanément.

— Faut-il vous supplier chaque fois pour faire l'amour ?

Elle se débattit mais l'étreinte se resserra. Roger captura ses lèvres. Avide, sa langue se fraya un passage pour fouiller l'intérieur de sa bouche chaude et humide. Il glissa une main sous la soie de la chemise de nuit et suivit les courbes de sa poitrine.

Roseanna cessa de résister. Un long frémissement la parcourut : collé à elle, il se frottait contre la partie la plus sensible de son corps. Elle était sur le point de s'abandonner lorsque, tout à coup, Becky et le chiot réapparurent dans la chambre. Innocemment, la petite fille voulut participer au jeu et grimpa sur le dos d'oncle Roger.

Dépité, le baron se redressa en faisant les gros yeux à la fillette.

— Veuillez m'excuser, milord, mais il est l'heure de mon bain, s'empressa de déclarer Roseanna qui s'esquiva en direction du cabinet de toilette.

— On s'arrête déjà de s'amuser ? s'étonna Becky. Et toi, oncle Roger, pourquoi tu me regardes comme ça ? Tu es en colère ?

— Pas du tout, mon poussin, et le jeu continue : il faut que j'attrape Roseanna.

Dans le cabinet de toilette, la baronne avait ôté sa chemise de nuit et s'apprêtait à se glisser dans la baignoire, quand la voix surexcitée de la fillette retentit dans la pièce à côté :

— Attention, Roseanna, oncle Roger va t'attraper ! Va-t'en ! Cours vite, vite !

Aussitôt, elle s'enfuit toute nue dans le corridor. Roger s'élança à sa poursuite. Elle dévala l'escalier quatre à quatre. Mais il gagnait du terrain. Sur le palier du second étage, il la rejoignit. Les yeux écarquillés, cinq ou six valets assistèrent à cette scène insolite : leur maître soulevait dans ses bras sa jeune épouse nue puis, l'embrassant à pleine bouche, remontait l'escalier.

Sans cesser son baiser, il la porta jusque dans sa propre chambre où il l'allongea sur le lit. A présent, Roseanna le désirait autant qu'il la désirait.

Ce fut avec un gémissement d'extase qu'elle l'accueillit en elle.

— Maintenant ! ordonna-t-elle, alors qu'un feu éblouissant se diffusait dans ses veines.

Leurs souffles s'apaisèrent peu à peu. Enlacés, ils se regardaient dans les yeux avec une tendresse infinie.

— Roseanna, murmura Roger, je t'aime, je t'aime

plus que tout au monde. Pardonne-moi si j'ai mal réagi lorsque tu m'as annoncé attendre un enfant. C'est que, vois-tu, les accouchements me font très peur.

Sa première femme était morte en couches, se rappela Roseanna. Oui, maintenant tout s'expliquait.

— J'espère beaucoup avoir un fils, continua-t-il tout bas. Mais j'y renoncerais si cela devait mettre ta vie en péril.

— Ce n'est pas une épreuve si redoutable : tous les jours, des femmes mettent au monde des enfants et n'en meurent pas.

Elle repensa tout à coup à l'accouchement de la reine. Tout ce sang, ces cris, ces vomissements. Comme la malheureuse avait souffert ! Mais aussi, avec quel courage elle avait surmonté cette épreuve pour le plus beau des résultats : un superbe bébé.

Attirant la tête de son mari, elle l'appuya sur sa poitrine.

— Je me sens de taille à vous donner un fils, déclara-t-elle avec fierté.

Les deux semaines qui suivirent furent pour Roger de Montford d'un bonheur sans mélange. Sa merveilleuse épouse l'aimait, et elle aimait aussi le château de Ravenspur, auquel il était si attaché.

Pour Roseanna également, la vie était belle. Hélas, les jours passaient trop vite, son mari gagnerait bientôt le pays de Galles. Le moment des dernières dispositions arriva.

— Je laisse douze hommes d'armes à votre service, annonça le baron à sa femme. Il ne faudra jamais vous éloigner de Ravenspur sans eux.

— L'obéissance n'est pas mon fort, milord, mais pour une fois je suivrai vos conseils.

— Souhaitez-vous que vos gardes du corps soient commandés par le capitaine Kelly ?

Roseanna eut un mouvement de recul.

— Non, je ne supporte pas cet homme.

— Pourquoi donc ?

Prudemment, elle s'abstint de mentionner sa sinistre rencontre devant le cachot de Sir Bryan, et les grossiers attouchements que le capitaine s'était permis.

— Parce qu'à cause de votre ressemblance je crois que c'est lui qui a assassiné Lady Janet.

— Voilà qui est absurde ! Vous vous trompez, j'en mettrais ma main au feu.

Se hissant sur la pointe des pieds, Roseanna effleura ses lèvres d'un tendre baiser.

— Ayez confiance en mon intuition féminine, milord. Méfiez-vous de cet homme !

La veille du départ pour le pays de Galles, une grande fête fut donnée au château de Ravenspur. Son organisation provoqua un nouvel incident entre Kate Kendall et M. Burke. Excédé, celui-ci alla se plaindre auprès de son maître qui, un sourire aux lèvres, écouta ses doléances.

— Morbleu, Burke ! Vos incessantes querelles finissent par me paraître suspectes. Qu'est-ce que cela cache ? Aurais-tu des vues sur la domestique de Lady Roseanna ?

Le vieux serviteur se récria :

— Dieu m'en garde, milord ! Cette Kate Kendall est une peste. Et j'aimerais bien qu'elle se fourre une bonne fois pour toutes dans la tête qu'ici, à

Ravenspur, c'est moi seul qui règle la vie domestique.

— Cela va sans dire, mon brave Burke, mais fais preuve d'un peu plus de souplesse. Les femmes, c'est comme les chevaux : si tu veux les dresser, il faut une main de fer, certes, mais dans un gant de velours.

Lors du bal, Roseanna se montra particulièrement en beauté, dans une superbe robe écarlate aux longues manches bouffantes et ajourées, au décolleté festonné de rubans d'argent. Ses cheveux étaient semés de bijoux d'or en forme de lune et d'étoile. Elle avait aussi passé du fard sur ses paupières et ses lèvres. Selon la dernière mode à la cour.

La fête fut éclatante. Bière et vin coulèrent à flots. Avec satisfaction, Roseanna constata que la ravissante Rebecca, toute souriante, dansait souvent au bras de Tristan. Mais, comme les hommes devaient se lever très tôt le lendemain matin pour se mettre en chemin, la fête ne se prolongea pas après minuit.

Heureux du succès de cette soirée, le baron et la baronne montèrent ensemble se coucher. Une même impatience les habitait tous deux. Ils se déshabillèrent vite et se mirent au lit. Roger la pénétra presque tout de suite. Et jamais ils ne firent l'amour avec tant de fougue et d'emportement, tant de tendresse aussi.

Lorsque leurs sens furent apaisés, ils demeurèrent longtemps enlacés à se sourire. Avec une infinie douceur, Roger posa ses lèvres sur le ventre satiné de Roseanna.

— Prends bien soin de lui, ma chérie. Je te promets d'être de retour à Ravenspur pour sa naissance.

— Mais, Roger, je n'accoucherai qu'en juillet. Tu ne vas pas rester aussi longtemps absent, n'est-ce pas ?

— Je le souhaite de tout cœur, mon amour.

20

Un mois après le départ de Roger de Montford, Roseanna reçut un message de sa mère rédigé en ces termes :

Ma chère fille,

Si je me décide à prendre la plume, c'est pour t'annoncer une triste nouvelle : Neville est tombé gravement malade, son état empire tous les jours. Il te réclame souvent, ta présence lui serait bénéfique. Viens à Castlemaine au plus vite.

Je t'embrasse,
Joanna

Le lendemain même, la baronne de Ravenspur, Alice et Kate, escortées de douze hommes d'armes, partirent pour Castlemaine. Les vingt miles du trajet furent couverts sans encombre. A peine arrivée au manoir, Roseanna se précipita au chevet de son père. La pâleur de son visage la consterna : il paraissait au plus mal.

Lady Joanna entraîna sa fille dans son atelier

d'orfèvre afin de lui parler en tête à tête. Roseanna ne cacha pas son inquiétude :

— Oh, mère, c'est affreux ! Depuis quand Neville est-il dans cet état ?

— Une quinzaine de jours. Ses médecins ne parviennent pas à déterminer la nature de son mal. Maintes fois, je me suis querellée avec eux, ces idiots ne savent que lui faire des saignées, ce qui l'affaiblit un peu plus.

— Quel teint effrayant il a ! Et ces suées, cet incessant tremblement !

— Nous le veillons sans cesse : moi le jour, Jeffrey la nuit.

Son frère était donc à Castlemaine ! Cette nouvelle troubla Roseanna. Elle avait de bonnes raisons de croire qu'il avait activement participé, près de Warwick, au complot contre Edward IV. Néanmoins, pour ne pas l'alarmer davantage, elle n'en souffla mot à sa mère.

— C'est moi qui veillerai père cette nuit, décida-t-elle. Jeffrey pourra se reposer.

Après le dîner, le frère et la sœur se retrouvèrent dans la chambre du malade. Jeffrey salua d'abord Roseanna avec chaleur, puis se rembrunit en découvrant qu'elle était enceinte.

— Tu attends un enfant ! s'exclama-t-il sur un ton hostile et accusateur.

— Oui, Jeffrey, tu seras tonton dans quelques mois.

Ce dernier se mordilla la lèvre.

— Dans ton état, il serait préférable de dormir cette nuit. C'est moi qui resterai au chevet de père.

— Il n'en est pas question : je tiens à m'occuper de lui.

— Nous nous sommes fort bien débrouillés sans toi jusqu'ici ! rétorqua méchamment Jeffrey.

Pourquoi cette brusque flambée d'agressivité ? Interdite, Roseanna dévisageait son frère. Tout à coup, la vérité lui apparut dans toute sa clarté : il la détestait !

— Père a réclamé ma présence, je passerai la nuit auprès de lui.

Jeffrey haussa les épaules, agacé.

— Comme il te plaira, princesse !

Et, rouge de colère, il se rua hors de la chambre, comme si la vue de sa sœur lui était devenue insupportable.

Roseanna venait de comprendre : il savait qu'elle était la fille du roi. Voilà pourquoi il la haïssait.

La nuit de Sir Neville fut assez bonne. Au matin, son état s'était même légèrement amélioré.

— Roseanna, ma douce Roseanna, tu es là, enfin, murmura-t-il dans un filet de voix.

Joanna relaya sa fille au chevet du malade. Évidemment, celle-ci en profita pour aller faire un tour aux écuries. Le hennissement de Zeus retentit à son arrivée. L'étalon se mit à piaffer de joie tandis que Roseanna lui flattait le naseau.

— Mon beau Zeus, comme tu m'as manqué !

Sir Bryan avait donc tenu parole et ramené son destrier à Castlemaine. Le chevalier était-il ensuite resté au manoir ? L'hypothèse paraissait vraisemblable. La perspective de se retrouver face à lui ne l'enchantait guère.

L'après-midi, ce fut Kate Kendall qui se chargea de la garde du malade. Lady Joanna et sa fille allèrent se promener dans la campagne environnante.

Après avoir hésité longuement, Roseanna osa enfin poser la question qui lui brûlait la langue :

— Dites-moi, mère, Sir Bryan habite-t-il en ce moment à Castlemaine ?

Troublée, Joanna hésita.

— En effet, il est là, répondit-elle enfin sur un ton qui trahissait une certaine mauvaise conscience. Je comprends mieux aujourd'hui pourquoi tu le trouvais si séduisant.

Roseanna écarquilla les yeux.

— Que voulez-vous dire, mère ?... Qu'il est devenu votre amant ?

— Non... enfin... pas encore... Comprends-moi, ma chérie, je me sens si seule depuis la maladie de Neville, et Bryan est si doux, si attentionné.

Roseanna posa la main sur l'épaule de sa mère.

— Ne vous fiez pas à lui ! Ravenspur, croyant qu'il trahissait le roi, l'a jeté au cachot. Par pure jalousie, ai-je pensé, et je lui ai permis de s'évader. Peu après, j'ai réalisé que je m'étais trompée.

— Que racontes-tu, Roseanna ? Bryan est le meilleur ami de ton frère.

— Hélas, je crains que Jeffrey n'ait également trempé dans ce complot.

Ces propos indignèrent Joanna.

— Accuser mon fils d'une chose pareille ! Mais tu perds la tête, ma pauvre petite !

— Ne l'oubliez pas : Bryan et Jeffrey demeurent toujours au service de George.

— Et alors ? George n'a pas trahi. C'est ce damné Warwick qui a tout manigancé pour tenter de renverser Edward.

Un sourire nostalgique se dessina sur ses lèvres.

— Ah, Edward, Edward, mon premier et seul amour ! soupira-t-elle.

Les jours passèrent, l'état du malade continuait à inspirer les plus vives inquiétudes. Fait curieux, les nuits où Roseanna était de garde, tout se passait bien : Sir Neville restait calme et parvenait à trouver un sommeil réparateur. En revanche, quand venait le tour de Jeffrey, ses vomissements reprenaient et il perdait souvent connaissance.

Un après-midi, abandonnant le malade, la vieille Kate prit Lady Joanna et Roseanna à part. Avec un air conspirateur, elle leur confia :

— Je sais de quoi souffre Lord Castlemaine. J'ai vu un cas semblable il y a vingt ans : il s'agit d'un empoisonnement à la mort-aux-rats.

— Qui pourrait l'empoisonner ? s'exclama la châtelaine. Personne ne l'approche, si ce n'est toi, moi, Jeffrey et Roseanna.

— En effet, il y a souvent une odeur de ce genre dans sa chambre, ajouta la jeune femme.

— Par la sainte face du Christ, prends garde, ma fille ! Ce que tu dis est d'une extrême gravité.

— Mère, n'y avez-vous pas vraiment jamais songé ?

Une rude lutte se livrait dans le for intérieur de Joanna.

— Je l'admets, cette idée m'est déjà venue. Le poison est la seule explication au mal mystérieux qui frappe Neville.

Après un instant de réflexion, elle se décida :

— Il faut immédiatement agir : Kate, retourne au chevet du malade et administre-lui un antidote. Roseanna et moi allons visiter les appartements de mon fils. Peut-être y trouverons-nous la preuve de ce crime.

Dans une aile du château, Jeffrey occupait une suite de deux vastes pièces séparées par une porte en ogive. La première lui servait de chambre à coucher, la seconde de salle de séjour. Son armure, ses épées et ses lances y étaient entreposées. Aux murs étaient accrochés plusieurs massacres de cerfs et de sangliers qu'il avait lui-même tués à la chasse.

Les deux femmes se glissèrent furtivement dans la chambre et commencèrent à fouiller. Dans un tiroir de la table de nuit, Roseanna découvrit une liasse de lettres et de poèmes d'amour rédigés par Sir Bryan. Avec un léger pincement au cœur, elle les parcourut. Pourquoi son frère ne les lui avait-il pas transmis l'été dernier, à l'époque de son idylle avec le jeune chevalier ? Puis elle comprit tout à coup : en fait, ces vers ne lui étaient pas adressés, c'était pour Jeffrey que Bryan les avait écrits !

— Vite, viens voir par ici ! appela sa mère depuis l'autre salle.

Le paquet de lettres et de poèmes à la main, Roseanna la rejoignit. Abasourdie, Joanna lui désigna une boîte : elle contenait une poudre blanche mêlée de cristaux — le poison qu'on utilisait couramment au manoir pour exterminer les rats et les autres vermines.

— Jeffrey a certainement une bonne raison pour garder de la mort-aux-rats, expliqua Joanna.

Mais son regard révélait qu'elle était déjà persuadée de la culpabilité de son fils.

— Mère, sais-tu ce que j'ai trouvé ?

Roseanna brandit la liasse de lettres.

— Bryan et Jeffrey sont amants !

Abasourdie, la châtelaine demeura bouche bée.

Et dire que le jeune chevalier lui faisait depuis plusieurs semaines une cour empressée, à laquelle elle avait failli succomber !

A cet instant, les voix de Bryan et de Jeffrey retentirent dans la chambre voisine. Retenant leur souffle, les deux femmes se réfugièrent sur la pointe des pieds derrière le rideau de la porte.

— Si cette sale petite sorcière n'était pas venue fourrer son nez ici, il y a belle lurette qu'il aurait rendu l'âme, déclarait Jeffrey d'une voix amère.

— Ne sois pas si impatient, mon bel ami ! Il s'éteint à petit feu, ce sera bientôt toi le châtelain de Castlemaine.

— Que le diable emporte la bâtarde ! Depuis que je suis né, elle me gâche la vie.

— Arrête de geindre ! Approche, que je te déshabille, je vais te consoler, mon chéri.

Il y eut un froissement de vêtements.

— Je déteste encore plus ma mère, la catin du roi. Au fait, as-tu enfin réussi à coucher avec elle ?

— Patience, encore une fois ! On dirait un taureau prêt à charger.

— Et ça ne te déplaît pas parfois, n'est-ce pas, mon amour ?

Bryan poussa un râle de plaisir.

— Ah ! oui, comme ça... ah ! c'est si bon !

Au bout d'un moment, Jeffrey reprit sa complainte :

— C'est moi qui aurais dû être de sang royal et naître des amours d'Edward et de mère. Pourquoi a-t-il fallu qu'elle se marie avec ce pantin de Castlemaine ? Elle doit mourir elle aussi et tu t'en chargeras comme prévu.

— Oui... oui... gémit Bryan. Vas-y, mon gros taureau, maintenant, charge !

— Répète-moi avant comment tu agiras.

Pour obtenir de son amant la satisfaction qu'il réclamait, le jeune chevalier fut contraint de tenir un propos plus cohérent :

— Elle et moi serons au lit, et je la poignarderai au moment crucial.

— C'est la mort qu'elle mérite : tu lui planteras ta dague d'acier dans le cœur à l'instant où cette chienne lubrique sera en train de jouir.

— Oui... mon chéri... oui...

Lady Joanna en avait entendu assez. Vivement, elle saisit sur le râtelier d'armes l'arbalète de son fils. Entrouvrant le rideau, d'une main qui ne tremblait pas, elle tira. La flèche empala net les deux amants. Touché en plein cœur, Sir Bryan Fitzhugh mourut sur le coup. Jeffrey, cloué sur son ami mort, agonisait dans d'atroces souffrances.

Joanna et sa fille s'approchèrent du lit. Il fallait achever la besogne. Sortant de sa ceinture un court poignard, Roseanna le tendit à sa mère. Sans hésiter, celle-ci donna le coup de grâce à son fils.

— J'aurais pu tout te pardonner, sauf le poison, c'est l'arme des lâches, conclut-elle en guise d'oraison funèbre.

Se tenant par le bras, les deux femmes quittèrent la chambre ensanglantée et se rendirent dans l'atelier de Joanna. Kate Kendall les y rejoignit. La fidèle servante pâlit en apprenant le drame.

— Allez au chevet du malade, mère, dit Roseanna. Kate et moi ferons le nécessaire pour camoufler ces morts en accident de chasse. Naturellement, pas un mot de tout ceci à personne ! Même pas à Neville.

— N'aie crainte ! Je ne suis pas assez cruelle pour lui raconter que son fils tentait de l'empoisonner.

— Inutile même de lui annoncer sa mort.

— Nous attendrons un peu, tu as raison.

En catimini, Kate et Roseanna se rendirent dans la chambre de Jeffrey. Leur tâche macabre commença : elles désunirent les deux cadavres et les nettoyèrent. Après avoir brûlé les draps maculés de sang, elles les vêtirent d'une tenue de chasseur et les allongèrent chacun sur une couche.

Quand la nouvelle se répandit dans le manoir que le jeune seigneur et son gentil compagnon avaient péri dans un accident de chasse, personne n'en fut réellement affecté. Le fils de Lord Neville avait toujours traité domestiques et hommes d'armes comme des chiens.

Quelques jours plus tard, on apprit qu'un conflit avait éclaté entre les Wellese et les Dymoke, deux des plus puissantes familles du comté de Lincoln. Roseanna jugea qu'il était temps de rentrer à Ravenspur.

La jeune baronne s'en alla de Castlemaine le 17 mars, jour de la Saint-Patrick. Lady Joanna lui souhaita bonne route :

— Bien qu'il prétende le contraire, ton père est encore trop faible pour reprendre le commandement de ses hommes, déclara-t-elle à sa fille en l'embrassant. Si ton mari désire du renfort, dis-lui que nous nous rangerons volontiers sous ses ordres.

— Merci, mère, c'est très généreux de votre part.

Roseanna fut contente de retrouver son beau château de Ravenspur. Le soir, avant de se coucher, elle se chauffait les mains devant la cheminée. Ses paumes ouvertes se posèrent sur son ventre rebondi. Pourvu que l'horrible drame qu'elle venait de vivre ne compromît pas le développement de l'enfant !

Kate Kendall tirait les rideaux du grand lit à baldaquin.

— Je me sens parfois coupable de t'avoir enlevée à mère, lui avoua Roseanna. Surtout en ce moment, elle aurait grand besoin du secours de tes robustes épaules.

La fidèle servante secoua la tête.

— Lady Joanna est forte, et vous lui ressemblez. Mais tant que vous êtes enceinte, ma place est à vos côtés.

Roseanna ne tarda pas à s'endormir. Vers deux heures du matin, elle fut soudain tirée de son sommeil. Son cœur bondit de joie : Roger était là, il se glissait sous les couvertures. Il avait chevauché deux jours et deux nuits à bride abattue pour avoir le plaisir de l'embrasser et de dormir auprès d'elle.

— Je ne voulais pas te réveiller, mon bel amour, chuchota-t-il tendrement.

Lui prenant la main, Roseanna l'appuya contre son ventre où le bébé donnait de vigoureux coups de talon.

— C'est lui qui n'apprécie pas, Roger, pas moi.

Épuisé par sa longue chevauchée, le baron s'endormit aussitôt. Le sommeil adoucissait ses traits : il paraissait plus jeune, moins farouche. Quel bonheur de le revoir ! Comme sa présence rassurait Roseanna ! Cependant, elle éviterait de lui raconter le drame sanglant qui s'était déroulé à Castlemaine. Pour sa part, il avait suffisamment de soucis en défendant la couronne d'Edward IV.

Au matin, une agréable sensation réveilla Roger : la poitrine chaude et douce de Roseanna lui effleurait la joue. Du bout des doigts, il caressa la pointe de ses seins. Repoussant les couvertures, il contempla le corps splendide de sa jeune femme.

Bientôt, le désir à fleur de peau, ils s'étreignaient passionnément. Un sentiment d'urgence les animait : dans quelques heures, hélas, ils se sépareraient à nouveau, car Roger devait rejoindre ses troupes au pays de Galles.

Ils firent l'amour avec frénésie, comme si c'était la dernière fois. Le bonheur qu'ils éprouvèrent l'un et l'autre fut extrême, comme un éblouissant vertige.

Comblés, le baron et la baronne se dévisageaient, profondément émus.

— Oh, Roger, je me sens si bien dans tes bras, que vais-je devenir sans toi ?

— Aie confiance ! Notre amour est si fort qu'il se moque de tous les obstacles.

— J'ai si peur de te perdre.

— Il n'y a que dans tes bras, ma belle chérie, que je me perds, plaisanta-t-il pour essayer de la faire rire.

— Sois sérieux, Roger, je t'en prie !

Elle se blottit plus fort contre lui.

— Et parle-moi de la situation du royaume !

— Elle est assez sombre, malheureusement : les partisans de Warwick ont réussi à se renforcer, la guerre civile va éclater.

— Lors des prochaines batailles, j'aimerais que tu montes l'un de mes chevaux. Lequel des deux veux-tu ?

— Connaissant ton affection pour Zeus, je choisis Coran.

Après un long et langoureux baiser, Roger se leva.

— Il faut que je parte, mon amour.

— Je sais, murmura-t-elle, les larmes aux yeux. Dieu te protège !

21

A la tête de son armée, le roi Edward IV quitta York. La rencontre avec l'ennemi eut lieu à Stamford. Après une dure journée, les rebelles furent taillés en pièces et déconfits. La plupart portaient la livrée du duc de Clarence, George. Sur le cadavre de son ordonnance, on trouva des lettres qui compromettaient le frère du roi et prouvaient son intention de le détrôner pour régner à sa place.

Après la cuisante défaite de Stamford, George et Warwick s'enfuirent vers le sud du pays. En atteignant le port de Dartmouth, une mauvaise nouvelle les attendait : Anthony Woodville, le nouveau Lord Rivers, avait fait saisir tous les navires de guerre dont Warwick avait le commandement. D'autre part, Calais, à l'époque encore possession anglaise, était tombé aux mains des partisans d'Edward.

Cependant, le « faiseur de rois » et le duc de Clarence parvinrent à traverser la Manche et débarquèrent en France, à Honfleur.

Au mois de mai, Roger de Montford fut de retour à Ravenspur. Les deux mois qui suivirent, le baron dorlota sa femme dont la grossesse se poursuivait sans problème. Comme prévu, fin juillet les prémices de l'accouchement se déclarèrent.

Plus attentionné que jamais, Roger ne quittait pas le chevet de sa jeune femme. Lui tenant la main, il lui murmurait des mots d'encouragement. Quand ses contractions devinrent plus violentes, Roseanna exigea qu'il s'éloignât.

— Je t'en prie, Roger, va-t'en : je vais bientôt hurler très fort et tu ne le supporteras pas.

Le baron grimpa alors au sommet de la plus haute tourelle du château. Le pichet de vin dont il avait pris soin de se munir lui rendit l'attente moins pénible. Bientôt, Tristan le rejoignit pour lui tenir compagnie dans cette épreuve. Deux heures plus tard, M. Burke eut la bonne idée de leur apporter un nouveau pichet de vin qu'il partagea avec eux.

L'accouchement de Roseanna se passa normalement. Quatorze heures après les premières contractions, aidée par Kate Kendall dans le rôle de la sage-femme, elle mettait au monde un garçon.

Prévenus de l'heureux événement, Roger, Tristan et le chambellan dévalèrent l'escalier de la tourelle.

— N'oublie pas son cadeau, prévint le cadet.

Après un crochet par la chambre du baron, tous trois se retrouvèrent autour du lit de Roseanna. Le soulevant à bout de bras, celle-ci leur montra avec fierté le bébé qui gigotait et braillait avec une énergie prometteuse.

— Nous devrions les laisser seuls un moment, chuchota Kate, en chassant Tristan et M. Burke de la chambre.

— Bravo, Katie, vous avez fait du beau travail, la félicita le chambellan une fois dans le couloir.

Le cœur débordant de tendresse, Roger dévisageait sa jeune femme: elle était très pâle mais rayonnait de bonheur.

— Roseanna, je ne t'ai jamais autant aimée qu'en ce moment, murmura-t-il en se penchant vers elle et l'enfant.

— Je voudrais le baptiser des prénoms de mes deux pères: Edward, Neville.

— D'accord. Appelons-le Ned.

D'un geste plein d'affection, il caressa le menton du bébé.

— Bienvenu parmi nous, mon petit Ned!

De son pourpoint, Roger sortit un écrin de velours qu'il tendit à Roseanna.

— Qu'est-ce que c'est ? s'étonna-t-elle.

— Ouvrez, vous verrez.

Sur le fond de l'écrin scintillaient un collier de diamants et de rubis et une pendeloque de perle.

— Que ces pierres précieuses sont belles ! s'émerveilla-t-elle.

Délicatement, il noua le collier autour de son cou.

— Vite, un miroir!

Son reflet lui plut: le bijou rutilant de mille feux mettait en valeur la blancheur de sa peau et l'éclat sombre de ses cheveux.

— Malgré l'accouchement, je suis restée assez belle, estima-t-elle, satisfaite.

Le baptême du petit Edward Neville eut lieu en août. Malgré la situation toujours troublée du royaume — le nord du pays, du comté d'York à la frontière écossaise, était en effervescence —, le roi y assista avec sa cour et son frère Richard, duc de Gloucester et grand connétable d'Angleterre.

Au banquet qui suivit la cérémonie, Edward IV remit à Roseanna le cadeau de la reine Elizabeth pour le nouveau-né : une assiette en or massif.

— Sa Majesté est trop généreuse, s'extasia Roseanna, sincèrement touchée.

— Cela ne lui coûte pas grand-chose, à vrai dire. C'est avec mon argent qu'elle s'autorise de telles folies, s'esclaffa le roi.

Puis il s'adressa à Roger de Montford :

— A présent que tu as un héritier, je vais enfin pouvoir te nommer pair d'Angleterre.

— Non, Edward, être baron me suffit amplement, je te l'ai maintes fois répété.

Roseanna en profita pour glisser au roi :

— Sire, pourquoi ne donneriez-vous pas à votre petit-fils un titre correspondant à son lignage ?

— Quoi ! Ma fortune et mon rang ne vous paraissent pas assez pour lui ? s'offusqua Ravenspur.

— Elle est ambitieuse, elle a ça dans le sang, comme tous les Plantagenêts, chuchota le roi à son vieil ami.

Après un instant de réflexion, le monarque décréta :

— Je fais Edward Neville vicomte de Gainsborough. Son fief contient une petite ville située sur les rives de la Trent, au nord de Lincoln.

Roseanna s'inclina devant le roi en une profonde révérence.

— Je vous remercie du fond du cœur, Votre Grâce.

Haussant la voix pour être entendu de toute l'assemblée, Edward IV déclara ensuite :

— Je fais mon frère Richard gouverneur des Marches du Nord.

Un brouhaha de surprise et d'approbation parcourut la grande salle : gouverneur des Marches du Nord était un titre qui, de tout temps, avait appartenu à Warwick.

— Henry Percy, je te confie les charges précédemment occupées par John, le frère de Warwick. Aujourd'hui, te voilà gouverneur des Marches de l'Est et duc de Northumberland.

Des applaudissements enthousiastes crépitèrent. Successivement, Edward IV dépouilla Warwick et les membres de sa famille de tous leurs titres et possessions pour les redistribuer aux nobles seigneurs qui luttaient à ses côtés.

Parvenu en France, Warwick déploya toute l'habileté dont il était capable. Reçu en secret par Louis XI, farouche adversaire d'Edward IV, il passa une alliance avec lui. Le roi de France consentit à mettre à sa disposition troupes et navires pour regagner l'Angleterre afin de conquérir la couronne.

Le 9 septembre, Warwick et George firent voile vers la Grande-Bretagne. Deux puissants seigneurs, Jasper Tudor et le comte d'Oxford, s'étaient joints à l'expédition. Dès que les espions d'Edward IV rapportèrent cette nouvelle, le roi demanda à Percy et à Ravenspur de le rejoindre d'urgence à York. Selon toute vraisemblance, Warwick débarquerait sur la côte nord-est, dans la région où il comptait le plus de partisans.

On apprit finalement que lc « faiseur de rois », déjouant les prévisions, avait accosté à Devon. Et son retour avait été fêté dans le comté comme celui d'un héros. Depuis, il volait de succès en succès : partout où il passait, il levait de nouvelles troupes.

A présent, à la tête d'une puissante armée, il marchait sur Coventry.

De son côté, Edward IV en compagnie de Richard, Percy et Roger de Montford décida de faire mouvement d'York à Nottingham. Un jour, Roseanna eut la surprise de voir le roi et son armée arriver à Ravenspur. Les ailes du château grouillèrent de chevaliers et de lieutenants bardés de fer ; dans le parc se dressa une forêt de tentes pour le bivouac des soudards et des fantassins.

La jeune baronne ne put guère profiter de la présence de son mari. Le roi s'était isolé avec les membres de son état-major pour étudier les cartes et dresser des plans. Les avis divergeaient sur l'attitude à adopter. Selon Roger de Montford, Edward devait sans plus tarder mener une contre-offensive et marcher au-devant de Warwick pour briser son avancée.

Pour sa part, le souverain hésitait : du point de vue militaire, le rapport des forces ne penchait pas en sa faveur. Il ne pouvait prendre le risque de tomber une seconde fois entre les mains de Warwick : celui-ci le tuerait. C'était maintenant une lutte à mort, personne ne ferait de quartier. Et il lui semblait qu'il valait mieux différer l'instant de l'affrontement.

Finalement, le roi prit sa décision : il tenterait de gagner la Bourgogne dont le duc était son beau-frère et un ennemi acharné de Louis XI. Grâce à son appui, il lèverait des troupes plus nombreuses que celles de Warwick et reviendrait en Angleterre.

Après d'interminables heures de discussion, où le pour et le contre furent pesés et repesés, Roger put enfin monter se coucher. Il était exténué et, une fois au lit, se sentant sans énergie, il se contenta de serrer son épouse dans ses bras.

Roseanna le savait : la guerre était là. Elle avait peur, elle aurait préféré que son mari ne s'en mêlât pas, restât auprès d'elle et de leur fils.

— Que comptes-tu faire, Roger ? interrogea-t-elle d'une voix tremblante.

— Mon devoir de fidèle vassal d'Edward, naturellement. Il a décidé de se réfugier en Bourgogne et je l'accompagne.

Son bras enlaça plus fort la taille de Roseanna.

— Nous partirons demain à l'aube. Nous passerons par les Fens, la région des grands marécages, afin de gagner du temps.

— Il ne faut pas, c'est trop dangereux ! protesta-t-elle.

Le bébé en fut réveillé et se mit à pleurer. D'un bond, sa mère fut auprès de son berceau ; lui fredonnant tout doucement une berceuse, elle essaya de le calmer.

— Apporte-le dans notre lit, proposa Roger. Nous ne serons pas de nouveau tous ensemble avant longtemps.

Roseanna avait dénoué les rubans de sa chemise de nuit et donnait le sein au petit Ned. Le nourrisson dans les bras, elle revint près de son mari. Le tableau était touchant : Ravenspur, ému, pensa à une peinture de Madone à l'Enfant.

— Si je mourais au combat, dit-il d'un ton grave, sache que j'ai déjà signé tous les actes qui te permettront d'administrer mes biens en son nom. Le petit Ned deviendrait immédiatement propriétaire de ma fortune et de mon titre de baron.

— Ne parle pas ainsi, je t'en prie.

Vivement, elle posa l'index sur la bouche de Roger. L'entendre évoquer la possibilité de sa mort lui était insupportable. Le cœur serré, elle se blottit contre lui.

Le bébé s'était rendormi, Roseanna retourna l'installer dans son berceau. Un long moment, elle demeura penchée au-dessus de lui, les larmes aux yeux.

Roger savait que, malgré sa fatigue, il n'y avait qu'un moyen pour dissiper provisoirement l'angoisse qui les rongeait tous deux. Et dès que Roseanna le rejoignit, il l'étreignit et captura sa bouche. Leurs corps s'embrasèrent de désir.

Les cuisses nouées autour de ses hanches, Roseanna l'accueillit en elle avec un gémissement de volupté. Ses mouvements de va-et-vient se firent vite plus saccadés et impétueux.

Avec un cri d'amour, les vagues de la jouissance les submergèrent tous deux au même instant.

Apaisée, Roseanna avait glissé dans le sommeil. Roger la contempla longtemps tandis qu'elle dormait. Enfin, sans faire de bruit, il se leva et s'habilla. Moins d'une heure plus tard, à peine après l'aurore, il guidait le roi et ses troupes vers la région des grands marécages.

Les deux jours qui suivirent, Roseanna fut folle de chagrin. Elle avait l'impression que les murs du château se refermaient sur elle comme la dalle d'un tombeau. Le troisième jour, elle décida de réagir : malgré le vent glacial qui soufflait en cette journée d'octobre, elle harnacha Zeus et partit au galop dans les allées du parc de Ravenspur.

L'air piquant l'apaisa. Le cœur plus léger, elle regagna le château. En arrivant dans la cour, quelle ne fut pas sa stupéfaction de découvrir qu'un groupe de cavaliers l'attendait !

George, duc de Clarence, observait avec intérêt la ravissante jeune baronne qui s'approchait, caracolant sur son étalon noir. Une fourrure blanche l'enveloppait ; ébouriffée par le vent, son opulente chevelure retombait autour d'elle comme un second manteau. Une telle beauté ne pouvait le laisser indifférent.

Quoique ne l'ayant jamais vu, Roseanna le reconnut tout de suite. Cette taille de géant, ces cheveux roux comme de l'or brûlé, ce visage ne trompaient pas : c'était l'autre frère du roi.

S'avançant, George saisit les rênes de Zeus pour aider la cavalière à mettre pied à terre. Roseanna évita ostensiblement de lui faire la révérence et demanda avec brusquerie :

— Que cherchez-vous ici, Votre Grâce ?

La main sur le cœur, George s'inclina devant elle.

— Vous-même, répliqua-t-il sur un ton langoureux en la fixant droit dans les yeux. C'est ce que je me suis dit dès que je vous ai vue arriver.

Roseanna releva le menton d'un air de défi.

— Avant que vous ne vidiez les lieux, je peux vous offrir un rafraîchissement, Votre Grâce, lança-t-elle, cassante.

Le sourire doucereux de George disparut.

— Assez plaisanté, sorcière ! Tu sais très bien pourquoi je suis là : je suis à la poursuite de mon poltron de frère qui détale comme un lapin. N'essaie pas de nier : il est passé par Ravenspur. Depuis quand en est-il reparti ?

— Une semaine, mentit-elle.

Le duc de Clarence sauta en selle. Son regard

concupiscent s'attarda encore un instant sur la jolie baronne de Ravenspur.

— N'oubliez pas, madame, je reviendrai et personne ne m'empêchera alors de vous faire mienne.

Roseanna baissa les yeux, furieuse. Que cet homme était donc vil et méprisable ! Le roi aurait eu cent fois raison de l'emprisonner dans la Tour de Londres, et elle comprenait mieux pourquoi Elizabeth Woodville éprouvait une haine aussi farouche envers son beau-frère.

« Attends que Ravenspur soit de retour et tu verras », pensa-t-elle.

Elle ravala une larme : hélas, Dieu seul savait si Roger reviendrait un jour.

22

Le lendemain matin, deux hommes d'armes se présentèrent au château de Ravenspur. Hagards, crottés de boue, couverts de plaies, ils revenaient de la région des Fens. Le premier de ces braves soutenait le second qui avait les jambes brisées. Ils refusèrent d'être soignés avant d'avoir parlé à la baronne.

Alertée, celle-ci accourut.

— Alors, quelles nouvelles ? interrogea-t-elle, folle d'inquiétude.

— Elles sont terribles, milady, répondit le soudard le plus valide. Comme nous cheminions le long des rives du golfe de Wash en direction de Lynn, où Sa Majesté devait embarquer, nous avons été pris dans une tempête d'une violence effroyable. Il soufflait un vent à faire frissonner les morts. La tourmente a été à son comble au moment de franchir un large cours d'eau qu'on appelle la Nene. C'était un cauchemar : la bourrasque retournait les embarcations comme des fétus, noyant hommes et bêtes.

« Grâce à Dieu, le roi, son frère Richard, Henry Percy et Tristan de Montford ont réussi à gagner l'autre rive sains et saufs. Hélas, milady, le baron de Ravenspur et son pur-sang blanc ont été précipités dans les flots. Nous l'avons vu de nos propres yeux.

— Oh non ! hurla Roseanna avant de tomber évanouie sur le sol.

Son cri alerta les domestiques qui s'assemblèrent autour de leur maîtresse. Dans ses bras robustes, Kate Kendall la porta dans sa chambre.

Roseanna pleura trois jours entiers. Accablée de chagrin, elle errait dans les couloirs du château comme une somnambule. Enfin elle se décida à parler au chambellan.

— Monsieur Burke, lui dit-elle, il n'y a qu'à vous que je puisse le demander : allez dans les Fens et essayez de retrouver le cadavre de Roger. Je voudrais qu'il ait une sépulture décente, ici, à Ravenspur.

Accompagné de deux palefreniers, James Burke se mit en route dans l'heure qui suivit. Deux jours plus tard, ils atteignaient les lieux de la catastrophe. Une odeur infecte et des piaillements de mouettes les guidèrent jusqu'à un charnier au bord de la Nene. Dans un enchevêtrement de corps de soldats et de chevaux se détachait la robe blanche de Coran. Mais les cadavres des noyés étaient si bouffis et décomposés qu'il était difficile de les identifier.

Déployant des efforts surhumains, Burke et les deux palefreniers parvinrent à soulever le cheval mort. Écrasé sous lui, il y avait un cadavre d'homme, méconnaissable. Mais sa grande taille et sa chevelure très sombre indiquaient qu'il s'agissait du baron de Ravenspur.

Le chambellan ne pouvait ramener cette chose horrible à Lady Roseanna. De retour à Ravenspur, il lui expliqua :

— Nous l'avons retrouvé, mais il était impossible de le transporter. Nous l'avons enterré sur place.

Une grosse larme roula sur la joue pâle de Roseanna.

— Comment était-il ? demanda-t-elle effondrée.

— Écrasé sous Coran.

Le deuil de Roseanna n'en finissait pas et elle dépérissait jour après jour. Inquiète, Kate Kendall prit l'initiative d'écrire à Lady Joanna :

> *Vous avez dû apprendre que le roi Edward et ses fidèles seigneurs se sont réfugiés en Bourgogne. Durant cette expédition, avant de pouvoir quitter l'Angleterre, le baron de Ravenspur a malheureusement trouvé la mort. La perte de son mari a beaucoup affecté Lady Roseanna, et elle ne s'en remet pas. Je crains pour sa santé. Vous devriez venir séjourner quelque temps à Ravenspur. Votre présence lui serait salutaire.*
>
> *Votre dévouée servante,*
> *Kate Kendall*

Dolente et apathique, Roseanna laissait Kate lui passer une robe de soie toute noire tandis qu'Alice brossait ses cheveux. Le bébé se mit à pleurer dans son berceau.

— Pourquoi braille-t-il encore ? se lamenta la baronne.

L'air excédé, la vieille domestique ferma les poings sur ses hanches.

— C'est que vous le négligez trop, Lady Roseanna. Vous n'êtes tout de même pas ni la première mère ni la dernière femme à être veuve. Reprenez-vous, pour votre fils. Un peu d'énergie que diable, et cessez de geindre sans cesse sur votre sort !

— Kate, comment oses-tu me parler sur ce ton ?

— C'est pour votre bien, milady.

D'un signe, Kate ordonna à Alice de sortir de la chambre en même temps qu'elle. Il fallait que Roseanna restât seule afin de réfléchir à sa situation.

Peu après, la baronne s'approcha du berceau et prit le bébé dans ses bras. Elle lui chantonna une vieille berceuse. A travers les larmes qui embuaient ses yeux, elle sourit au nouveau-né : il ressemblait tellement à Roger !

— Oui, mon beau trésor, murmura-t-elle, Kate a raison : il faut que je vive pour toi. Je t'ai un peu abandonné ces temps-ci, mais ne t'inquiète pas, les choses vont changer. Je t'aime plus que tout au monde, je serai pour toi la meilleure des mères.

Calmé par la douceur de sa voix, le petit Ned s'était rendormi. Roseanna le bordait dans son berceau quand de bruyants éclats de voix et des cris aigus retentirent en provenance du troisième étage. Qui se permettait d'avoir un tel comportement dans une maison où l'on était en deuil ?

Roseanna se précipita dans la grande salle. L'air arrogant, George, duc de Clarence, la regarda entrer. Il était en pleine dispute avec M. Burke et venait de lui taillader la joue d'un coup de fouet. Dans une salle voisine, résonnaient les cris perçants d'Alice mêlés aux jurons de Kate Kendall.

Bousculant le duc, Roseanna se rua vers la porte : deux soudards maintenaient d'une poigne brutale la jeune servante qu'ils avaient dénudée. Un troisième, hilare, contenait Kate.

— Dites-leur de la lâcher immédiatement ! lança-t-elle à George, furieuse. Cette fille est encore pucelle.

— Serait-ce amusant si elle ne l'était plus ? rétorqua-t-il, moqueur.

Toutefois, d'un geste de la main, il consentit à ordonner à ses hommes de cesser leur jeu.

Roseanna le dévisageait, le regard étincelant de colère.

— N'avez-vous pas honte ? Nous sommes en deuil, laissez-nous tranquilles et partez !

— Le baron n'est plus là pour vous défendre, c'est pourquoi j'ai décidé de vous prendre sous ma royale protection.

— Ce n'est pas vous le roi, que je sache !

— Je le serai dans quelques jours, madame. Et j'agirai alors selon mon bon plaisir, vous avez donc tout intérêt à vous montrer d'ores et déjà gentille et soumise à mon égard.

Le sang de Roseanna ne fit qu'un tour.

— Vantardises que tout cela ! jeta-t-elle avec mépris.

— Croyez-vous ? Eh bien, madame, apprenez que tous les titres conférés par Edward sont dès à présent nuls et non avenus et que, par conséquent, le jeune vicomte de Gainsborough n'est plus du tout vicomte.

— Non ! s'exclama Roseanna. Vous ne pouvez pas agir ainsi.

Un mauvais sourire apparut sur la bouche du duc de Clarence, il venait de trouver le point faible de l'appétissante jeune baronne : son fils.

— Je suis désolé, chère lady, mais ce qui est fait est fait.

La rage de Roseanna s'accrut encore.

— Seriez-vous un charognard ! Que cherchez-vous à Ravenspur ?

— Juste un peu d'hospitalité : le boire, le manger et le coucher. J'aimerais aussi pouvoir m'entretenir avec vous en privé.

En cette fin du Moyen Age, l'hospitalité était une loi qui ne pouvait être transgressée. A contrecœur, la baronne de Ravenspur donna des instructions afin de loger et nourrir convenablement le duc de Clarence et les membres de son escorte.

— Si vous voulez bien me suivre, Votre Grâce, proposa-t-elle ensuite à George.

Elle le conduisit dans la bibliothèque de son mari. Son luxe impressionna beaucoup le duc de Clarence, tout particulièrement les nombreux objets d'art.

— La fortune de Roger de Montford était-elle encore plus grande que ce qu'on prétendait ? demanda-t-il tandis qu'il examinait une figurine d'ivoire.

Puis il fit face à Roseanna.

— Naturellement, c'est votre fils, le nouveau baron de Ravenspur, qui en a hérité. Mais comme le voici pupille du royaume, c'est à moi qu'il revient d'administrer ses biens.

— Non, vous n'en avez pas le droit.

— N'ayez crainte, vous conserverez la totalité de l'usufruit. A condition, milady, que vous sachiez vous montrer accommodante. Autrement le petit baron de Ravenspur risque bientôt de ne plus posséder une seule parcelle de terre.

Le chantage était clair. Roseanna se sentait prise au piège, sans aucun moyen pour y échapper.

Ce fut alors que des cris de femme retentirent de nouveau. Horrifiée, Roseanna reconnut la voix de Rebecca.

— Par pitié, Votre Grâce, intervenez ! Vos soudards sont en train d'abuser de ma belle-sœur.

— Je veux bien... si vous promettez de vous donner à moi cette nuit.

— Oui, je vous le promets, soupira Roseanna, accablée.

Plus morte que vive, Rebecca fut sauvée des pattes des soudards. Après lui avoir fait boire une infusion, où elle avait ajouté un narcotique, Kate Kendall mit au lit la fragile lady. D'après les quelques paroles confuses qu'elle parvint à prononcer, on comprit que ces barbares n'avaient heureusement pas eu le temps de la violer.

Roseanna alla trouver le chambellan.

— Monsieur Burke, évitez désormais tout incident avec nos hôtes. Je connais le moyen d'amadouer le duc de Clarence. Mais prions Dieu pour qu'il quitte au plus vite le château.

— Y a-t-il quelque chose que je puisse faire pour vous aider, milady ? s'inquiéta Burke.

— Oui, enterre l'assiette d'or que la reine a donnée en cadeau à mon fils. Ces rustres pourraient la voler.

— Très bien, milady.

Roseanna ne dîna pas en compagnie du duc de Clarence et des seigneurs de sa suite. Après avoir pris un bain, elle revêtit une simple robe de velours blanc à manches amples. Puis, pour se donner du courage, elle avala d'un trait une coupe de vin de Chablis. Elle avait l'impression de s'apprêter à entrer dans une arène. Mais en ressortirait-elle victorieuse ?

Après une profonde inspiration, elle se dirigea vers la chambre que George avait choisi d'occuper. Quand elle y pénétra, le duc semblait déjà passablement aviné.

— Ah te voilà, ma jolie pouliche ! l'accueillit-il avec grossièreté. Tu ne regretteras pas le déplacement, tu vas voir, je suis le meilleur amant d'Angleterre.

Il posa les mains sur la poitrine de Roseanna.

— Tu as des seins superbes, ma belle.

Comme il en pinçait durement les pointes, deux gouttes de lait s'imprimèrent sur l'étoffe du corsage. Roseanna en aurait pleuré de douleur et d'humiliation.

Lui saisissant la main, il la plaqua entre ses jambes. Son sexe énorme tendait le haut-de-chausses de satin.

— Alors, tu en connais beaucoup de cette taille ?

George la poussa vers le lit. Après s'être déshabillé, il s'allongea sur le dos et attendit. Décontenancée, Roseanna se tenait immobile, debout devant la couche.

— Allons, dépêche-toi, mignonne ! ordonna le duc sur un ton menaçant.

Elle enleva sa robe et le rejoignit sur le lit. En termes crus, il lui détailla ce qu'il exigeait d'elle. Avec un haut-le-cœur, Roseanna courba la tête vers son bas-ventre.

Tout à coup, il la tira brutalement par les cheveux.

— Arrête, tu me mords, sorcière !

George l'agrippa par les épaules et la força à s'agenouiller. S'étant placé derrière elle, il tenta ainsi de la pénétrer. Une façon bien bizarre de faire l'amour que Roseanna ignorait.

— Sacrebleu, tu es bien étroite ! Personne n'a jamais songé à t'initier de ce côté-là ?

Frustré, il la retourna sur le dos et, avec cruauté, enfonça en elle son membre colossal. Tandis qu'il la labourait impitoyablement, sa bouche suçait un mamelon d'une manière obscène. Du lait en coula qu'il lécha goulûment. Il parvint très vite au comble de la volupté. Hébété, il retomba sur la couche. Quelques secondes plus tard, il dormait à poings fermés.

Roseanna alla se réfugier dans l'embrasure d'une fenêtre. Elle resta là, sans bouger, trop accablée pour pouvoir penser.

Au cœur de la nuit, George se réveilla en sursaut.

— Que fabriques-tu près de cette fenêtre ? l'interrogea-t-il.

— Je n'arrive pas à dormir.

— C'est que tu n'as pas eu ton compte. Viens, on va remettre ça !

Heureusement, à peine s'était-elle glissée sous les draps que le duc de Clarence retomba dans un profond sommeil.

Le lendemain matin, pour s'assurer qu'ils vidaient les lieux, Roseanna accompagna le duc et ses hommes aux écuries. Les splendides juments blanches attirèrent l'attention de George.

— Ce sont des chevaux arabes ? s'enquit-il.

— Non, elles ont été élevées par les moines cisterciens de l'abbaye de Jervaulx.

— J'aimerais bien les avoir dans mon haras.

— Il ne s'agit que de juments, Votre Grâce. Allez vous-même à Jervaulx, vous y achèterez les étalons qu'il vous faut.

Pour rien au monde, Roseanna n'aurait voulu se séparer de ses juments qui étaient grosses de Coran.

— Peut-être, admit George du bout des lèvres. Mais à l'occasion de ma prochaine visite, il serait fort aimable à vous, milady, de me faire cadeau de ces bêtes.

— Nous verrons, Votre Grâce.

A son grand soulagement, le duc de Clarence et ses hommes montèrent en selle et s'éloignèrent de Ravenspur.

Dès qu'elle fut de retour dans sa chambre, Kate lui tendit le bébé qui criait pour sa tétée.

— Non, pas question que je donne le sein à mon fils tant que j'aurai sur moi l'odeur de ce porc. Prépare-moi un bain !

En se lavant avec son gant de crin, Roseanna se frottait si fort qu'elle s'en écorchait la peau.

— Arrêtez de vous faire mal et de vous punir, intervint la vieille servante. La honte n'est pas sur vous mais sur lui.

— Tu as raison, Kate, il n'y a aucun déshonneur à m'être sacrifiée pour Rebecca et mon fils.

Après avoir enfilé une longue robe noire, Roseanna parcourut le château afin de donner ses instructions aux domestiques. Ce fut alors que Lady

Joanna arriva de Castlemaine. Certes, sa fille était pâle et amaigrie, mais elle la trouva débordante d'énergie, comme à son habitude.

Sans omettre le moindre détail, Roseanna lui raconta ce qui s'était passé ces jours derniers.

— Mon fils n'est plus en sécurité ici, conclut-elle. Je vous demande de l'héberger à Castlemaine. Emmenez aussi Rebecca et sa petite Becky. Quant à Alice, elle a besoin de changer d'air, elle vous accompagnera également.

— Et Kate ?

— Je la garde, elle m'est trop précieuse.

— C'est entendu, ma fille.

— D'autre part, Dobbin conduira nos meilleurs chevaux à Castlemaine.

— Est-ce bien nécessaire ?

— Hélas ! oui, mère. Si vous aviez vu avec quelle convoitise George lorgnait mes juments ce matin. La prochaine fois, il me les volera.

— Nous vivons dans un monde dominé par les hommes, Roseanna. Ne l'as-tu pas compris ?

— Alors j'irai voir Warwick pour me plaindre des agissements de Clarence.

Lady Joanna esquissa une moue amère.

— Je le connais, tu n'obtiendras rien de lui. Rien ne l'intéresse que sa propre ambition. D'ailleurs, jamais il ne se laissera fléchir par une femme, aussi séduisante soit-elle.

— En dernier recours, je solliciterai la protection du suzerain direct de Ravenspur. Si je lui renouvelle notre allégeance, il sera obligé de se porter garant de la fortune et du rang de mon fils.

La châtelaine de Castlemaine prit un air entendu.

— Le comte de Lincoln est un jeune célibataire,

annonça-t-elle avec un sourire. Il ne devrait pas rester insensible à tes charmes.

Kate Kendall, qui connaissait le solide appétit de Lady Joanna, apporta un plateau copieusement garni.

— Va chercher M. Burke, lui demanda Roseanna. Je désire vous parler à tous les deux.

Le chambellan arriva bientôt.

— Voilà ce que j'ai décidé, commença la baronne, ma mère va emmener mon fils à Castlemaine. Rebecca, Becky et Alice les accompagneront. Quant à moi, je compte partir demain pour Liverpool où la plupart des navires marchands de Ravenspur sont ancrés. Il ne faut pas que le duc de Clarence puisse se les approprier. J'ordonnerai aux capitaines de les conduire en lieu sûr. Pensez-vous qu'ils pourraient mouiller à Drogheda, monsieur Burke ?

Le vieux chambellan opina du chef.

— La chose est envisageable, milady.

— Parfait ! Vous viendrez tous deux avec moi à Liverpool. Mais pas un mot à quiconque, nous voyagerons clandestinement.

— Le chemin le plus court passe par Derby, signala Burke. Puis de là, le tracé d'une ancienne voie romaine mène droit à la côte.

Les heures suivantes furent consacrées aux préparatifs des différents départs.

Cette nuit-là, Roseanna s'endormit très difficilement : la pensée de Roger l'obsédait. Comme elle aurait aimé se serrer dans ses bras ! Son désir pour lui continuait à lui brûler la peau. Malgré tous ses caprices et ses provocations, son mari ne l'avait jamais maltraitée. Que de temps elle avait stupidement gâché à le défier ! En fait, c'était comme s'ils avaient dansé ensemble un long ballet, où refus et séduction avaient alterné, puis elle était tombée passionnément amoureuse de lui.

Hélas ils ne dormiraient jamais plus ensemble, jamais plus elle ne sentirait Roger en elle. Comme le destin était cruel !

Il était déjà tard quand la voiture couverte s'immobilisa dans la cour d'une auberge de Derby. Prudemment, les deux femmes restèrent à l'intérieur, M. Burke se chargeant d'aller réserver des chambres et un salon particulier.

Le capuchon de son manteau rabattu sur son visage, Roseanna se glissa furtivement dans l'auberge. Parvenue dans le salon particulier, elle se découvrit et se mit à son aise. Une porte s'ouvrit alors et un valet apparut, portant une pile de bûches. Ce qui permit à un jeune seigneur, dans la pièce voisine, de l'apercevoir. Il écarquilla les yeux d'admiration. Trop habituée à ce genre d'hommage, Roseanna n'en fit pas grand cas.

Le jeune noble appela aussitôt l'aubergiste et lui demanda s'il connaissait l'identité de la belle lady qui venait d'arriver. Ce dernier secoua la tête, désolé. Alors il fit porter du vin à la dame, qui fut poliment refusé. Étant de très haute noblesse, il fut singulièrement froissé.

Il revenait de Coventry où, avec les autres comtes du royaume, il avait rencontré Warwick afin de décider de l'avenir du pays. Roseanna se serait sans doute montrée moins indifférente si elle avait su que son voisin n'était autre que le comte de Lincoln.

Le lendemain en fin d'après-midi, la baronne de Ravenspur, Kate Kendall et M. Burke parvinrent à

Liverpool. Roseanna se rendit aussitôt au port pour parler aux capitaines de la flotte de Roger de Montford. Tous trouvèrent opportune sa décision de conduire les bateaux en Irlande, dans le petit port de Drogheda. Ils n'accosteraient plus en Angleterre tant qu'Edward n'aurait pas reconquis son trône. Il fut convenu qu'ils lèveraient l'ancre avant la tombée de la nuit.

Pour échapper au chantage du duc de Clarence, Roseanna eut la tentation de s'embarquer avec eux. Droghèda lui offrirait un abri sûr. Puis elle y renonça : le devoir la retenait en Angleterre, elle devait lutter bec et ongles afin de protéger les droits de son fils.

De retour à Ravenspur, la hantise d'une nouvelle visite de l'ignoble Clarence ne la quitta plus. Elle décida de rencontrer au plus vite le comte de Lincoln et de lui demander sa protection.

La ville de Lincoln, dont les origines étaient antérieures à la colonisation romaine, possédait une cathédrale édifiée sous Guillaume le Conquérant, quatre siècles plus tôt. Son château, devant les portes duquel Roseanna se présenta, lui parut bien lourd et sombre comparé à l'élégance de Ravenspur.

Sur sa requête, le chambellan la conduisit dans la salle où le comte de Lincoln avait coutume d'accorder ses audiences. A son entrée, le grand seigneur, assis à un bureau où il écrivait, leva la tête. En apercevant la visiteuse, ses yeux s'agrandirent. Se levant d'un bond, il marcha vers elle.

Son extrême jeunesse surprit Roseanna : il ne semblait pas avoir plus de vingt-cinq ans. De taille moyenne, il était néanmoins fort beau. Il avait en particulier de magnifiques cheveux fins et clairs aux reflets argentés et d'immenses yeux gris emplis de douceur.

— Qui êtes-vous ? demanda-t-il d'emblée d'une voix grave et posée qui sonnait comme celle d'un homme mûr.

Roseanna s'inclina en une révérence qui révéla un instant les charmes de sa poitrine.

— Je suis Lady Roseanna, baronne de Ravenspur.

— Il me semble vous avoir déjà vue.

Le comte réfléchit quelques secondes.

— Ah oui, je me rappelle: c'était il y a une semaine dans une auberge de Derby.

Les cils de Roseanna papillonnèrent.

— Vous êtes le seigneur qui me regardait avec insistance de la chambre voisine ?

— Je le confesse, madame. Et vous avez eu tout à fait raison de me traiter avec mépris.

La jolie baronne se troubla.

— Je... je suis veuve depuis peu et bien vulnérable, milord. C'est la raison pour laquelle je me présente devant vous.

— Auriez-vous à déplorer les agissements d'un homme à votre égard ?

Avec un soupir, Roseanna acquiesça.

— Mon mari et vous n'étiez pas du même bord, mais vous êtes mon suzerain et je demande votre protection.

— Qui ose vous importuner ?

Elle hésita.

— Je crains de prononcer son nom, murmura-t-elle.

Rassurant, le comte lui prit la main et la pressa doucement.

— Sachez que votre détresse me touche, Lady

Roseanna. Passons dans mes appartements privés, nous serons plus tranquilles pour discuter.

Il la précéda dans un petit salon cossu aux élégants sofas, où un bon feu crépitait dans la cheminée. Le comte emplit de vin deux verres de cristal. Quand il lui en tendit un, leurs doigts se frôlèrent un instant. A ce contact, elle le sentit frémir. Ses prunelles grises scintillaient de désir.

Puis le comte reprit la parole :

— Vous pouvez avoir totale confiance en moi, Lady Roseanna : ce que vous me direz restera strictement entre nous. Et je vous promets d'entreprendre tout ce qui sera en mon pouvoir pour vous secourir.

D'un sourire qui émerveilla Lincoln, Roseanna le remercia.

— Je suis l'objet d'un odieux chantage, milord.

Le comte écarquilla les yeux.

— De la part d'un personnage de très haut rang, ajouta-t-elle.

— Au point d'avoir peur de le nommer ?

Elle hocha la tête.

— Je vous le répète, Lady Roseanna, vous pouvez me parler sans crainte.

— Eh bien, deux mois avant la mort tragique de mon mari, j'ai donné naissance à un fils. Aujourd'hui, c'est lui qui porte le titre de baron de Ravenspur, mais...

— Oui ?

— Mais... le duc de Clarence menace de s'instituer son tuteur et de confisquer sa fortune si... pour le dire crûment, je ne couche pas avec lui.

— Quelle ignominie ! s'exclama Lincoln.

— Voilà, milord, vous savez tout à présent. Que pouvez-vous faire ?

— Hélas, rien si George devient roi. Mais, rassurez-vous, cette éventualité paraît de moins en moins probable.

— Vraiment ?

— Je vous le confie sous le sceau du secret : le grand conseil de la noblesse anglaise, réunie la semaine dernière à Coventry, s'est opposé à son couronnement. Parmi les partisans des Lancastres, beaucoup penchent pour le vieux roi Henry.

— Mais il est fou et enfermé dans la Tour de Londres !

— En effet. C'est pourtant la solution de compromis envisagée afin d'empêcher le duc de Clarence de monter sur le trône.

— Quand cela sera-t-il décidé ?

— Bientôt. Un nouveau conseil se tiendra sous peu et arrêtera une décision. Nous désirons tous que cesse le conflit fratricide qui meurtrit l'Angleterre depuis trop longtemps.

— Personnellement, vous voterez contre George ?

— Oui, milady.

Un grand sourire s'épanouit sur le visage de la jolie baronne.

— Vous m'avez redonné espoir, milord, je vous en suis infiniment reconnaissante.

Elle se leva pour prendre congé.

— Ne partez pas si vite, Lady Roseanna. Laissez-moi vous inviter à dîner, proposa le comte qui la couvait d'un œil langoureux.

Après un instant de réflexion, Roseanna jugea plus habile de décliner son offre.

— Il menace de neiger, je n'aimerais pas être prise dans une tempête sur le chemin du retour.

— Alors autorisez-moi à venir bientôt vous rendre visite à Ravenspur.

— Je vous y recevrai avec grand plaisir, milord.

Saisissant la main de Roseanna, le comte de Lincoln la baisa longuement.

23

Une semaine s'écoula. Sans cesse, Roseanna scrutait l'horizon, priant Dieu de ne point y voir surgir l'infâme duc de Clarence. Sa vie de recluse à Ravenspur l'éprouvait ; l'absence de son petit Ned chéri rendait les choses encore plus pénibles. Souvent, elle fondait en larmes.

Un jour qu'elle était accoudée à la fenêtre de sa chambre, une folle angoisse l'envahit : des cavaliers approchaient. Mais, à son grand soulagement, elle reconnut bientôt la chevelure argentée du comte de Lincoln. Elle se donna un rapide coup de peigne et descendit l'accueillir.

— Soyez le bienvenu, milord ! le salua-t-elle joyeusement.

Vêtue d'une robe de lin blanc, les cheveux flottant librement dans son dos, elle paraissait plus belle et plus jeune que jamais. Le noble seigneur en fut troublé.

— Lady Roseanna, que le temps m'a paru long sans vous ! soupira-t-il tandis qu'il portait sa main à ses lèvres.

— A moi aussi, le temps paraît long : mon fils me manque beaucoup.

— Où est-il ?

Elle hésita à répondre.

— Vous pouvez avoir confiance en moi.

— Il se trouve chez ma mère, à Castlemaine.

— Si vous avez envie de le voir, je vous y accompagne.

— Vraiment ?

— Oui, qu'est-ce qui pourrait nous en empêcher ?

— Oh merci, comme c'est gentil !

— Demandez que l'on prépare votre voiture, suggéra-t-il.

— Je préfère m'y rendre à cheval.

Après une collation que leur servit Kate, Lincoln et Roseanna prirent la route de Castlemaine. Leur arrivée à l'improviste réjouit Lady Joanna, et le petit Ned fit la fête à sa mère.

Il fut décidé que les visiteurs passeraient la nuit au manoir. Quand l'heure de se coucher survint, Roseanna conduisit le comte jusqu'à sa chambre. Une fois seuls dans la pièce, il la prit dans ses bras et l'embrassa sur la bouche.

— Je vous aime, Roseanna, avoua-t-il.

Posant un doigt sur ses lèvres, elle s'écarta et sortit rapidement de la pièce.

Joanna l'attendait dans sa chambre, le regard brillant d'admiration.

— Bravo, ma fille ! Tu n'as pas perdu ton temps. Es-tu prête à lui accorder ce qu'il désire de toi ?

— Je deviendrai sa maîtresse si c'est le prix à payer pour qu'il nous protège, Ned et moi, de ce porc de Clarence.

— Je ferais mieux de me retirer avant qu'il ne trouve le chemin de ta chambre. Dors bien, ma fille ! ironisa la châtelaine en s'en allant.

Mais en galant chevalier, Lincoln s'abstint de la rejoindre. Le lendemain matin, il fallut prendre congé. Le cœur gros, Roseanna embrassa une dernière fois son fils.

Sur le chemin du retour, le comte demeura obstinément silencieux. Alors qu'ils apercevaient déjà Ravenspur, il se mit à pleuvoir de grosses gouttes froides comme de la neige fondue. Comme l'averse redoublait, ils s'élancèrent en courant des écuries jusque dans le hall du château. Tout essoufflée, Roseanna égouttait son étole de fourrure quand Lincoln l'enlaça.

— Voulez-vous m'épouser, Roseanna ? demanda-t-il soudain.

Cette question inattendue la prit de court.

— Je... je ne peux pas, balbutia-t-elle.

— Pour quelle raison ?

— Je viens de perdre mon époux que j'aimais passionnément. Je serais incapable d'éprouver de l'amour pour un autre homme.

Le comte fronça les sourcils.

— Mais que cherchiez-vous donc lorsque vous êtes venue me voir ?

— Votre aide et votre protection, en échange desquelles j'étais prête...

Elle s'interrompit, gênée.

— A vous donner à moi, compléta Lincoln. Eh bien non, Roseanna, cela ne me convient pas, car je vous aime, je vous veux corps et âme. Il faut que vous deveniez ma femme.

— Pourquoi ?

— Il y a cent bonnes raisons : j'adore votre compagnie, j'admire votre énergie, votre intelligence. Vous possédez une distinction dont peu de grandes dames pourraient se prévaloir. Vous êtes aussi d'une beauté éblouissante. En un mot, vous feriez une merveilleuse comtesse de Lincoln. Acceptez mon offre, Roseanna, je vous en prie.

Ce vibrant plaidoyer ne parvint pourtant pas à ébranler sa résolution.

— Je suis désolée, Lincoln, mais c'est non : hélas, mon cœur s'est glacé, je suis incapable d'aimer une seconde fois.

— Avec le temps, peut-être se dégèlera-t-il un peu. Au revoir, Roseanna.

Elle le regarda s'éloigner sans chercher à le retenir.

C'était la veille de Noël. Roseanna se proposait d'aller en forêt pour cueillir du gui et du houx afin de décorer le château. Puis elle y renonça. A quoi bon faire la fête lorsqu'on est seule ? Ah, si Roger avait été là, tout aurait été si différent !

La visite du comte de Lincoln ne s'était pas renouvelée. Son refus de l'épouser l'avait sans doute dissuadé de poursuivre sa cour. S'était-elle montrée stupide en lui disant non ? Ce serait sans doute l'opinion de Lady Joanna si elle apprenait que sa fille avait repoussé un tel parti, l'un des plus brillants de tout le royaume.

L'après-midi finissait, et il faisait déjà fort sombre. Roseanna alluma quelques chandeliers. L'odeur de cire fondue lui parut désagréable. Ne sachant comment s'occuper, elle décida de se coucher de bonne heure. Elle montait l'escalier quand la porte d'entrée s'ouvrit avec fracas : le duc de Clarence et ses hommes venaient de faire irruption dans le hall de Ravenspur.

— Par le sang du Christ, ma mignonne, on crève d'ennui ici ! Ouvre-nous ton cellier, que l'on monte du vin et du meilleur ! Toi, Henry, va au village et ramènes-en quelques jolies filles dévergondées. Que diable, c'est Noël, nous allons faire la fête.

Tout comme ses hommes, George était passablement ivre. S'armant de courage, Roseanna leur fit face.

— Partez d'ici sur-le-champ ! ordonna-t-elle.

— Eh ! ricana Clarence. C'est ainsi que tu reçois ton amant qui a la bonté de venir t'apporter ton gros cadeau de Noël ?

Roseanna tressaillit.

— Le diable t'emporte, goujat !

— Attends que je t'attrape, petite sorcière !

Quatre à quatre, Clarence grimpa les marches de l'escalier. Roseanna saisit un candélabre d'argent et lui jeta à la tête, puis elle prit la fuite. Parvenue au second étage, elle se rua dans une chambre dont elle verrouilla la porte. Le bois ne résista pas longtemps à ses coups d'épaule, il se précipita à son tour dans la pièce.

Épouvantée, Roseanna recula.

— Si vous osez me toucher, je n'hésiterai pas à me plaindre de vous auprès de Warwick, menaça-t-elle. S'il vous plaît d'être l'objet d'un scandale, à votre guise !

— Quel scandale y a-t-il à coucher avec une catin de ton espèce ?

— Sachez que je suis la fille naturelle du roi Edward. Vous êtes donc mon oncle.

— Tu mens !

L'agrippant par le bras, Clarence la traîna à travers la pièce.

— Où est ton fils ?

— Chez ma belle-sœur, Rebecca de Montford.

Le duc plongea les mains dans le décolleté de sa robe; avec un crissement de soie, le corsage se déchira. Roseanna se recroquevilla, tremblante comme une biche aux abois.

— A quelques détails près, tu possèdes le même corps que ton frère Jeffrey. Il a été l'un de mes mignons préférés, tu l'ignorais sans doute.

— Il est mort à présent, Dieu merci !

Une expression de cruauté agrandit les yeux du duc.

— Ton frère est mort, ton mari est mort. Jamais deux sans trois, dit-on, n'est-ce pas ? Où m'as-tu dit que tu avais caché ton fils ? A Castlemaine, chez ta mère ?

— Non, c'est faux ! protesta Roseanna, paralysée de terreur.

Avec un sourire mauvais, il se déshabilla.

— Allez, bâtarde, tourne-toi et fais ce qu'on te dira.

Après le départ du duc de Clarence, Roseanna sanglota encore longtemps. En lui donnant son bain, Kate Kendall découvrit deux gros bleus sur les seins de sa maîtresse.

— Montrez-vous raisonnable, lui dit-elle. Vous devez retourner voir le comte de Lincoln.

Roseanna acquiesça en silence.

Au château de Lincoln, un grand bal était organisé pour Noël. A cette occasion, le comte avait réuni autour de lui toute sa famille : sa mère, ses deux frères cadets, ses trois sœurs accompagnées de leurs maris. Soudain, parmi les danseurs, il aperçut

Roseanna qui s'approchait. Négligeant de porter le deuil, elle avait revêtu une robe de velours écarlate à passements d'argent. Il se précipita à sa rencontre.

— Roseanna, quelle merveilleuse surprise ! s'exclama-t-il avant de lui baiser la main.

— Puis-je vous parler seule à seul, Lincoln ?

Il l'entraîna dans une antichambre attenante où elle lui rapporta les dernières brutalités du duc de Clarence, ainsi que les menaces de mort qu'il avait plus ou moins ouvertement formulées à l'égard de son fils.

— Je vous l'avoue, Lincoln, vous m'avez beaucoup manqué, se permit-elle de conclure.

— Ma chère, si vous acceptiez de m'épouser, tous vos malheurs cesseraient. Et vous n'auriez plus à craindre pour votre fils, j'en deviendrais le tuteur légal.

— Votre famille n'y verra pas d'objection ?

— C'est moi qui les entretiens tous, ils n'ont pas leur mot à dire en la matière.

— Envoyez donc chercher un prêtre pour qu'il bénisse notre union !

Le duc en fut aussi stupéfait que réjoui.

— Tout de suite ? demanda-t-il, n'en croyant pas ses oreilles.

— Oui, tout de suite.

Le chapelain du château fut appelé. M. Burke et Kate Kendall, qui avaient accompagné leur maîtresse, servirent de témoins. Et, au nom de Dieu et de sa sainte Église, Lincoln et Roseanna furent unis par les liens du mariage.

Au bras l'un de l'autre, les nouveaux mariés s'avancèrent dans la salle de bal. D'un geste de la main, le comte exigea le silence. Les musiciens cessèrent de jouer, tous les regards se tournèrent vers le couple. Et Lincoln déclara :

— Belles dames et nobles seigneurs, j'ai le plaisir de vous présenter la comtesse de Lincoln.

D'abord interloqués, les gens se mirent ensuite à chuchoter. Ils comprenaient peu à peu : le jeune comte venait de se marier à l'insu de tous. Un tonnerre d'applaudissements crépita alors.

Lincoln enlaça Roseanna, qui posa la joue sur le velours brun de son pourpoint.

— Quel cadeau de mariage aimeriez-vous, mon amour ? l'interrogea-t-il tout bas. Vous pouvez me demander ce que vous voudrez, je vous le donnerai.

— Eh bien, je souhaite que vous me meniez à Castlemaine afin de reprendre mon fils.

— Tout de suite ?

— Oui, tout de suite.

La tête rejetée en arrière, le comte éclata de rire.

— Soit, partons sur-le-champ ! Nous prendrons une escorte de cinquante hommes.

Il était plus de minuit quand la petite troupe arriva au manoir de Castlemaine. Comme là aussi on fêtait Noël, personne n'était encore couché. L'annonce du mariage de leur fille enchanta Sir Neville et Lady Joanna. Dans la liesse générale, on souhaita beaucoup de bonheur aux nouveaux mariés.

Les traditionnels toasts portés, Roseanna monta voir son fils. Le petit Ned était paisiblement endormi dans son berceau. Un soupir de soulagement lui échappa : elle avait eu si peur pour lui. Des larmes envahirent ses yeux, la tête appuyée sur le torse de Lincoln qui l'avait suivie, elle éclata en sanglots.

— Voyons, calmez-vous, mon amour, murmura-t-il doucement.

Mais les pleurs de Roseanna redoublaient. La soulevant dans ses bras, le comte la porta dans la chambre nuptiale que Lady Joanna avait fait apprêter en hâte. Avec des gestes très tendres, il déshabilla sa jeune femme et la coucha. En voyant les bleus qui meurtrissaient sa poitrine, il comprit quel martyre l'ignoble duc de Clarence lui avait infligé.

S'étant dévêtu à son tour, il s'allongea près d'elle et l'enlaça tendrement. Après avoir rejeté ses longs cheveux en arrière, il déposa un baiser sur sa tempe.

— Je... je suis désolée, hoqueta Roseanna.

— Pleurez tout votre soûl, mon amour, si cela vous fait du bien. Et comptez sur moi : je m'opposerai de toutes mes forces à ce que George devienne un jour roi d'Angleterre.

Peu à peu, Roseanna s'apaisa puis s'endormit dans ses bras. Au milieu de la nuit, elle se réveilla tout à coup envahie par un sentiment étrange : quel était donc cet homme près d'elle qui n'était pas Roger ? Puis elle se rappela. Quelle chance elle avait que son nouveau mari fût aussi gentil et compréhensif ! Pauvre Lincoln, obligé de passer sa nuit de noces avec une épouse éplorée ! Son cœur se gonfla de gratitude : se penchant sur lui, elle effleura son visage d'un baiser. Ce qui le réveilla à son tour.

— Roseanna, Roseanna, soupira-t-il en l'étreignant.

Le comte de Lincoln s'avéra d'une extrême virilité. Et Roseanna se montra tendre et attentive à ses désirs.

— Merci, merci beaucoup, mon amour, lui dit-il quand tout fut fini.

C'était évident: Lincoln était follement épris d'elle. Et elle percevait l'emprise qu'elle possédait déjà sur lui. Il lui faudrait prendre garde de ne pas en abuser et de ne jamais le blesser.

Bien que le projet ne fît point l'unanimité au sein de la noblesse anglaise, Warwick avait finalement décidé de restaurer sur le trône le roi Henry, le vieux monarque fou. Promis autrefois à la couronne, George entra dans une rage folle. Il se mit à haïr Warwick, tout en se répandant en injures contre Elizabeth Woodville qui, selon lui, était la source de tous ses malheurs. Sa position, à l'époque où Edward régnait, était autrement avantageuse qu'aujourd'hui. Et le duc de Clarence en venait même à souhaiter publiquement que son frère parvînt à reconquérir son sceptre.

Le comte de Lincoln s'apprêtait à se rendre à Londres pour assister aux cérémonies du second sacre du roi Henry. Sous prétexte qu'elle n'était pas encore habituée à tenir son rang de comtesse, Roseanna refusa de l'accompagner. Lincoln le comprit: elle préférait se consacrer entièrement à son fils.

Il fut décidé qu'en l'absence de son mari elle séjournerait à Ravenspur. Dobbin y avait ramené les juments poulinières et la date à laquelle elles devaient accoucher approchait.

Effectivement, au cours du mois qui suivit, la jument fécondée par Zeus donna naissance à un adorable petit poulain noir. Puis vint le tour des juments que Coran avait saillies. L'accouchement de la première fut particulièrement difficile. Deux jours entiers, Dobbin et Roseanna l'assistèrent. Ils nourrirent la pauvre bête de gruaux et de mélasse, lui donnèrent à boire de la bière chaude.

Finalement, la délivrance eut lieu. Et le résultat en valait la peine : le fils du pur-sang arabe était un chef-d'œuvre. Les deux autres poulains furent aussi splendides. D'ici quelques années, la réputation du haras de Ravenspur n'aurait plus rien à envier à celle de Castlemaine.

De retour des cérémonies du sacre, le comte de Lincoln rapporta à sa femme les rumeurs qui couraient à Londres. On prétendait qu'Edward n'était pas resté inactif depuis son départ en exil. Grâce à son beau-frère le duc de Bourgogne, il avait réussi à emprunter une importante somme d'argent afin de reconstituer une puissante armée. Pour leur part, les riches marchands de la Hanse étaient disposés à lui fournir une flottille de navires et treize mille fantassins. On ajoutait encore que, selon toute vraisemblance, Edward débarquerait à Norfolk dont le duc, l'un de ses proches parents, était son fidèle allié.

Tout cela alarmait vivement Warwick. Il avait fait incarcérer le duc de Norfolk. Quant à Lord Howard, un des principaux partisans de la maison des Yorks, il était parvenu à se réfugier à Colchester.

Roseanna écouta ces nouvelles, la gorge serrée. Vraisemblablement, la guerre allait de nouveau faire rage sur le sol anglais, et Lincoln partirait se battre. De tout cœur, elle souhaitait que son père réussît à remonter sur le trône. Hélas, son mari, dont la maison était de longue date alliée à Warwick, combattrait contre lui.

Par sagesse, elle décida d'adopter une position de neutralité : elle ne se prononcerait ouvertement ni pour un camp ni pour un autre. Elle feindrait même d'ignorer que la guerre menaçait. Cependant, ce n'était pas une chose aisée : au château de Lincoln où elle demeurait à présent, les hommes d'armes ne cessaient de fourbir leurs dagues et épées et les archers d'affûter leurs flèches.

24

En se réveillant ce matin-là, Roseanna avait mal à la tête. Avec une grimace de douleur, elle porta les mains à son front.

— Vous avez peut-être trop bu de vin hier soir, remarqua Lincoln, moqueur.

La mine du comte se rembrunit.

— Auriez-vous besoin de vous griser pour pouvoir vous donner à moi, Roseanna ?

Elle le dévisagea, embarrassée. C'était vrai : leurs rapports la laissaient insatisfaite. A son goût, Lincoln allait trop vite en besogne. L'amour exigeait de prendre son temps, comme le lui avait si bien appris Ravenspur.

D'un geste affectueux, elle lui caressa le visage.

— Sans vouloir vous blesser, Lincoln, je vous avoue que j'ai parfois envie que vous me donniez un peu plus. La nuit prochaine, si vous acceptez, nous inverserons les rôles : pour changer, c'est moi qui vous ferai l'amour.

— Ce sera une expérience merveilleuse, je n'en doute pas, s'empressa-t-il d'approuver.

Pendant qu'il faisait sa toilette dans la salle de

bains, Roseanna l'entendit qui fredonnait gaiement. Il lui fallait reconnaître l'évidence : elle ne se livrait jamais à lui corps et âme. C'était de la gratitude qu'elle éprouvait à l'égard de Lincoln, non de l'amour.

Comme s'il venait de voir surgir un fantôme, le vieux chambellan du château de Ravenspur tressaillit et ébaucha un rapide signe de croix : dans le grand hall, Roger de Montford se tenait devant lui.

— Chut, mon vieux Burke ! pas un mot de mon arrivée, je veux faire la surprise à Roseanna.

Le chambellan se signa de nouveau en marmonnant :

— Jésus Marie Joseph...

— Qu'as-tu donc ? Tu me prends pour un spectre ?

— C'est que, milord, on vous croyait mort dans la région des grands marécages.

— Vraiment ?

— Oui. Lady Roseanna m'a même envoyé chercher votre dépouille. Et j'ai pensé l'avoir trouvée sous le cadavre de l'étalon blanc.

— Ce n'était pas moi mais le capitaine Kelly. Le jour de la grande tempête, il y a eu une querelle entre nous, je l'ai accusé du meurtre de Lady Janet. Kelly s'est défendu à coups de dague avant de me désarçonner et de s'enfuir sur Coran. Tous deux ont péri noyés.

— Ventrebleu, quelle histoire ! s'exclama M. Burke, qui, peu à peu, s'accoutumait à l'idée que son maître était de retour, en chair et en os.

— Où est Roseanna ? Dans sa chambre ?

— Lady Roseanna ne se trouve pas à Ravenspur en ce moment, milord.

— Ne me dis pas qu'elle est à Castlemaine ! Le temps m'est compté : Edward vient de débarquer en Angleterre à la tête d'une armée, je dois le rejoindre d'urgence, nous marcherons sur Nottingham.

Attirée par le bruit de leurs voix, Kate Kendall parut dans le hall.

— Cette bonne Kate ! s'écria jovialement le baron. Me revoilà après un petit séjour dans la tombe !

Il éclata de rire avant de s'empresser de la questionner :

— Sais-tu quand ta maîtresse doit rentrer de Castlemaine ?

Le chambellan et la servante échangèrent des regards embarrassés. Aucun des deux n'osait prendre la responsabilité de lui annoncer la nouvelle : se croyant veuve, la baronne de Ravenspur s'était remariée.

— Mais qu'avez-vous ? s'impatienta Roger. Seigneur ! Roseanna serait-elle gravement malade ?

Après une profonde inspiration, Kate se décida :

— Avant que vous n'appreniez la vérité de ma bouche, milord, vous feriez bien de vous asseoir. James, va lui chercher à boire, quelque chose de fort, de l'eau-de-vie par exemple.

Le baron s'installa dans un fauteuil, près de la cheminée, un gobelet d'alcool à la main.

— Ce que j'ai à vous dire risque de vous faire bondir plusieurs fois. Il faudra vous montrer patient, milord.

La vieille servante entreprit de lui raconter en détail ce qui s'était passé à Ravenspur après son départ : les visites successives du duc de Clarence, ses brutalités comme celles de ses soudards, son odieux chantage envers Lady Roseanna. Quand elle évoqua les bleus qu'elle avait remarqués sur la poitrine de sa maîtresse, Roger n'y tint plus et jaillit de son siège.

— Vite, mon épée ! hurla-t-il. Que j'aille étriper ce porc !

— Le meilleur est à venir, précisa placidement Kate.

Accablé, le baron se rassit. Il s'attendait au pire à présent : Kate allait lui annoncer que son épouse bien-aimée était morte.

— C'est pourquoi Lady Roseanna a jugé nécessaire de solliciter la protection d'un grand seigneur et s'est adressée à votre suzerain, le comte de Lincoln.

— Qu'a-t-il fait ? Il a accepté de l'aider ?

— Mieux : il en est tombé amoureux et lui a proposé de l'épouser.

— Et alors ?

— Étant donné sa situation, Lady Roseanna n'a pas pu refuser.

Hors de lui, Ravenspur bondit de nouveau de son fauteuil.

— Oh, la catin ! Je la tuerai de mes mains.

— Comprenez-la, milord ! Face à Clarence, elle n'avait aucune autre solution.

Le visage caché dans les mains, Roger poussa un gémissement d'animal blessé. Sa merveilleuse Roseanna, son épouse adorée, s'était remariée. Son cœur semblait saigner de mille plaies.

Discrètement, Kate se retira pour le laisser seul avec sa douleur.

Au bout de quelques minutes, M. Burke revint auprès de son maître et lui servit un autre gobelet d'eau-de-vie. L'ayant avalé d'un trait, Ravenspur se leva. Sa décision était prise : la guerre de reconquête d'Edward commencerait sans lui. Il avait une autre bataille à livrer, autrement plus importante.

Le comte de Lincoln avait reçu un message de Warwick l'informant qu'Edward avait débarqué en Angleterre et marchait sur Nottingham. Et il le priait instamment de venir le rejoindre à Coventry.

Aussi, lorsque Ravenspur surgit dans le hall du château de Lincoln, le comte crut qu'il s'agissait d'un nouvel émissaire envoyé par le « faiseur de rois ».

En l'apercevant, Roseanna poussa un grand cri de surprise et de joie :

— Roger !

L'émotion était trop violente, elle se mit à trembler de tous ses membres et s'évanouit. Avant que Lincoln n'ait pu esquisser le moindre geste, le baron se précipita et la souleva dans ses bras.

— C'est ma femme, dit-il au comte.

— Comment ? Vous n'étiez pas mort ?

— Voyez, pas encore.

Lincoln lui montra le chemin de la chambre de Roseanna. Blessé et amer, il décida de les laisser seuls.

Ravenspur avait allongé l'évanouie et lui tapotait les joues.

— Ouvre les yeux, Roseanna, je t'en prie.

Quand elle revint à elle, les doutes de Roger se dissipèrent immédiatement. C'était sans peur ni honte qu'elle le regardait ; ses prunelles étaient brillantes d'amour. Émerveillés, ils se dévisagèrent puis leurs lèvres se joignirent dans un baiser passionné.

Enfin, Ravenspur se releva.

— Repose-toi, ma chérie. Il faut que je parle à Lincoln.

— Roger! s'alarma-t-elle.

Il la rassura d'un sourire.

— Aie confiance en moi, Roseanna!

Ravenspur alla retrouver Lincoln.

— Nous avons certaines dispositions à prendre, vous et moi, commença-t-il très calmement.

Le comte hocha la tête.

— Je ne le conteste pas: la loi est de votre côté. Puisque vous voilà toujours vivant, en droit, Roseanna est votre femme. Il me semblerait pourtant plus juste de lui permettre de choisir librement entre nous deux.

— Inutile de nous presser et soyons réalistes. Il y a la guerre. Comme moi, vous allez combattre, même si c'est dans le camp opposé. Si je meurs sur le champ de bataille, Roseanna restera votre femme. Promettez-moi alors d'être pour elle un bon mari et de ne jamais léser les intérêts de mon fils.

— Vous avez ma parole d'honneur.

— Inversement, si c'est vous qui mourez au combat, Roseanna redeviendra ma femme. Si nous en sortons tous les deux vivants, nous lui demanderons alors de faire son choix. Pour l'instant, elle demeure comtesse de Lincoln.

— C'est entendu, acquiesça le comte.

— A présent, je souhaiterais lui dire au revoir.

— Je vous en prie.

Dans la chambre, Roseanna était avec leur fils.

— Regarde, il sait se tenir debout et faire quelques pas. Il commence à parler aussi.

Elle désigna du doigt Roger au petit Ned.

— C'est papa. Répète : pa-pa.

— Ma-man, prononça l'enfant.

Ce qui fit éclater de rire ses parents.

— Je vais faire mes malles. Je désire rentrer dès demain à Ravenspur, annonça Roseanna.

— Attends un peu, ma chérie. L'affrontement entre Edward et Warwick va être meurtrier. Si l'un de tes deux maris est tué, l'autre s'occupera de toi.

— Toi, tu ne mourras pas, Roger.

— Non, ma chérie, je te le promets.

Il l'attira dans ses bras.

— Il te faudra attendre quelques semaines avant de redevenir baronne de Ravenspur.

Ils échangèrent le plus ardent des baisers.

— Je dois repartir. Au revoir, mon adorée.

Roger de Montford rejoignit Edward et Richard à Nottingham. Les nouvelles étaient assez bonnes : de puissants féodaux, tels Lord Stanley et le comte de Shrewsbury, naguère alliés de Warwick, venaient de se déclarer neutres. Et le moral d'Edward était au zénith : s'esclaffant sans cesse, il répétait l'une de ses maximes favorites : « Qui n'est pas contre moi est avec moi. »

Puis un très surprenant coup de théâtre survint : Edward reçut un émissaire de son frère George. Le duc de Clarence lui proposait de grossir ses rangs avec quatre mille hommes. Malgré les avis de Richard et de Roger, qui s'y opposaient farouchement, Edward en bon tacticien accepta. Son armée, dont l'effectif se trouvait ainsi porté à douze mille soldats, pouvait marcher sur Coventry où Warwick s'était retranché avec le gros de ses troupes.

Le « faiseur de rois » refusa le combat en rase campagne. Au lieu de l'assiéger dans la ville fortifiée, Edward préféra pousser jusqu'à Londres où il détrôna Henry, le roi fou, qu'il remit dans le cachot d'où il avait été tiré quelques mois auparavant. Dans les rues de la capitale, le peuple acclama Edward comme son souverain légitime.

Fort de cet éclatant succès, il pouvait maintenant défaire Warwick une bonne fois pour toutes. L'armée de celui-ci s'était déplacée de Coventry à Saint Albans. Ce fut là que se livra la grande bataille.

A l'aube, alors qu'un épais brouillard ensevelissait la campagne, dans un cliquetis d'armures, les deux armées s'ébranlèrent. A l'avant-garde de trois mille hommes, le roi Edward s'avançait, flanqué de son frère Richard et du baron de Ravenspur. Tout de suite, la mêlée fut d'une violence inouïe.

Longtemps, l'issue du combat demeura incertaine. Pourtant, pouce après pouce, l'armée d'Edward IV ne cessait de gagner du terrain. Après une nouvelle charge, où les hommes du roi déployèrent une extraordinaire bravoure, l'ennemi céda, puis s'effondra et prit la fuite. Un clairon salua la victoire.

Ce fut à cet instant que le brouillard se dissipa. Le champ de bataille offrait le spectacle désolant de milliers de cavaliers, de soldats et de chevaux. Debout, au milieu d'eux, se tenait Edward. Il avait enlevé son heaume et se penchait au-dessus d'un homme en train d'agoniser. Ravenspur s'approcha : le mourant était Warwick et le roi pleurait.

Roger ôta lui aussi son casque, son visage était couvert de sang, de sueur et de larmes. Mais Dieu soit loué, le triomphe remporté par Edward IV était total. C'était donc fini, bien fini : l'Angleterre avait retrouvé un roi et la paix.

Le souverain se retourna vers son vieux compagnon d'armes.

— Mais tu es blessé, mon pauvre Roger ! s'exclama-t-il. Tu devrais aller tout de suite te faire panser.

Dans l'ardeur du combat, le baron n'avait pas senti le coup d'épée qui lui avait profondément entaillé l'épaule gauche. Il regarda son bras ensanglanté et, brutalement, la douleur s'éveilla, fulgurante.

Il remonta à cheval. La sagesse aurait dû le pousser à suivre le conseil du roi. Mais Ravenspur n'était pas très éloigné, à environ quatre-vingts miles. Roseanna s'y trouvait, il en était sûr. Le désir de la revoir l'emporta. Piquant des deux, Roger s'éloigna du champ de bataille.

Depuis des jours, du haut d'une tourelle du château, Roseanna guettait anxieusement le retour de son mari. En cette fin d'après-midi-là, elle aperçut soudain un cavalier monté sur un étalon noir qui s'approchait au galop. C'était Roger ! Folle de joie, elle se précipita dans la cour. Dès qu'il fut arrivé, Ravenspur, à bout de fatigue et maculé de sang, s'effondra évanoui sur sa selle.

Roseanna appela du secours. Inconscient, le baron fut transporté dans sa chambre. Aidée de Burke et de Kate Kendall, elle le déshabilla, le lava, pansa sa blessure.

Comme elle faisait couler du vin entre ses lèvres, il reprit connaissance. Tout en la dévisageant, il lui pressa la main avec une grande douceur.

Émue et ravie, Roseanna se tourna vers James Burke et Kate Kendall.

— Soyez gentils, sortez, leur demanda-t-elle. Je désire rester seule avec mon mari.

— Tu m'as appelé ton « mari » ? s'étonna Roger dès que la porte de la chambre se fut refermée sur les deux domestiques qui étaient devenus à présent les meilleurs amis du monde.

— Oui, bien sûr.

— Et Lincoln ?

— Ô Seigneur ! Je ne pensais même plus à lui. Sais-tu s'il est vivant ?

— Il me semble l'avoir aperçu battant en retraite à la fin de la bataille.

— Dieu soit loué ! Lincoln est un homme très bon et généreux, dit-elle en fixant le baron. Il faut que tu comprennes, Roger, j'avais désespérément besoin d'être protégée. Voilà pourquoi je l'ai épousé. Je ne suis pourtant pas sa femme mais *la tienne*. Tu es le seul dans mon cœur.

Elle inclina la tête et baisa longuement sa bouche. Une joie profonde envahit le baron : Roseanna l'aimait encore et c'est lui qu'elle avait choisi.

— Oh ! ma chérie, gémit-il. Quel plaisir d'être embrassé ainsi. Tu me donnes des envies, viens !

— Pas cette nuit, Roger, tu es blessé.

— Cela ne m'empêche pas de te désirer plus fort que jamais.

Roseanna se contenta de lui sourire tendrement. Elle se sentait si heureuse. Le miracle avait eu lieu : Ravenspur, son amour qu'elle avait cru à jamais perdu, lui était revenu. Du fond de son cœur, elle en remercia Dieu. Désormais, ils ne se quitteraient plus.

Par la fenêtre ouverte pénétraient les doux effluves du printemps. Dans tous les jardins d'Angleterre fleurissaient des milliers de roses.

Aventures et Passions

Quand l'amour s'aventure très loin, il devient passion.
Quand les passions se libèrent, quand elles déchirent des êtres prêts à tout pour les vivre, au cœur d'aventures riches et multiples, elles sont dans la collection Aventures et Passions.

BLAKE Jennifer	**Sérénade en Louisiane** 3169/**5**
(voir ci-dessus)	**Les chaînes de l'amour** 3240/**5**
	Un éden sauvage 3347/**6**
	Le vengeur créole 3415/**5**
BRANDEWYNE Rebecca	**La lande sauvage** 3018/**5**
	Duel sur la lande 3055/**4**
	Pour l'amour d'un comanchero 3159/**7**
	La passion du conquistador 3285/**5**
	Les amants hors la loi 3397/**6**
BUSBEE Shirley	**Le quiproquo de minuit** 2930/**5**
	Au-delà du pardon 2957/**5**
	L'appel de la passion 3056/**8**
	Lady Vixen 3143/**8**
	Sous le sceau de l'amour 3287/**7**
COPELAND Lori	**Hannah l'indomptable** 3260/**4**
DAILEY Janet	**Le solitaire** 1580/**4**

DEVERAUX Jude

La saga des Montgomery :
- **Les yeux de velours** 2927/**5**
- **Un teint de velours** 3003/**5**
- **Une mélodie de velours** 3049/**4**
- **Un ange de velours** 3127/**4**

Les dames de Virginie :
- **Kidnappée par erreur** 3180/**5**
- **La fiancée délaissée** 3181/**4**
- **Mariage forcé** 3182/**5**
- **Le pays enchanté** 3372/**5**
- **Duel de femmes** 3447/**4**

FEATHER Jane	**La favorite du sérail** 3448/**6**
GARWOOD Julie	**Sur ordre du roi** 3019/**5**
	Un ange diabolique 3092/**5**
	Un cadeau empoisonné 3219/**5**
	Désir rebelle 3286/**5**
	La fiancée offerte 3346/**5**
	Le secret de Judith 3467/**5**
HAGAN Patricia	**Violences et passions** 3201/**6**
	Folies et passions 3272/**5**
	Gloires et passions 3326/**6**
	Fureurs et passions 3398/**5**
HENLEY Virginia	**La colombe et le faucon** 3259/**5**
	La fleur et le faucon 3416/**6**
JOYCE Brenda	**Le fier conquérant** 3222/**5**
	Des feux sombres 3371/**5**
LANDIS Jill Marie	**L'héritage de Jade** 3449/**6**
LINDSEY Johanna	**Samantha** 2533/**3**
	Esclave et châtelaine 2925/**4**

Amour et Destin

Quand l'amour donne aux femmes le choix de leur destin.

Les romans de la collection Amour et Destin présentent des femmes exceptionnelles qui découvrent dans l'amour le sens de leur vie. Elles vont jusqu'au bout de leur quête quel qu'en soit le prix et sont appelées à vivre de grands destins romanesques riches en émotions et en rebondissements.

BLAKE Jennifer	**Les secrets du passé** 3323/**6**
BRISKIN Jacqueline	**C'est écrit dans le ciel** 3139/**7**
	Cœurs trahis 3431/**7**
BROWN Sandra	**Texas ! - Lucky** 3282/**3**
	Texas ! - Rocky 3432/**3**
	French Silk 3472/**7**
COOKSON Catherine	**Le bonheur secret d'Emma** 3343/**5**
DEJONG Linda Renée	**Illusions brisées** 3395/**6**
DELINSKY Barbara	**Une femme trahie** 3396/**7**
	La quête de Chelsea Kane 3450/**6**
GOLDREICH Gloria	**Rencontre** 3471/**5**
JAGGER Brenda	**L'amour revient toujours** 3390/**5**
LAROSA Linda	**Princesse Alexandra** 3358/**7**
PEARSON Michael	**Une femme d'argent** 3359/**5**
SELINKO Annemarie	**Désirée** 3374/**5** & 3375/**5**
SIMPSON Pamela	**Fortune's child** 3451/**7**
THOMAS Rosie	**Célébration** 3357/**5**

3522

Composition Eurotypo B-Embourg
Achevé d'imprimer en Europe (France)
par Brodard et Taupin à La Flèche (Sarthe)
le 12 août 1993. 6498H-5
Dépôt légal août 1993. ISBN 2-277-23522-9

Éditions J'ai lu
27, rue Cassette, 75006 Paris
Diffusion France et étranger : Flammarion